砸碑

中国当代故事文学读本系列七
社会写真系列

42

上海故事会文化传媒有限公司
上海文化出版社

图书在版编目（CIP）数据

砸碑 / 故事会编辑部编. —— 上海：上海文化出版社，2016.7
（中国当代故事文学读本. 社会写真系列；七）
ISBN 978-7-5535-0579-4

Ⅰ. ①砸… Ⅱ. ①故… Ⅲ. ①故事－作品集－中国－当代 Ⅳ. ①I247.8

中国版本图书馆CIP数据核字(2016)第161519号

责任编辑：曹晴雯
装帧设计：周艳梅
责任督印：张　凯

书　　名：砸碑
著　　者：《故事会》编辑部编

出　　版：世纪出版集团　上海文化出版社
出　　品：上海故事会文化传媒有限公司
　　　　　（200020　上海市绍兴路74号　www.storychina.cn）
发　　行：世纪出版股份有限公司发行中心
印　　刷：上海中华商务联合印刷有限公司
开　　本：787×1092　1/32　印张8
版　　次：2016年7月第1版　2016年7月第1次印刷
书　　号：ISBN 978-7-5535-0579-4/I·161
定　　价：15.00元

版权所有·不准翻印

上海故事会文化传媒有限公司 出品（00593）www.storychina.cn

上海故事会文化传媒有限公司所有图书可办理邮购，免收邮费（挂号除外）
汇款地址：上海市南绍兴路74号(200020)；　收款人：上海故事会文化传媒有限公司出版发行部
联系电话：021-64338113
如发现本书有质量问题，请与印刷厂质量科联系 T：021-59226097

编者的话

一、中华民族自古以来便有讲故事的传统。五千年的文明绵延不断,五千年的故事口耳相传,故事成为中华民族弥足珍贵的精神财富。

二、创刊于1963年的《故事会》杂志是一本以发表当代故事为主的通俗性文学读物。50多年来,这本杂志得风气之先,发表了一大批脍炙人口的优秀作品,许多作品一经发表便不胫而走、踏石留印,故而又有中国当代故事"简写本"之称。

三、50多年来,这本杂志眼睛向下、情趣向上,传达的是中华民族最核心、最基本的价值观。

四、为让读者在最短的时间内阅读最大面积的精品力作,同时也为纪念《故事会》杂志创刊50周年,故事会编辑部特组织出版《中国当代故事文学读本》丛书。

五、丛书共分六个板块:悬念推理系列、幽默讽刺系列、惊悚恐怖系列、言情伦理系列、古今传奇系列、社会写真系列。并按系列逐年推出若干部作品集。

六、古人云:登东山而小鲁,登泰山而小天下。对于喜欢故事的读者来说,本丛书的创意编辑将带来超凡脱俗的阅读体验。

《故事会》编辑部

目录
Contents

时代·生存篇

草根的力量 ……………………………… 02
戒指的学问 ……………………………… 09
路见不平一声吼 ………………………… 14
谁来救你 ………………………………… 20
有人要炸桥 ……………………………… 25
没有忘记你 ……………………………… 32
路在脚下 ………………………………… 39
讲规矩 …………………………………… 43
钱是啥味道 ……………………………… 50
绿茵场上的阴影 ………………………… 54

诱惑·万象篇

六指山不相信眼泪 ……………………… 75
抢劫计划没有变 ………………………… 81
上帝之手 ………………………………… 87
良心的煎熬 ……………………………… 93
命悬一梦 ………………………………… 102
话费充错之后 …………………………… 108
上海男人 ………………………………… 112
车轮在飞 ………………………………… 116
地下风云 ………………………………… 123

目录
Contents

真情·灵魂篇
带着扑克上路…………………… 143

中国地图………………………… 149

最后一程………………………… 152

真情老白干……………………… 158

原来可以这样买………………… 165

善良的苹果……………………… 170

小明在等待……………………… 175

跑第二的孩子…………………… 179

人生·启示篇
洗手间里的晚宴………………… 193

柔软的拳头……………………… 197

重返前线………………………… 204

一个"品牌"的诞生……………… 209

砸碑……………………………… 213

雪中的故事……………………… 219

站在明处说话…………………… 227

保龄英雄………………………… 233

时代·生存篇

shidai shengcunpian

生活有生活的法则,个人更有个人的精彩。

草根的力量

输在起跑线上

德力公司软件部新来了两个实习生,一个叫陈冰,一个叫刘水,两人都想留下,所以工作都挺卖力,但两人性格和处世之道却大相径庭。

陈冰出身公务员家庭,父母深通官场之道,言传身教:做事不由东,累死都无功。"东"指的是领导。因此,陈冰力争给各级领导留下良好印象。

陈冰每天都掐准经理上班的时间,到电梯口等着。专家不是说"感情来自于关系,关系来自于接触"吗?和领导混个脸熟很重要。

果然,陈冰和经理每天在狭小的电梯里上上下下,经理总不好装不认识，何况陈冰把工牌戴在胸前，就差举到经理眼皮子下面了。经理微笑点头，陈冰热情弯腰："经理早！"腰弯到二十五度为最佳，既不显得卑躬屈膝，又能看出敬意。

陈冰的努力见了成效，半个月后，经理已经能叫出他的名字了。可别小看这个细节，因为领导一般更愿意使用自己熟悉的人。至于普通同事或地位比自己低的人，陈冰是不屑一顾的，因为对他毫无用处。

再说刘水，他是农村孩子，每天埋头干活，和主管都很少说话，更别说经理了。但他和基层员工相处融洽，对大家的求助也是来者不拒。

比如，前台小马的电脑常出毛病，厂家过来修最快也要两个小时。有时着急她就去求软件部同事帮忙。老员工事多，得求新来的，陈冰从来不管，既耽误时间，也没任何好处。刘水则二话不说地跑去修，还差点耽误自己的报告。陈冰暗自好笑，心说：一个小前台，你巴结她有什么用？

就这样，陈冰和刘水以自己的方式各自努力着，他们交流很少，所谓"道不同不相为谋"嘛。

这天，人力资源部开会，决定从陈冰和刘水中正式聘用一位。公司拿出了一个炼钢厂的小型开发项目，让两人同时做方案，作为最后评定。

陈冰刚从主管那里得到消息，就赶紧向主管表示："我一定好好努力，不让您失望。"这话听来简单，其实是通过暗示让对方知道自己是他的人。主管果然微笑着说："好好干，我会优先考虑你的。"

其实，刘水得到消息比陈冰还早。前台小马开会时负责茶水，她第一时间就偷偷告诉刘水了。

刘水很紧张，论业务水平，他有信心不比陈冰差。但主管更喜欢陈冰，听说连经理都认识陈冰，自己恐怕凶多吉少。想到自己寒窗苦读，好不容易有个好机会，却没本事把握，实在愧对江东父老。中午打饭时看什么都没胃口，食堂王婶见了，忍不住问："小刘，不知道吃什么了？今天有你最爱吃的辣子鸡块！"王婶和刘水的娘差不多大，有个儿子在念大学，给刘水打菜分量向来足尺加三，但无奈刘水实在吃不下去。

王婶出来收拾桌子时，看见饭菜几乎没动，忍不住担心起来："小刘，你是不是病了？"

刘水就把竞聘的事说了。王婶挥挥手说："天大的事也得吃饭。放心，王婶帮你。"刘水只当王婶在安慰自己，她一个厨房打杂的能帮什么忙？不过他也不忍拂了王婶的美意，勉强吃了几口。

战斗刚刚打响

一顿饭还没吃完，几乎所有基层员工都知道：陈冰和刘水要PK。大家的意见高度一致：我们不欢迎像陈冰那样走路脸朝天的人，我们欢迎刘水这样淳朴、善良、有能力的小伙子。

很快，陈冰和刘水都拿到了项目资料，开始忙碌起来。

陈冰首先发力，请主管出了封公函，着重介绍陈冰，对刘水只是寥寥数笔。两人去客户工厂调研时，客户自然直接跟陈冰讨论，刘水只能旁听，插不上嘴。

这时，王婶挺身而出，她认识客户工厂送盒饭的，通过送盒饭的联系上了烧锅炉的，通过烧锅炉的认识了生产线的……刘水顺着这条线，和客户公司的基层员工也打成了一片，听取他们在实际工作中产生的问题和解决问题的建议。

调研结束，两人回公司设计草案。期间要和客户随时沟通，有时还需要见面。

这天,陈冰约客户到公司来谈项目,他领着客户,一路介绍,并暗示自己在部门里的核心地位。到门前时,保安忽然跨前一步挡住两人,客气地说:"请出示员工证。"

客户看了陈冰一眼,显然不明白,为什么保安会不认识一个有核心地位的人。

陈冰觉得很丢人,平时进进出出,保安都没拦过他,怎么今天忽然公事公办起来?他忍着气套近乎:"那个、那个谁啊,"他实在想不起保安的名字,只好尴尬地停了一下说,"我是软件部的陈冰啊。"

保安摇头说:"公司这么多人,新来的我记不住,按规定,核心办公区域必须出示员工证,否则不得进入。"

陈冰非常恼火,又不能在客户面前发飙,只好找员工证。但任凭他将衣袋、裤袋翻了个底朝天,也找不出员工证。他只好压住怒火,对保安说:"师傅,你通融一下吧!"

但保安一口咬定不认识他,必须拿员工证才让进。

这么一来二去,客户早已面露不悦之色。而此时,刘水刚好从外面回来,他见状忙问保安:"小张,怎么了?"

保安指了指满脸通红的陈冰,说:"他没带证件,说是你们部门的,要带人进去。"

刘水笑了笑,说:"陈冰的确是我们部门的,而且旁边这位是我们的重要客户。"

保安这才后退一步,恭敬地说:"不好意思,请进。"

客户在刘水的引领下,走了进去。他和刘水边走边聊,看刘水的眼神也似乎发生了变化。

陈冰落在了后头,像霜打的茄子一般。他觉得,保安是故意让自己难堪。但说起来,人家也是按章办事,自己向他领导投诉也无济于事。

当晚,陈冰心情极差,喝了几杯。第二天醒来一看,班车时间要到了。陈冰跳起来,飞快地穿上衣服跑出去,等赶到班车站,班车正徐徐启动。陈冰边跑边喊:"等等我!"

平时班车司机都会等,可今天司机不知咋回事,冲陈冰晃晃手表,喊了声:"发车时间到了,我得遵守章程!"说完,一脚油门踩到底开走了。

陈冰在原地愣了半天,坐公交车是来不及了。他折腾很久才打到一辆车,到公司还是迟到了半个小时。

谁能笑到最后

当天下午部门开会,主管强调:"最近公司着重考察员工的工作态度,考勤制度将直接报到经理处,大家注意!"说完,他特意看了陈冰一眼。

陈冰只觉得百口莫辩。班车司机照章办事,不肯通融的情况和之前的保安一模一样。第二天,陈冰索性起了个大早,他第一个上了班车,还故意选了离司机最近的位置坐下。陈冰跷着二郎腿,看着手表,眼看发车时间到了,但刘水还没来,他不由喜出望外,心说:我今天定能扳回一城!于是,他高兴地命令司机:"时间到,开车!"

司机看他一眼,没动静。

陈冰喊起来:"怎么还不走?"

有个同事说:"刚才刘水打电话,正往这里跑,稍等一分钟,也没啥的。"其他同事也纷纷应声说好。

这次,陈冰可是有理在先,于是理直气壮地冲司机喊:"昨天我追车,你说什么照章办事,一分钟都不等。今天你也必须照章办事,否则我投诉你!"

司机打着火,一踩油门,车子一顿,熄火了。司机皱皱眉,咕哝着:"好像车子有问题,我下车看看,安全第一啊。"说完,他下了车,慢条斯理地打开车盖,仔细查看。

这时,刘水气喘吁吁地赶到了。司机一见,"啪"的一声,盖上车盖就开车,一路上也没出啥问题,准时到了公司。

陈冰气得脸色发青,却无可奈何。他思前想后,到底咽不下这口气,跑到保安部和后勤部把保安和司机都投诉了。他心说,已经吃的亏没办法,但得敲山震虎,警告一下那些还没找麻烦的小人物!投诉完了,他心里痛快不少,回办公室继续研究方案。因为缺一份客户的关键数据,他折腾半天没有进展。不过他不急,资料没到,刘水也一样没进展。

第二天,主管检查两人的阶段报告,看完后说:"刘水这份详细多了,陈冰,这两天你都干什么了?听说你四处投诉,怎么不把精力用在报告上?"

陈冰不服气地拿过刘水的报告,看完大吃一惊:"这数据是哪来的?"

刘水说:"昨天客户发的传真啊。"

陈冰脑袋一转,明白过来!他怒气冲冲地跑到前台质问小马:"你为什么只给刘水送了传真?"

小马撇撇嘴说:"公司有规定前台要送传真吗?你自己不看着赖谁?我通知刘水时,你正四处告状呢,关我什么事?"陈冰气得牙痒痒,又无可奈何。

方案评审会这天,两人都早早来到公司。在电梯前,遇到了经理。陈冰一个箭步跨到经理旁边问候:"经理,早!"

经理也回道:"陈冰,你很早嘛!"他好奇地看着涨红着脸,不知该说啥好的刘水问,"你就是刘水?"

两人都是一怔,没想到经理叫得出刘水的名字。经理呵呵一笑:"你不知道,我每天要听多少人提起你的名字!食堂王婶、保安小张、前台小马……"

刘水脸涨得更红了,不知道如何应对。陈冰酸酸地说:"经理,您日理万机,还会记得他们的名字啊?"

经理正色道:"你的名字我也知道。团结才有力量。我当年初出茅庐,也是靠大家的帮助协作,才有今天啊!"

公司经过对陈冰和刘水的方案评判,认为两人业务水平不相上下,但在方案的可行性上,刘水高出一筹。而在平时表现上,除了主管说了陈冰几句好话外,考勤方面刘水全勤,陈冰有迟到记录;陈冰投诉过保安及班车司机,也被这些人投诉过,刘水则没有任何不良记录。最终结果是,刘水胜出,陈冰走人。

最后一天,陈冰抱着箱子,走出德力公司的大门。他还是有点不服气:自己走的上层路线,怎么会败给刘水的草根路线了呢?

(万里秋风)

(题图:谢 颖)

戒指的学问

腾飞公司的总经理姓劳,这天是他和夫人结婚十周年的纪念日,劳经理借公司宴会厅办了三十桌酒席,准备好好请大家吃一顿。劳经理平时交际很广,所以除了本公司,外单位来贺喜的人也不少,他一个人哪忙得过来?于是公司上下各路人马都来帮忙。

李秘书因为人头比较熟,就在大门口迎客,正应接不暇的时候,只听楼道里有人传出话来说:"不好了,劳经理的戒指丢了,劳经理说肯定是被偷了,劳夫人正在发火呢!"

李秘书一听,心里"咯噔"一跳。为啥?劳夫人的脾气他太清楚了,这个人暴躁得很,一旦发起火来,很难收场。

其实公司里的人都知道劳经理手上的这枚戒指，是结婚时劳夫人亲手为他戴上的，因为戒指上镶了一颗祖母绿宝石，所以劳经理逢人就炫耀。据说劳夫人的娘家都是有头有脸的人，劳经理向来在夫人面前唯唯诺诺，这天这么重要的日子，他偏偏把这个信物弄丢了，劳夫人怎么饶得了他？

李秘书决定进去帮劳经理解解围，他三言两语跟旁人交代了几句，掉头就回了大楼，直奔宴会厅。

宴会厅里，一帮人正低着头在帮劳经理找戒指，劳夫人尖利的斥责声穿透了厚厚的墙板，从宴会厅旁边的一个休息室里传过来。完全可以想象得出劳经理此刻在夫人面前的那副样子，李秘书有点于心不忍，于是赶紧蹲下身子，先帮着一起寻找起来。

宴会厅的每个角落几乎都找遍了，但就是没找到。李秘书是个机灵人，他想：劳经理会不会是记错了，今天根本就没有戴出来呢？应该提醒他赶快回家去看看。想到这里，他立刻朝宴会厅旁边的休息室走去，一面走一面掏出口袋里的手帕擦汗。

就在这个时候，突然，他的手被手帕里的一个东西硌得生疼。直觉告诉他：这个东西是戒指。他整个人顿时就呆了，半晌才回过神来，赶紧哆嗦着身子掉头走进宴会厅后面的洗手间。还好，洗手间里没人，李秘书钻进一个蹲位，关上门，把手帕打开，一看，果然就是劳经理的那枚戒指。

真是活见鬼了，这东西怎么会在自己这儿呢？他想来想去，对了，一定是早上在洗手间里，当时看劳经理"吭哧"了半天也没能把肥肚皮拢回到裤子里，于是就上去搭手帮忙，后来又用这块手帕给他擦过手上的水渍。可能就是那个时候阴差阳错把它带进了自己的手帕里。

李秘书的心里顿时乱成了团：现在把戒指交出去吧，人家还真以为是自己拿了，不交吧，拿在手里就像捏着一只烫山芋。这件事劳夫人绝对不会就这么善罢甘休，不定以后会闹成什么样呢！李秘书脑子一转，决定把戒指扔掉，而且越快越好，就扔在厕所里，用水一冲，神不知鬼不觉，以后不管劳夫人怎么闹，东西不在我手上，我还怕什么？

就在他打定主意准备扔戒指的时候，突然传来一阵重重的脚步声，有人进来了！

李秘书屏住呼吸，悄悄从蹲位间的小门里朝外望，发现进来的是公司办公室王主任。王主任可能是准备打持久战的，进来就脱外套，朝旁边衣帽架上一挂，随后就挑最里面的蹲位间钻了进去。

分秒之间，李秘书改主意了。为啥？劳经理再过两年就要退了，这个王主任现在正和自己较着劲在争劳经理的位子呢！而且平日里王主任总仗着是劳经理的老部下，对自己横挑鼻子竖挑眼，那好，今天我就让你做一回替死鬼吧！

李秘书悄悄站起身来，轻轻推开蹲位间的门朝外走，走过衣帽架的时候，他把戒指朝王主任的外套口袋里一塞，然后轻轻松松出了洗手间的门。刚才进来时他脸色还是灰白一片，此刻走出去却显得容光焕发。

那倒霉的王主任呢，打了半天持久战早就累坏了，下蹲位后从衣帽架上取下外套，懒洋洋地走出洗手间，一面走一面把外套朝身上套。突然，就见一个东西从外套口袋里掉了出来，好像还带着一道亮光，王主任低头一看，这不是劳经理的戒指吗？笨拙的身子立刻变得灵活起来，他一脚上去就踩住了它，随后假装系鞋带，把戒指捏进了自己的手掌心里。

王主任实在搞不明白：这要命的东西怎么会跑到自己口袋里来了？

真恨不得把这个栽赃的家伙祖宗十八代都骂个遍。但他立刻提醒自己：现在不是追究谁栽赃自己的时候，得赶快想办法把这个"烫山芋"脱手。他不露声色地向宴会厅走去!

这时候，该来的宾客都已经到得差不多了，劳夫人还在折腾，宾客们就先自己三三两两地在宴会厅里围桌坐了下来，从宴会厅到大门口的走廊上，此刻反而空无一人，冷清了下来。

透过大门玻璃，王主任看到有一个女人正从外面走进来，是公司资料室的小鲁，有一段时间劳经理出去办事儿经常带着她，小鲁人长得漂亮，生性又活泼，难怪劳经理喜欢，后来硬是被劳夫人给闹得换了工作。

看着这个款款而来的漂亮女人，王主任的脸上立刻露出了一丝不易察觉的微笑，心里暗叫了一声"真是天助我也"!他当即松开捏着戒指的手。

也只有他自己听到，"噗"的一声，是戒指掉在地毯上的声音。他一步也没有停下来，就像什么事也没有发生过似的，走进了宴会厅。

再返身出来的时候，小鲁正好走到宴会厅门口，正弯腰从地上捡起地毯上那个闪着祖母绿宝石光芒的戒指。王主任热情地迎上去，大声招呼道："小鲁啊，怎么来得这么晚? 大家都等着你啊! 哟，手里拿着什么好东西? 让我也开开眼界!"

小鲁还不知道刚才发生过什么事，盯着捡在手里的戒指左看右看，朝王主任努努嘴："王主任，你快来看，这不是劳经理的戒指吗? 怎么会在这里?"

"什么?"王主任故作惊讶地叫了一声，"劳经理的戒指在你这里?"

这下可热闹了，宴会厅里坐在靠门口的那些宾客听到王主任的喊声都争先拥了出来，劳夫人听到动静，也从休息室里冲出来，又哭又闹地朝小鲁身上扑过来,宴会厅内外乱成一团……

不到一个月,鹏飞公司的人事就有了变动:劳经理提前退居二线,接任他位子的就是王主任,小鲁因为公司精简机构,被安排到下面一个分厂仓库去做保管员。

小鲁可不是省油的灯,捋起袖子要找新上任的王主任算账。有人劝她:"算了吧,你看人家李秘书,不也一句话没说就让回了家?"

小鲁气得大骂:"我招谁惹谁了,不就是捡了个破戒指吗?"

劝她的人就笑了:"这戒指的学问可大了,你怎么还不明白?"

(九 斗)
(题图:安玉民)

路见不平一声吼

路见不平

人说出门靠朋友。老李是个热心肠,他觉得这话特在理。所以,凡是遇上谁有困难,哪怕是个陌生人,他都爱上前去管个闲事,帮个忙。这天晚饭后,他照例哼着小曲儿出门散步,走到一家汽修厂门口的时候,见老板正在和一个司机争执。

老李想自己反正也闲着,不如当个和事佬,于是就上前先听了个仔细。原来那老板姓赵,而这司机呢,是个开大巴跑长途的。老李再一听,这位司机还真挺倒霉:拉了一车旅客跑到半路,油箱让石子打了一个洞,满满一箱油漏了个精光。他好不容易修好油箱,车上旅客都已经不高兴了。等他上路再跑,没多久又出了毛病:一加油门,排气筒"嘟嘟"冒黑烟,车子动不了窝。这下车上乘客都不愿意了,纷纷要求退票。几个好心的乘客帮忙将车推到了这个汽修厂,拿上票钱也走了。

前后一折腾,这司机手里只剩下三百来元。可汽修厂的赵老板检查完车况后,张口就要六百元,不还价!这不,司机在这里软磨硬泡大半天了,想让赵老板给赊个账,赵老板一口回绝了。

老李心里一阵不爽,哪有这么不讲情分的老板?可毕竟是在人家的一亩三分地上,他不便发作,就只好上前去赔个笑脸,说:"我说赵老板,你帮帮忙,先让他把车修上,回头路过再把钱还上嘛。"

哪知赵老板把脸一沉,翻了个白眼道:"我说你是谁啊?管得着吗?你说得倒轻巧,我吃亏上当不止一次了,不信你到我屋里去翻,前年的几笔欠账还没要回来呢!我就认准了一条,你把钱给我,我给你修好车!"说完,他上下打量了老李一眼,又道,"你这么好心,不如先替他把钱垫上?"他这一句话把老李说得脸都红了,自己是出来散步的,身上没带多少钱。罢了,干脆回家去取!老李打定主意扭头就走。

谁知背后那个赵老板一阵冷笑:"原来也是个假仗义的主儿,怎么一说到钱上就打了退堂鼓?"这下可把老李激怒了,他转过身来一声吼:"谁说我打退堂鼓了?我这是回家拿钱去!修车的我见过不少,可像你这样冷漠刻薄的还真不多见!"

赵老板一听这话,也不服气了:"你知道个啥?他这车出了大毛病,也就是我还厚道,换了别人,别说六百,就是一千也不一定有人敢打包票给他修好。"

老李一听,"哼哼"一笑,一脸不屑。那赵老板见他这表情,转头对愣在一边的司机说:"不服气啊?你给咱把车子发动起来,让他看看,只要他能说出毛病出在哪儿,我就服了他!"

拔刀相助

司机听了却没动弹,他知道这是老板故意出难题,明摆着欺负老李是外行。谁知老李却来了兴趣,冲司机点点头说:"小伙子,你就让我听听呗。"那司机这才半信半疑,钻进驾驶室,把车发动了。顷刻间,一股黑烟弥漫了整个厂房,车子底盘中后部的位置还传来一阵"咔嚓咔嚓"的响声。

这时,却只听老李喝了声"停",接着,他又摸着下巴绕车一周,寻思了一会儿,冷不丁抬头问那司机:"你这车是不是经常一加油门就熄火,低挡行驶冲力不足?"见司机点点头,老李回头冲着赵老板一笑,"他这是变速箱齿轮错位了。"

这一句话,把那赵老板和司机都说愣了。敢情面前这位是内行啊!不过赵老板还是不服,说:"算你有一手,那你说说看,我要的价钱公道不公道?"老李微微一笑,没答话,只说了一句:"车你先修着,我回去给你拿钱。"这就等于是默认了赵老板要价公平。这下赵老板立马来了精神:"怎么样?我老赵修车多年,怎么可能胡来?"兴许他是有些得意忘形,看老李要走,竟然又甩出一句,"谁知道你是真去拿钱,还是脚底板抹油开溜?这样吧,车子先在这放着,钱一拿来,我马上动手!"

显山露水

老李还没走出多远,听到这话,又转身回来了。这次他是真的生气了,一字一顿地说:"你要是这样说,钱,我不去拿了,这车,我来修!"

老板一听,冷笑一声:"行啊,你能修是最好了。"说着用手一指,"我这儿的工具、配件你随便用,我倒要看看你有多大的能耐!"哪知老李并不领他这个人情,只对司机说:"你车上有什么随车工具?"司机挠挠脑袋:"只有锤子和锥子一类东西。"老李点点头:"哎呀,简单点了,不过也凑合了,把锤子给我拿来。"说完,他走到车旁,两腿向前一屈,腰板向后一仰,麻利地躺到了车下。

"行啊,还真是个练家子的。"司机和老板都来了兴趣,一左一右趴在边上张望。只见老李一手拿过锤子,一手在变速箱齿轮上来回摸索了一阵,像是在测量尺寸,反复摸索几遍之后,他用指甲在油腻腻的箱体上画了个圈。趴在一边的老板不由笑出了声:"治这毛病得开箱换齿轮,光画个记号有啥用……"

话音未落,只见老李突然扬起手,对准刚才画的那个记号就是一锤子!锤音清脆响亮,震得三个人一阵耳鸣,接着又是"铛铛"两下,老李把锤子往外一扔,身子略向旁边一移,再来一个鲤鱼打挺,干净利落地站起身子,对那司机说:"你把车子发动起来试试。"

司机有些迟疑地钻进驾驶室,心里直嘀咕:这么大的毛病只敲了三锤子就搞定啦?可是不由他不信,车子发动以后一切正常,黑烟也不冒了,车底也不响了,那司机还是有些不信,又开着车在门前的公路上跑了一段,这才信服地一竖大拇指:"真是高人啊!"

山水相逢

车子发动起来,司机非要用大巴车送老李回家,无论老李怎么推辞,司机却始终坚持。老李见推辞不过也就上了车。一路上司机一个劲儿地感谢老李，可老李却沉默不语。半晌，他才说了句："其实我还得感谢你才对呀！"

"感谢我？"司机听了，疑惑地张大了嘴巴。老李点点头，说起了自己的事。

原来老李可不是一般人，他是市里汽修一厂的车间主任，有名的"汽车通"。老厂长临近退休，他是呼声最高的继任者。可是总公司不知怎么搞的，竟然要"空降"一个厂长过来。这让老李面子上怎么过得去呀？一气之下他休了病假，并且发誓这辈子再也不修车了。

说到这儿，老李感叹道："可是今天我遇到了你的事，算是让我明白了：我舍不得丢下修车的活啊。人这一辈子名呀利呀，什么都是过眼云烟，干点儿自己喜欢干的事儿，活得痛痛快快才是最重要的！"见司机瞪着眼睛听得出神，老李接着说，"其实那个赵老板人不错，你车的毛病要是修彻底了开价六百元还真不多，我那三锤子只是讨了个巧，暂时把老化、错位的齿轮震得恢复了原位，跑个三五百里没问题，可要想根治这毛病，你还真得大修一次。"

老李的话音刚落，车里一个角落突然响起了掌声。老李扭过头一看，不知什么时候赵老板也坐在了车厢里。只见他冲着老李一抱拳，道："早就听说汽修一厂有个高手叫老李，今天见了真是佩服，你这三锤子里的奥秘咱们有空可得好好切磋切磋。"然后他用手一指那司机说，"表弟，这样的人才你可得留住呀！"

这下轮到老李纳闷了：他们怎么又成表兄弟了呢？再看那司机早已停下车，也把手一拱："对不住啊对不住，我就是夺了你位子的那个'空降兵'。在总公司就听说你这个技术权威要金盆洗手，可把我急得够呛。

这不,我和我这个开车行的表哥一商量,就在你每天散步的必经之路摆了个局,用激将法激得你来个'路见不平一声吼'。怎么样,誓言破了,也该回去上班了吧?"

老李不由地微微点头,行啊,这家伙肚子里的弯弯绕还真不少,怪不得总公司让他来当这个厂长,我这下算是服气啦。

(张世辉)

(题图:刘为民)

谁来救你

大学毕业生江明军进公司前,有份不错的履历:名牌大学、校学生会主席、优秀毕业生。因此,尽管听说公司的录用考核极为严格,试用期后只有少数人能留下,江明军还是一点都不担心,单凭自己的简历,最后留下来还不是稳稳当当的事?

进公司后,江明军被安排到财务部门做一些基础工作,带他熟悉业务的人叫刘东林。这个人不苟言笑,总给江明军一张冷脸,似乎不怎么喜欢他,这让江明军多少有些别扭。

一个星期天,江明军正在睡懒觉,却被刘东林的电话吵醒了。刘东林说公司有紧急业务,要临时加班。江明军不敢怠慢,忙赶到公司。同时到公司的还有一男一女两个同事,也都是刚刚毕业的精英学子。

刘东林把三个人带到了财务室,指着台子上的两个箱子交代说,有几笔大生意需要现金交易,他们现在的任务就是把钱细细清点一遍,拿出六百万,分成十五份,放进箱子里。而刘东林自己已经提前找好了车,两小时后出发。说罢,刘东林起身出门。

刘东林走后,三个年轻人从箱子里取出现金,分了工,各自仔细清点。江明军得格外细致,但他压根没有想到,危险正一步步临近。

差不多点过了五十万,突然有人敲门。女孩离门近些,便主动上前打开保险锁,就在拉开门的一刹那,里面的人都呆住了。只见门外站着两个蒙面歹徒,其中一个正用枪抵住女孩的额头,女孩顿时吓得目瞪口呆,浑身颤抖。

一看这情形,另外一个男生完全蒙了,像是被雷电击中一般,愣在原地。江明军稍一愣神,接着很快做出了"反应",迅速抱头钻进了桌底,有一个歹徒立马上前一步,用枪口顶住了江明军的屁股。

半晌,江明军缓缓钻出桌子,蹭了满头满脸的灰。一个歹徒压低声音命令女孩和那个男生,马上将所有钱都装进袋子,另一个歹徒则一直用枪口指着江明军。江明军看着这一切,痛苦地闭上了眼睛……

前后不过五分钟,歹徒抢劫成功,迅速逃离了财务室。三个年轻人瘫倒在地,江明军双手颤抖地去拨报警电话。但是,没等电话接通,刘东林进来了,身后跟着刚才的那两个"歹徒"。刘东林冷冷地看着三个诧异的年轻人,两个"歹徒"则拉下了自己的面罩……

周一上班时,部门召开了会议,播放了周日演习时的录像,并请大家一一点评。三个年轻人的表现自然都不合格:女孩警惕性太差,居然毫无防备地打开了财务室的门,而在歹徒令其装钱时,女孩似乎失去了理智,一个劲地想尽快把钱装进袋子,而不是想办法拖延时间。另一个男生,自始至终都表现得失魂落魄,一脸木然。当然,表现最"杰出"的还是江明军。他趴到桌底的速度,简直可以和猴子相媲美,而那张蹭了灰的脸,任是谁看到都忍不住要笑出声来。两个冒牌歹徒、两把仿真玩具枪就把三个人吓得屁滚尿流,这样的"脓包",还是优秀毕业生呢。

三个"精英"大学生,无一例外地露了丑,成为了同事们的笑谈。而其中名声最"响"的,当然是江明军。江明军感到了从未有过的羞辱。这样被人算计,还是第一次,而只这一次,就几乎摧垮了他的全部自信。这种熊样儿,要是再天天把自己的学校和履历挂在嘴边,岂不是给母校抹黑?

事后,公司并未对三个人做出正式的评估报告,这充其量只能算一次小小的测试。可在剩下的日子里,这三个人简直是度日如年,每每在电梯里看到同事,江明军都能感觉到对方藏在笑容背后的嘲讽。公司里很多人都不知道他的名字,却知道他是那个"钻桌子的"。一些爱开玩笑的同事碰到江明军,会上下打量他的脸,然后一指他的鼻子,说:"上面好像有灰哎!"

那种耻辱感,几乎压得人喘不过气来。不久,另外两个年轻人决定辞职,他们找到江明军,想联合行动,女孩眼里含着泪说:"在这儿,一辈子都没有自尊!"

江明军沉默半晌,摇摇头,说:"没有人会在意你的自尊,人们看的只是你的成就。在你没有成就以前,切勿强调你的自尊。"这是比尔·盖茨的话,江明军无意中记住了。其实,江明军内心也很痛苦。可是,要他夹着尾巴逃走,他却很不甘心!这种逃避会让屈辱的标签一辈子留在自己身上!

过了一段日子，刘东林升职了，要调去另外一个分公司做经理。同事们为他饯行，江明军也随大家一起去了。席间，江明军闷闷地喝了几杯酒后，走到"师傅"跟前，装作轻描淡写的样子问："我只想听您说句心里话，为什么要给我设下这样的圈套？"

刘东林笑了。原来，江明军之所以会在见到歹徒的时候趴到桌子下，并不是因为胆小害怕，而是事出有因。因为刘东林曾告诉他，遇到危险时要保持冷静，要在那些凶恶的歹徒面前示弱，而不是激怒他们，然后再寻找机会。刘东林还说，在那桌子底下，有暗设的警铃。可那天，当江明军趴下去按警铃时，却发现它竟然掉了下来，原来那不过是一个圆木块，用口香糖粘在上面的。

听到江明军的质疑，刘东林平静得没有任何表情，淡淡地说："为了给你一点教训，你太年轻气盛……而且，你为什么不提前去检查那'警铃'？"江明军若有所思，又问："难道，你不怕我说出真相？"

刘东林的语气还是很平静："你不会的，因为你知道说了也无济于事，没有人会相信的，大家反而会更瞧不起你。"江明军想了想，点点头，将杯中的酒一饮而尽。

半年的试用期很快就到了，令江明军感到意外的是，他居然考核合格，被留了下来。可现在的江明军，已经和刚毕业时判若两人，他清楚地知道，在那次"抢劫"中自己丢掉了所有的资本。而且，他吃的还是哑巴亏，就像刘东林说的那样，谁也不会相信他，刘东林年年都是最佳员工，在公司口碑极好，他江明军不过是个新人，表现又那么可笑！

因为这些原因，江明军在公司里除了低调还是低调。他工作认真勤勉，极为严谨，凡是由他经手的事情，绝对没有一丝一毫的差错。江明军清楚，自己没有资本可以挥霍，要在公司站住脚，除了证明自己的能力，别无他途。

渐渐地，主管开始对江明军另眼相看。江明军处理过的账目，主管都很放心，主管去外地出差时，许多事情干脆直接交给江明军处理。

转眼五年过去了。主管升了职，江明军顺理成章坐上了主管的位子。他用五年的时间，终于证明了自己的能力。

升职酒会上，老总特意走到江明军身边，举杯祝贺他，江明军也微笑着表示感谢。这时，看着外面浓重的夜色，老总突然说："有件事，我想现在可以告诉你了。当年的一切，其实都是我们的策划。如果你当年也选择离开，我们就会把所有的事都告诉你。但你没有，所以就拖到了现在……"

江明军一愣，瞪着眼睛看着老总，只听老总又说："是我让刘东林充当'坏人'的。当时，我很看好你，但不知道你到底能走多远。我见过太多人了，刚从学校出来，认定自己是天之骄子，可一经社会的风雨就蔫掉了……"老总用力拍拍江明军的肩膀，夸赞道，"不过，你表现得很好，完全出乎我的意料。第一，你没有迁怒于别人，更没有辩解，而是从自己身上找原因；第二，你的承受能力很强；第三，你选择了找回自尊的最佳方式。"

那天晚上，江明军喝了很多酒。回到住处，他呆呆地盯着对面的墙，上面贴着一个条幅，是几个斗大的毛笔字：君子报仇，十年不晚。

江明军微微笑了起来，他走过去，取下了条幅，默默地将它撕成了两半。

（叶　梓）
（题图：谭海彦）

有人要炸桥

捂着颗火星

小刘从警校毕业后,到派出所谋了份差事。这天,他刚到派出所报到,就被领导安排去医院和一位老民警办交接。

小刘纳闷地来到医院,病床上的老民警热情地介绍说,他叫老胡,当了一辈子的民警,本想做到退休,却在最后关口病倒了。

老胡还详细地给小刘介绍了管辖区内居民的情况,并叮嘱他要特别留意一个叫王贵的人:"这小子爱喝点小酒,喝了酒还爱发点小酒疯,什么时候你听见他嚷嚷炸青河桥,你就得当心了。"

小刘怔了怔,说:"炸青河桥?这可是我们县里的交通要道桥,他没这个胆子吧?"

老胡笑道:"这家伙人小胆子也小,平常三棍打不出一个闷屁来。但喝了酒,就胆大包天了。反正你一听他嚷嚷炸桥,你就得留心,这家伙是咱们那片区里最活跃的一颗火星,我捂了他十几年,以后就得靠你捂了……"

小刘听他说了半天婆婆妈妈的事,有些不耐烦了,刚好这会儿来了个电话,他就借机跟老胡告辞了。

过了几天,小刘就认识了被老胡重点提名的王贵。这人长得又瘦又小,看人低眉顺眼的,一看就是个老实人。碰面时,王贵正光着膀子,使出吃奶的劲推着一车煤气罐子,小刘还帮了一把手哩。后来两人聊了聊,王贵一脸憨笑,话也不太会说。小刘怎么也想象不出来,这样的老实人会嚷嚷炸青河桥?他觉得老胡是言过其实了。

可没过几天,小刘刚下班,就见一位大妈飞奔过来,一把拽住他:"老胡呢?快快快,王贵又要炸桥了!"

小刘吓了一跳,跟着跑去一瞧,只见王贵光着膀子,脸红脖子粗地站在自家门前指手画脚,骂得正欢:"……他妈的,不过了……把老子惹毛了,炸了青河桥去……"一边骂,一边噼里啪啦拍打自己瘦骨嶙峋的胸膛,嘴里喷出浓浓的酒气。

小刘目瞪口呆地盯着王贵,实在没想到,平时那么老实的一个人,现在居然变成了这副模样。小刘问大妈:"他经常这样发酒疯吗?"大妈说:"说不准,得看情况,一年得有好几回吧。"

小刘沉吟了一会儿,觉得王贵不会真的去炸桥,就决定不报告所里了,自己盯着他就行。他上前劝了几句,没想到王贵酒醉不认人,根本没把他放在眼里,照样大骂不止。

小刘不由大皱眉头，耐着性子等他把酒疯发完。那王贵在院里骂骂咧咧了好一阵，终于累了，一头钻进屋里，倒在床上呼呼大睡。小刘抹了把汗，一场危机算是解除了。

第二天，小刘又撞上了王贵。令他啼笑皆非的是，此时的王贵跟昨天相比，简直判若两人，又是一脸的憨态傻笑，吭吭哧哧说不完整一句话。

小刘心想：老胡说得没错，这小子就是爱发点酒疯，大概是生活压力太大了，夫妻俩都没有正式工作，还有个八十岁的老娘和一个读小学的女儿要养，有时喝点小酒，发泄发泄也是可以理解的。老胡太当真了，难道还真怕他去炸桥？

过了半个多月，有一天王贵又在嚷嚷炸桥了，小刘赶到了现场，像上次那样守着他，让他把酒疯发完，也就好了。

醉言要成真

又过了半个月，这天小刘正在街上巡逻，突然后面追来一位大妈，惊慌失措地嚷道："完了，王贵真炸桥去了！"

小刘一听，眉头就皱了起来："他又喝多了？在哪儿呢？"

大妈说："这回是动真格的啦！他现在就在青河大桥，人都已经爬上桥顶了！"

小刘大吃一惊，立马骑上摩托车，向青河桥赶去。到了那儿一看，大桥已经被围得水泄不通。此时，王贵已经在高高的桥顶上了。他站在一根窄窄的横梁上，光着胸膛，拿着个瓶子，正指着下面的人破口大骂，还不时地拿出一个打火机，往瓶口上比画。桥上已经来了好多警察，拉起了警戒线,也吹起了气垫。

小刘一看,心一下子提了起来,这王贵手中瓶子里装的八成是汽油,万一他把汽油点着了,后果不堪设想啊!小刘拼了命冲王贵大喊,可王贵根本听不到。小刘急得束手无策。就在这时,他旁边的一位邻居一拍大腿,说:"快找老胡!除了老胡,谁也摆不平这疯子!"

小刘一想也对,这事得找老胡。老胡说得准呀,王贵果然是一颗火星,现在要冒出头了。老胡捂了他十几年,应该最有经验。于是,小刘立刻调转车头,飞快地往医院赶去。见了老胡,把情况一说,老胡也是大吃一惊,低头一想,问道:"他这一段嚷过炸桥吗?"小刘说嚷过两回了,一个月前,嚷了一回,后来过了半个月,又嚷一回。

"这就怪不得了。"老胡点点头,朝小刘看了一眼,说,"我早交代过,一听他嚷要炸桥,你就得当心了……"

这下小刘有些委屈了:"我还怎么当心呀?每次我都一直守着他,让他发完酒疯。第二天一看,又变成好端端的一个人,啥事也没有。总不能他一说炸桥,我就在桥上守着吧?"

老胡摇摇头,叹气道:"这家伙,平时有话不说,烂在肚子里,唉!"说罢,他换好衣服,让小刘带他去看看。

问题在哪儿

小刘载上老胡,正要往大桥赶,老胡却说:"不,咱们先到他家看看。"

小刘一怔,心里十分不解:人都跑桥顶上去了,去他家干什么?可他也没问,径直把老胡带到了王贵家门口。进屋一看,只有王贵的老娘躺在床上。老胡问道:"大娘,不舒服吗?"

老人咳嗽着说没事,老毛病了。老胡又慢悠悠地问:"打针抓药了吗?"

老人点点头。老胡又拿起几个药瓶子看了看,接着说:"想吃什么,叫王贵给你买去。"

老人说买了,有鱼有肉。小刘站在一旁,听老胡还在问些婆婆妈妈的事,一副不温不火的样子,心里可急了:人家儿子正在那边要炸桥呢,你倒好,跑来问人家吃什么菜。他正要催促,老胡忽然刹住话头,起身告辞了。

小刘火烧眉毛地说:"咱们快去大桥吧!"

"别急!"老胡却胸有成竹地说,"王贵还没傻到那地步,至少,他也得见到我。"

两人又上了车,老胡说:"走,到东城路去,王贵老婆在那儿扫街,快点!还有,别跟她说王贵的事。"

小刘心里又是一阵嘀咕,但也只能照他说的办。到了东城路,一下就找到了王贵的老婆。她大概还不知道王贵已经出了大事,还在低头扫垃圾。

老胡下车跟她打了个招呼,她一看是老胡,惊喜地问:"老胡,你病好出院了?"

老胡说是呀,接着就笑眯眯地跟她聊了几句,也尽是些不痛不痒的话,然后又坐上了摩托车。

小刘心想,这回总该去大桥了吧?可老胡却一指前面:"到建设路找那个送水站,我住院前,王贵就在那儿干。"

小刘实在忍不住了:"王贵现在的工作是拉煤气罐。去那儿干啥?"

老胡解释说:"你看见了吧?问题并不是出在他家里,不是他老娘,也不是他老婆女儿,就出在王贵自己身上。"

小刘愣了愣,不太理解老胡的话,只好又带着老胡往送水站驶去。

到了送水站,老胡跟几个送水工打着招呼,问道:"王贵最近有啥事没有?他现在在青河大桥呢。"

送水工吓了一跳:"哎呀,怎么搞的,这家伙真去了!"

老胡沉吟道:"大概就在一个月前吧,王贵遇上啥事没有?"话音刚落,一个送水工就抢着说:"准是这事!他被老板开除了,可老板还欠他三百块工资没给。后来他来讨过几回,老板就是赖着不给。"

另一个送水工叹道:"三百块啊!累死累活一个月就挣六七百,谁不指望着这点钱过日子,老板一下扣了人家三百块,还让不让人活?"

老胡点点头,看看他们老板不在,就一拉小刘,说:"走,咱们明天再来。"

上了车,老胡催他赶快往大桥开。快到青河桥时,老胡突然问道:"你带钱没有?借我三百。"

小刘一听,就知道他借钱干什么了,连忙摸出钱来给他。来到桥下,一眼就看见王贵正在梁上来回走动,身子左摇右晃,随时都有可能掉下来,惹得下面的人一阵阵惊呼。他嘴里还在不停地嚷着:"不活了……没意思……老子先把桥炸了……"

老胡快步上前,拼命挤了进去,仰头冲王贵喊:"王贵,我是老胡啊,你下来,我有事告诉你。"

王贵一看是老胡,情绪立刻有些好转:"老胡,你病好了吗?我还以为见不到你了呢。"

老胡说:"好啦,我知道你在等我,你下来,我有事找你。"王贵犹豫着问:"什么事?"

老胡大声说:"我刚从送水站回来,找他们老板去了。"

王贵一下没了声音,一声不吭地在上面呆了半晌,然后慢慢地爬了下来。老胡拿出三百块钱晃了晃,说:"钱我给你要回来了,不过,你还是先跟警察走吧,钱我给你老婆就行了。"

王贵把手中的汽油瓶子和打火机都交到老胡手中,借着酒劲,两腿一软,抱着老胡的双脚,"哇"的一声大哭起来。

老胡一把将他扯起来,责怪道:"你哭什么啊!我就住了几天医院,你说你就不能等我回来吗?"

王贵不说话,只是哭。接着,几个警察把他带上了警车。

小刘愣愣地看着这一幕,突然间恍然大悟,老胡为什么能把王贵这颗火星捂了十几年,原来他是这样捂的。而自己呢,才接管一个多月就捂不住了。

小刘把老胡送回了医院,老胡拉着他的手,说:"小伙子,像王贵这样的火星子,咱们要捂着他,就只有两个字:关心。你看,现在捂不住了,这家伙估计得在看守所呆半个月,他那个家,他老娘和老婆女儿……"

小刘心下既惭愧,又感动,一挺胸说:"老胡,你就放心吧,我知道该怎么捂着他们了!"

(陈　铭)
(题图:魏忠善)

没有忘记你

周市长回山里的老家看望母亲,吃过晚饭,见大雪越下越紧,便匆匆返回市里。

雪夜路险,行车最是不爽气,车到牯牛岭,吼叫了半天,才醉蛇似的爬上坡。周市长惊出一身大汗,见车没熄火,松了口气,脱下皮大衣,让司机把车停在路旁,自己要下车方便。

钻出车来,周市长连车门都没关,便靠在车门旁方便起来,不料一阵该死的狂风突然偷袭过来,把周市长推了个趔趄,只听身后"砰"的一声,回头一看,半开的车门被大风一吹,重重地关上了,紧接着,车子竟然开动了。坏了,司机一定是听到关车门声,只当是自己上了车,就急忙赶路。周市长慌了,这么恶劣的天气,司机全神贯注地盯着路面,肯定会这么一直朝前开下去。

周市长追了两步,挥动着手喊停车,可车里的司机哪听得见车外周市长的喊叫?在这大雪纷飞的山路上,那车一拐弯,就没了影。

周市长傻了眼,司机知道他爱在车上睡觉,从不打扰,雪夜开车注意力更集中,不到家不会发现把市长丢了。跟司机联系吧,手机放在大衣兜里,大衣搁在车后座上,这牯牛岭没什么人家,也根本不通电话。周市长抬腕看看手表,刚八点,司机发现后赶来,最快得两三个小时。天寒地冻的,哪里招架得住?要是运气不好,遇上过路的野兽或劫道的人,后果更可怕!

周市长正着急,突然看见车灯一闪,一辆盖着"雪被"的轿车扭着屁股爬上来了。定睛一看车牌号,真凑巧,是市区的车!周市长挺直腰板,双手挥舞着示意停车。那车缓缓开到周市长跟前时,猛地加速,"哧溜"一声,兔子似的从周市长身边蹿过,溅得周市长一身泥水。

周市长又气又急,眼巴巴地望着坡下,可十几分钟过去,连个车影也没看见,就是有车,看样子搭便车的可能也不大。就这么会工夫,周市长眉毛上的雪已经结了冰,冻得他抱着胳膊抖成一团。看来硬撑不是办法,得找个地方避避风雪。

十多年前,周市长在这里当过乡长,对附近的地形挺熟。他知道这牯牛岭住户不多,零散,户与户之间一般都要隔好几里山路,离这儿最近的一户人家,住在岭上半山腰。户主他认识,姓牛,人称牛大。这牛大脾气特别大,动不动横眉竖眼,这一点周市长可是见识过的,到现在还记忆犹新。

那年,县里布置种特种蔬菜,本来是想帮村民脱贫,结果销路没联系好,让菜都烂在了地里,牛大喊上不少村民到政府闹事,当时的周乡长一心想为村民办点事,却因为经验不足,反而害了百姓,弄得自己也焦头烂额,正窝火呢,就忍不住骂了句粗话。牛大冲上去,狠狠回击了周乡长一巴掌,打得周乡长鼻血直往外冒,结果牛大被拖进了派出所,拘留了好几天。牛大不服气,出来后一再扬言要报复。过了不久,周乡长幸好调到县里工作,才脱了干系。

眼下,周市长走投无路,只得硬着头皮去碰运气。好在这么多年不见了,现在又一身泥巴,鼻子眼睛都看不清楚,只要不暴露身份,牛大不见得认出来,自己不一定会吃闭门羹。周市长犹豫了一下,又看看漫天大雪,最后还是"咯吱咯吱"地踩着雪,来到半山腰,敲响了牛大的门。

开门的是牛大老婆,瞧见周市长的狼狈相,吓了一大跳。周市长哆嗦着把刚才的情形说了,但没说自己的身份,只说是城里的生意人。

"噢,是这么回事啊,你那师傅也太大意了,快,快进屋!"牛大坐在火桶里烘火,看样子被蒙住了,没认出周市长来,他朝老婆努努嘴,"孩他妈,给这位老板倒口茶,再打盆水给老板洗把脸。"

洗脸?不行,就靠泥巴打掩护哩!周市长早想好了对策,开玩笑似的说:"喝口水就行啦,这脸就不洗了,哈哈,等会儿得到路上去等车,泥巴还可以保保暖呢。这鬼天气,风就跟刀子似的!"

"哦!老板……你这人说话还挺有意思的,那就甭洗吧,"牛大点点头,拢拢黄大衣,跳下火桶说,"冻坏了吧?快,快进火桶暖和暖和!"

周市长实在是冻坏了,也没推辞,就钻进了火桶,烘了会儿,衣服渐渐冒出缕缕热气,身子也热乎起来。他扭头瞅瞅屋里,发现牛大家竟和十几年前没啥变化,屋子里空荡荡的,几件家具又破又旧。作为父母官,周市长心里挺不好受的,就向坐在小马扎上的牛大问道:"老哥,看来,你的日子不太好过吧?"

"唉!"牛大吸了口烟,说道,"两个孩子,一个上大学,一个读高中,大前年我又跌残了一只胳膊,干不动重活,孩子他妈这几年累垮了身子,病歪歪的,还得吃药,怎么好得起来哟!"

周市长这才注意到牛大那条僵硬的右臂,心里直冒凉气,他向牛大要了支烟,点着了猛吸一口,呛得连咳几声,眼泪都流下来了,他擦了擦眼睛,轻声问牛大:"你们乡政府那些干部,现在咋样啊?"

"想着咱农民的有,可图名图利的也有,那些坏官,我恨不得揍扁他们!"牛大脖子一梗,左手攥紧拳头,用力在空中一挥,瞧,牛大的牛脾气说来就来!

"是该好好管管他们啦!再这样下去,民心还要不要啊!"周市长深有感触地说。

"哎——你这话中听!老板,你要是当官,一准是好官!"

"哪里,哪里。"周市长心里"咯噔"一下,收住了话头。他怕话里露出什么,被牛大认出来,说不定就麻烦了。周市长看看身上已经干燥的衣服,决定再暖和一下,就早点离开这里。再说,也得去牤牛岭等司机,司机回头不见他,把车又开走了,岂不更糟?

屋外,狂风鬼哭狼嚎,周市长瞟了一眼牛大身上的黄大衣,试探着问:"老哥,我得去牤牛岭等车,外面太冷了,你的大衣能借我穿会儿吗?车一到,我就给您送回来!"

"不中,不中!"牛大摇头说,"不是我小气,我家就这件破大衣,我和孩子他妈出门全靠它,你要不送回来,咋办?"

周市长抹下腕上的手表,递过去说:"这块手表虽说不值什么钱,可也跟了我十几年了,押在你这儿,行了吧!"

牛大不说话,翻着白眼珠,直勾勾地盯着周市长,看得周市长浑身不自在。

就这么僵持了一会儿,牛大移走目光,将烟屁股扔在地上,起身进了里屋,跟老婆嘀咕起来。过了一会儿,牛大老婆出来了。她低着头啥也不说,穿着牛大的黄大衣,扎上头巾,摇摇摆摆出了门。牛大穿件黑夹袄,又坐回小马扎上,低头抽闷烟,神情有点怪怪的,好像挺焦急。

牛大连吸三支烟后,周市长觉出了不对劲,渐渐不安起来。牛大老婆出去干啥?为啥到现在没回来?周市长心想:牛大可能认出了我,但凭他自个儿和弱不禁风的老婆奈何不了我,就让老婆去叫人来动手……周市长越想越担心,这荒山野岭的,有理都没处讲,到时候要出大麻烦!事不宜迟,还是谨慎一点的好,他决定马上就走。

周市长尽量让自己平静下来,定神想了想,问道:"老哥,我想解个手,尿桶在哪儿?"

"里屋。"牛大答道。

周市长走进里屋,迅速将手表塞进床铺的草垫里。他要把自己的手表留在这里,万一等会儿车没来,自己有什么不测,牛大肯定会不承认与他有关,到时候,这个手表就是线索和证据,牛大休想抵赖!

周市长从里屋出来,对牛大说:"老哥,谢谢你的热茶和火桶,我得去等车,告辞啦。"

周市长边说边推开门,冲进了风雪里。牛大立在门口,大声叫喊着:"别跑啊!老板!快回来,老板!你不要命啦……"

周市长哪敢回去,深一脚、浅一脚地朝山下公路跑去。

快到牯牛岭的时候,周市长隐隐约约看到漫天风雪中站着一个"雪人",左一下右一下不停地跺着脚,走近一看,竟是牛大老婆!

"哎哟,老板,你咋……也跑出来啦!这贼冷的天,你连个大衣都没有,身子骨哪受得住?快回去,快回去!"牛大老婆说话间上下牙都在打架,咯咯直响。

"你、你……在这里干啥?"周市长奇怪地问。

"替你等车,孩他爸怕冻坏了你……才不借大衣给你……俺家的大衣穿了十多年了,一点也不暖和的。"牛大老婆边说边脱下黄大衣,抖掉厚厚的积雪,把大衣披在周市长的身上。

听到这话,周市长松了一口气。显然,牛大两口子到现在还没认出他,真当他是生意人!周市长虚惊一场,虽然不再担心有危险,却没料到人家一片苦心,竟被自己误会了,脸上火辣辣的。

这时,牛大也赶到了,把一床被子披在老婆身上,埋怨周市长说:"老板,呆在屋里好好的,干吗跑出来,受这份活罪!"

正说着,公路上有了车子的灯光,周市长待近了一看,正是自己的小车。

车灯的亮光里,周市长看着牛大和他老婆,真想鼓起勇气,告诉牛大自己不是什么"老板",而是当年骂过他的那个周乡长,可就在周市长要开口的时候,牛大赶上一步,扶着他朝车门走去。

司机跑下来,不知道说什么好,一声不吭地拉开车门,从后座上拿出周市长的皮大衣,却被牛大伸手接了过去。牛大对周市长说:"老板,你得把我的大衣换下来啦。"

换好自己的大衣,周市长钻进轿车,欲言又止地朝牛大两口子挥挥手,轿车徐徐开动了。

周市长坐在车里,心里不是个滋味。他把手伸进大衣兜里,想摸烟,无意中却触到一个硬硬的东西,掏出来一看,烟盒纸里包着的,正是他的手表!不用说,是牛大刚才接大衣时放进去的。展开烟盒纸,有字,

字很潦草:

周市长:

　　你一进门,我就认出你了,过去的事不能全怪你,你本意也是为了大家好,我也太莽撞,说要报复是气头上的话,甭搁在心上!要说恨,咱是恨那些心里没有老百姓的坏官,但听你说话,还是想着咱的,还有这块手表,你能用十几年不换,肯定不是个贪官,就为这,咱替你等车,也值!

　　攥着这张字条,周市长百感交集,他再回头看看牯牛岭,黑漆漆的大山竟被大雪映亮了。

(白　驰)
(题图:魏忠善)

路在脚下

南门是县城贫富区的分水岭，南门外面是高楼大厦、车水马龙，南门里面是矮房破院、老街脏乱。

住在南门里的居民，也没啥大本事，大都吃着低保，每天悠悠闲闲过日子，很多人靠打麻将打发时间。

这天傍晚，麻将馆收摊了。有个叫林永红的头一个走出门口。这时，迎面过来一个衣着整洁的女人，她笑着问："林永红，今天手气怎么样？"林永红嘴上应付说："马马虎虎。"心里却在嘀咕：这人是谁呀？我不认识她，可她却知道我的名字。更奇怪的事情还在后头。随后，麻将馆又陆陆续续出来一些人，那女人竟然能一个不错地叫出每个人的名字。

最后,那女人跟着他们回到南门里,突然高声喊了句:"请大家停一下,好不好?"大伙儿停住脚步,回头望着那女人。只听她自我介绍道:"我叫郑梅香,是民政局新来的低保股股长,以后要经常和大家打交道,大家就叫我阿香吧。今天想和各位见个面,可你们都在麻将馆。我在外面等了小半天,就怕进去影响你们的手气。这样吧,你们先吃饭。晚上七点我们在林永红家的院子里开会,好吗?"

这话说得大伙人脸都白了,没人敢说一个"不好"。阿香这才点点头,回去了。看着她走远,林永红沮丧地说:"完了,完了,这回死定了!赌博让她抓了现行,下个月低保怕是要停掉了!"

旁边那个瘦子苦着脸附和道:"哎呀,停了低保我们怎么活呀?也怪,她怎么都认识我们呀?"

这时,有个叫老刘的"哼"了一声,说道:"我们的低保档案不是有照片吗?人家不会看呀?这个女人不一般,以后要小心点。"

当晚七点钟,阿香准时赶到。一点名,南门里所有的低保户都到齐了。阿香这才严肃地说:"赌博是低保户的大忌,文件规定,一经发现,要无条件地停保,不懂这条的请举手。"没人举手。阿香又问,"你们说,我该怎么办?"老刘举手说:"放我们一马,以后保证不赌了。谁赌停谁的,绝无怨言,大家说是不是?"大伙齐声说:"是!"

阿香笑了,说:"好,看你们的行动。不过,这事不能就此算了,得处罚你们。""还要处罚?"大伙的心又拎起来了。只听阿香继续说道:"这条街太难看了,各人自扫门前雪,把自己的东西搬回家,路面扫干净,不乐意的请举手!"

没人举手,会议也就结束了。阿香一走,林永红说:"我看她很有人情味,没进去抓我们现行,一直等到收摊。我们也该帮帮她!"

大伙连连点头，于是就七手八脚地动起来，把堆在街边的柴火等杂物搬走，把街道打扫干净。

傍晚，大伙坐在南门下聊天，阿香又来了。看到街道焕然一新，她连声说："好好好，早应该这样了，这样才像人住的地方嘛。"老刘说："哟，你骂人还不带脏字。"阿香指着南门外的地面说："我说错了吗？你们自己看看，这像人住的地方吗？"

南门与县城最繁华的朝阳路相距十来米，中间的路面坑坑洼洼，连摩托车都走不了。阿香似乎得理不饶人，继续批评道："你们有的是时间，把路填平了不是方便自己吗？"

见大伙的脸有点红了，林永红打圆场说："填平了干什么？反正我们买不起车，有车的人也不会将车开进来。再说了，工钱谁来出？"

阿香不高兴地说："你们自己的事情还要工钱？"

老刘说："要么将低保金额提高点。"

阿香刚要说自己没那个权力，却突然间有了主意，说："好啊，要是你们能在五天内填平这条路，从下月开始，每人每月增加30块。"

顿时，大伙欢呼起来。南门里临江，大大小小的鹅卵石、粗粗细细的沙子有的是，只要舍得出力，要多少有多少。看在钱的份上，大伙都拼了命，用了五天时间把路铺平了。

阿香验收后很满意，保证兑现承诺，但还有个条件，这条路要和朝阳路连成一体。老刘为难地说："现在我们也想这么做了，但资金的确成问题。"阿香说："我算过了，也就是十吨水泥的事，就从你们即将增加的收入里扣除，反正现在的低保金已经够维持你们的基本生活了。"

这不是羊毛出在羊身上吗？这个女人是把我们往坑里带啊，大伙脸色都难看起来。

见大伙误会了,阿香连忙把自己的计划说了。大伙这才眼睛发光,说:"我们怎么就没想到呢?"

林永红领着大伙筹钱,买水泥,借搅拌机,忙得热火朝天。五天后,南门前出现一条平整的水泥路,和朝阳路连成一体,两辆车可并行。

随后,林永红借钱买了一批二级砖,把院子修葺一新,还特意把门口留得很宽。其他街坊也有院子,他们也纷纷把院门加宽,拆掉了门槛。

阿香验收后,亲手在南门外的显眼处立了一块醒目的牌子:"南门内有车位,每次5元。"

从此,南门内外天天车来车往。林永红家最有搞头,6个车位,白天黑夜几乎没空过。就连最小的院子也有3个车位。就这样,南门内的居民越来越爱笑了。

很快过了一个月。这天,林永红他们来到低保股,装模作样地问:"阿香,怎么搞的?我们的低保一分钱没多。"阿香边做事边说:"把你们的账本拿来,看看收了多少停车费,按每人每月30块算,多的给我,少的我补。"大伙"哈哈"笑了一阵,然后林永红动情地说:"我们专门来是想请你吃一餐饭。从来没有谁,像你这样关心过我们……"

阿香盯着林永红的脸说:"哎哟,也会玩煽情了哦。"

林永红不好意思地说:"真的,给个面子吧,低保股的美女帅哥通通有请!"

只听阿香认真地说:"心领了,心领了!你们能有这番情意,我们就比吃上几顿还满足呢!"

(覃　旭)

(题图:刘为民)

讲规矩

小旅馆的规矩

王明杰是个生意人,他听人说现在卖山茸很赚钱,就动起了脑筋。山茸是近年来被炒得很火的一种纯天然药材,它的学名不得而知,据说常常服食可以抗癌,而极品山茸的疗效甚至超过野山参,有起死回生的神效。一株山茸王在市场上已经卖到了20万元。

王明杰揣着几万元本钱就上路了,他的目的地是山茸的产地——迦巴雪,那里是神秘的高海拔山区,山茸就生长在那些云雾缭绕的高山上。

到了迦巴雪,王明杰走进了一个小村庄,此时天色已晚,他决定先找个地方住下来。

村里的房子大多很破旧，但有间小院，屋檐和柱子都涂着鲜艳的颜色，显得鹤立鸡群。王明杰走进院子，这是个让人赏心悦目的农家小院，院里种满叫不出名字的花花草草。王明杰正要开口询问，一个满脸堆笑的中年汉子迎了出来。汉子用一口流利的汉语自我介绍，说他叫班达，是这儿的村长。走进村长的家，王明杰放心了不少。

王明杰问起山茸的事，班达指着院墙上的一个竹匾说："那里面就是山茸，你今天要是在这儿住，晚上就能吃到，山茸炖腊肉可是我们这儿的招牌菜！"王明杰这才明白，班达开着一个"农家乐"。

班达给王明杰看竹匾里晾着的山茸干，王明杰不由有些失望，这些干瘪的菌类就是传说中能起死回生、卖出天价的山茸？班达解释说："这些山茸品相不好，卖不出价钱，所以留着自己吃，真正的好山茸有人高价收购。"

坐在班达家宽敞明亮的客厅里，喝着班达妻子端上来的酥油茶，王明杰几乎不敢相信自己是在一个偏僻的小山村。吃饭前，班达说："我这里的房钱饭钱都是一定的，如果要吃山茸，就要加10元钱，这东西来得不容易。"王明杰愣了一下，心想，现在的山民都这么有经济头脑了。很快，山茸炖腊肉上来了，闻起来很香，吃到嘴里，有一股淡淡的中药味。

吃完饭，王明杰和班达在火塘边聊起收购山茸的事。班达说："现在正是采山茸的时候，明天我就要进山。按我们这里的规矩，你可以在家里等我采回来，按市价收购，也可以跟我一起进山找山茸，我们的规矩是见者有份，比方说，找到值1万元的山茸，你出5000元就可以拿走。"

还有这样的好事？王明杰当即表示要一起进山。两人说好明天出发，当晚，王明杰就在班达家住下了。

班达家有两间客房，向北那间狭小阴暗，向南那间宽敞明亮，王明杰就把行李往向南的那间放，班达见了，说："我得先说明一下，住这间得多收20元。"见王明杰发愣，班达解释道："这两间客房条件不一样，你如果嫌贵，可以住另外一间。"王明杰不解地问："反正现在也没有别的客人，我住哪一间不一样吗？"

班达认真地摇了摇头："不一样，定下的规矩，就得照办。我如果照那间的价钱给你住，就是不讲信用，对别的客人也不公平。"

天底下还有这样认真的人？王明杰不敢相信自己的耳朵，他掏出钱交给班达，看着班达笑眯眯地走出去，他心中不由一动：什么规矩，都是借口罢了，想多收自己钱才是真的！现在的山民呀，一点都不淳朴了，明天进山，自己可得多个心眼。

采山茸的规矩

第二天一早，王明杰跟着班达进山了。进了山他才明白，采山茸真是个苦差事，山路非常陡峭，很多地方根本就没有路。更让王明杰沮丧的是，走了老半天，却连山茸的影子都没看到。班达安慰他说，较近的地方山茸都被采光了，走远些一定能找到。

突然，王明杰发现不远处的枯树下有一丛东西，走近一看，这东西和网上看过的相片一模一样，和昨晚吃过的也差不多，不由得欢呼起来："山茸，我找到山茸了！"班达走近一看，说道："你眼力不错呀，这是山茸，长得还不错呢。"王明杰挽起袖子就要动手，班达却拦住了他："不能动，这山茸已经有主了。"

啥，明明野生的东西，咋会有主？王明杰不解地看着班达，班达指着枯树上的一道印痕,说:"你看,这是旺堆家的标志,这山茸是他先发现的,过些时候他会来采的。"

还有这样的事?王明杰看了看枯树,的确有一道刀砍的印痕,可是这能说明什么呢?

王明杰看了看四周,说:"这里没别人,咱们采了,他也不会知道。"班达似乎有些生气:"你怎么能说这样的话?山神在听着呢。别人的东西,咱不能动,这是千百年留下的规矩。"

王明杰做了个鬼脸,不情愿地跟着班达继续上路了。

一路上,他们看到的山茸渐渐多了起来,但每次班达都说是别人先发现的,证据就是旁边有记号,要么是草打了个结,要么是旁边呈品字形摆放了几块石头。这样下去,到底还能不能采到山茸?王明杰的心情越来越沮丧。

就在他快要绝望的时候,班达突然在一处山崖上有了发现,崖壁上长着一簇像菌类的东西,班达和王明杰手脚并用爬了上去,拨开那些挡住视线的枯叶,王明杰不由得瞪大了眼睛,这竟然是一株硕大的山茸王!

班达也很兴奋:"山神保佑,这是山茸王啊,咱们今天的运气真不错!"王明杰动手就要采挖,班达阻止了他,说:"不行,今天不能采。"王明杰不解地问:"为啥?"

班达说:"你看这东西颜色发白,还不到采挖的时候,现在采下来,药效不够。"王明杰说:"这东西体型够大了,能卖出好价钱。药效够不够,一般人看不出,咱也别管那么多了。"

班达却说:"不行,这是用来治病的药,咱不能做昧良心的事。先前路上那些做好标记却没采的,都是这样。外面老板来收购时,山茸王能卖到十几万呢,你别担心,这东西是我们共同发现的,你出五万就可以带走它。今天咱们先回去,过几天就可以来采了。"

于是他们沿原路回到了班达家,一路上,王明杰心事重重。

吃过饭,王明杰又困又累,倒在床上就睡着了,醒来时却发现班达不在,问他妻子,说是出去采山茸了。采山茸?他为什么不叫上自己?王明杰心里涌起了一丝不祥的感觉。

天快黑的时候,班达回来了,还带回了一袋子山茸,王明杰问他为什么不叫上自己,班达说:"这些山茸是我前些天发现的,在另一座山上,你去了也不能分一半,看你累了,就没叫你。"

真的吗?王明杰心里充满了疑问,他隐隐觉得自己被骗了,这些山茸,很可能就是上午发现的那些,班达瞒着自己,一个人去采了回来!

当天晚上,王明杰怎么也睡不着,他翻来覆去地想了一夜,做出了一个决定。第二天,他起了个大早,背上行囊悄悄离开了班达家……

最大的规矩

走出班达家的院子,天才蒙蒙亮,王明杰深吸了一口气,向山里进发,他决定,独自去采那株山茸王!一路上,他发现昨天做过记号的地方有多处山茸已被采走了,他觉得这更证实了自己的猜测,班达来过了!于是,他不客气地将所有剩下的山茸都装进了自己的袋子。

到了山崖下,王明杰发现那株山茸王还在,悬着的心才放了下来。他攀上山崖,小心翼翼地把山茸王采了下来,放进了袋子。

也许是因为心虚,也许是因为紧张,下山时,王明杰不小心一脚踏空,从崖上摔了下来!崖脚下是一条小溪,王明杰"扑通"一声掉进了冰冷的水里,两眼一黑,就失去了知觉。

王明杰醒来的时候,发现自己躺在班达家的床上,他搞不明白,自己是怎么回到这里的呢?不过他现在管不了那么多了,只想快点离开。

下床后,王明杰发现外间没有人,自己的衣服就晾在火塘边,已经干了。他穿上衣服,又在门后找到了自己装山茸的袋子,赶紧拿起袋子就往外走。刚走到门口,就听见一个低沉的声音说:"你就这么走了?"一抬头,班达不知什么时候堵在了门口,后面还跟着几个汉子。

王明杰干笑了一下,说:"班达大叔,上午是你救了我吧?我正要谢谢你呢。"

"上午?你是说昨天吧?你已经昏睡了整整一天了。"班达说,"你就这么走了?咱们的账还没算清呢。"

王明杰说:"你是说房钱吧,我已经放在桌子上了。"班达不理他,拿过他手里的袋子,"哗啦"一声,山茸倒了一地。班达对那几个汉子说:"你们都来认认,看哪些是自己的。"

一个人凑上前看了看,咕哝了一句什么,好像是说都混在一起了,怎么还认得出来?

班达想了想,对王明杰说:"那只好这样了,这些山茸就算你收购了。这些大概值5000元,这笔钱给他们平分,你看怎么样?"王明杰心想:自己有错在先,就算被宰也只能伸着脖子受了,更何况,自己还赚了那株山茸王呢!想到山茸王,王明杰定睛一看,却不由傻了眼:那堆山茸里,根本就没有山茸王,而自己昨天明明把它放在袋子里的,一定是班达趁自己昏睡的时候,把山茸王拿走了!

王明杰不由得气往上冲,直视着班达说:"班达大叔,我偷采了别人的山茸,是我不对,可是你呢?你说讲信用,却偷偷拿走了山茸王,你不是说这东西我也有一半吗?"

班达愣了一下,突然哈哈大笑起来:"你问那株山茸王?它在你肚子里啊!昨天我找到你的时候,你差不多快没命了,要不是喂你吃了山茸王,你还能活到现在?"

王明杰一时还不相信,这时,班达的妻子端上一碗热气腾腾的药汤,王明杰一看,汤里正是剩下的小半株山茸王!班达的妻子说:"小伙子,村里的大夫说你还没全好,快,趁热吃了吧。"

王明杰怔住了,好一会儿才说:"大叔,谢谢你!那株山茸王咱们说好一人一半,既然我吃了,我把属于你的那一半钱给你吧。"说着他拿出钱递给班达,班达从中数出5000元钱,却把剩下的还给了王明杰,说:"小伙子,我们还有个最大的规矩,那就是碰到人命关天的事,无论多大代价都得救。生命是不能用钱来计算的,小伙子,你走吧。"

王明杰再一次怔住了,半晌才说道:"大叔,我明白了!明年,我还来这里收山茸。"

(蔡美美)
(题图:魏忠善)

钱是啥味道

开学第一天,我这个班主任正在班里忙着给学生们发新书,忽然,财务室的小杨在教室外面叫我,我一出门,她就拉住我边走边说:"你们班赵小雨的妈妈太不像话了,交学费交假币,孙科长让我叫你过去!"

我一听这话,也有些着急,赵小雨的妈妈真是糊涂,怎么能交假币呢?影响多不好啊!赵小雨的家庭条件也的确很艰难,爸爸去年下岗了,在街上蹬人力三轮车,妈妈在街头摆了个鞋摊,对付着过日子。一定是她在外面收了假币,或者还不知道呢。嗯,我是学生的班主任,我得尽量维护她的尊严。

我到了财务室,见赵小雨的妈妈正在跟孙科长争执,过去一问,原来刚才赵小雨的妈妈来交学费，小杨把钱收了，放到了抽屉里，收据也开好了，这时孙科长要出去存钱，小杨把抽屉里的钱又都拿出来核对了一遍，接着孙科长又点了一遍，刚看几张就发现了一张一百元的假币。因为赵小雨的妈妈是最后一个来交学费的，她交的那叠钱就放在最上面，所以孙科长他们就认定这钱是赵小雨妈妈的。

我一听是这么回事，对小杨就有点不满意了：钱都收了，又塞进了抽屉，怎么就能判定是赵小雨妈妈给的假币呢？你为什么事先不好好看看？就是在银行里谁离开柜台还不认账呢！但碍于同事关系，我不好说什么，只对赵小雨的妈妈说："大姐，别着急，您再想想，这钱是不是您的？"

赵小雨的妈妈用满是老茧、还贴着胶布的手揉了揉通红的眼睛，说："鲁老师，你们也知道，我们来钱不容易，哪一张钱都是看了又看的，生怕收了假币。天地良心，我真的敢保证！不，我发誓，这钱不是我的！"

孙科长冷笑说："发什么誓呀，我们不相信这个，你要是不承认，就让赵小雨来！"

"不能让赵小雨来！"对孙科长的态度，我也有些生气了，说，"这是他妈妈的事，跟他没有关系！再说，还不一定是他妈妈的错呢！"

赵小雨的妈妈感激地看了我一眼，说："不要让小雨来！不要让小雨来！算了，这钱我赔了。"说着，她掀开外衣，在身上摸索了一会儿，掏出一个小布包，刚要掏钱，外面忽然传来一个声音："妈妈，您别急着赔！"接着，赵小雨从外面冲了进来。刚才赵小雨的妈妈跟孙科长发生争执，被班里的一个同学看见了，就告诉了赵小雨，他忙赶来了。

赵小雨拿起桌上的那张假币，在鼻子上嗅了一下，斩钉截铁地说："这钱不是我妈妈的！"

孙科长说:"你说不是就不是了?你是她儿子,自然帮着她说话了!"

"不是就不是!"赵小雨瞪着孙科长说,"我妈妈的钱是啥味道我能嗅得出来!"

"这可神了!"孙科长哈哈大笑起来,他用手指着屋里的人,还有外面围观的学生们说,"哈哈,他说他能嗅得出哪张钱是他妈妈的,哪张又是别人的,你们谁相信?哈哈,真是笑死人啦!"

这时,赵小雨转向我,镇静自若地说:"鲁老师,我想请您帮我做一个试验,行不行?"我点点头,赵小雨又对孙科长和小杨说:"你们也可以参与这个试验,我妈妈这个布包还没有打开,我不知道里面有多少钱,更不知道里面有几张什么面值的纸币,但是,你们可以先把小布包里这些钱的号码记住,然后再把这些钱混在其他的钱里,我就能嗅出哪些是我妈妈的钱!"

这话一说出,我也吃了一惊,这怎么可能呢?赵小雨妈妈的钱数额不大,但张数却很多,大部分是一块两块的纸币,但为了给赵小雨的妈妈讨回公道,我同意了赵小雨的要求,我和小杨、孙科长把那些纸币的号码都记了下来,然后把这些钱都混到了财务室的其他纸币里。我们做这一切的时候,赵小雨并没看我们,他还让孙科长用一块黑布把他的眼睛蒙起来,镇定自若地望着窗外。

最后,我们把钱放到赵小雨面前,这时,赵小雨竟然又说:"我不用手摸,以免你们怀疑我作弊,这样吧,孙科长,你把钱一张张地放到我的鼻子面前,我说是的就交给鲁老师,我说不是的就交给杨阿姨。"

孙科长根本不相信赵小雨真能嗅得出钱的味道来,他就亲自上去一张张地把钱放到赵小雨的鼻子前面,赵小雨一张张地嗅着,他嗅得很快,不一会儿,那厚厚一叠钱就分成了两堆,然后我们对照着刚才的记录一一查看,不由都惊呆了:赵小雨果真用鼻子分辨出了哪些是他妈妈的钱,分毫不差!

在门口和窗外围观的同学都鼓起掌来,掌声如雷。

孙科长有些傻了,好半天才反应过来,他问赵小雨:"小雨,你是怎么嗅出来的?你妈妈的钱是什么味儿呢?"

赵小雨把钱叠好,郑重其事地交到妈妈的手里,然后他对孙科长说:"我妈常年在外面风吹雨淋,她患有严重的风湿病。为了省钱,她总是买那种最便宜的风湿膏,她的身上几乎贴满了风湿膏,所以妈妈的身上总有一种风湿膏的味道。她挣钱不容易,把钱看得很重,都藏在身上,所以……所以钱上就有一种风湿膏的味道……"

赵小雨说完,已经是泪流满面,他妈妈抚摸着他的头,颤抖着声音说道:"好孩子,妈妈没能让你过上好日子,妈妈对不起你……"

"不!"赵小雨说,"妈妈,我有您这样的妈妈已经很满足了!"

孙科长也流泪了,他挽着赵小雨妈妈的手说:"大姐,我、我对不起您……"

赵小雨"嗅钱"的奇事传开后,第二天,财务室的门缝里就塞进了一封信,是那张假币的主人的忏悔信,里面还夹着一张百元新钞……

(一 冰)
(题图:王申生)

绿茵场上的阴影

可疑的球赛

出租车司机赵云杰今年四十多岁,平时也没什么爱好,就爱看个足球。不出车的时候,就和单位里的几个铁杆球迷凑在一块儿,聊聊足球。

这天晚上十二点多,赵云杰在悦宾楼酒店门口拉上了两个身高体壮的小伙子,这两人看样子都喝得差不多了,脸色通红,说话舌头都短了半截。车开出不久,一个留着长头发的小伙子说:"兄、兄弟,你说这桑老头真不是个东西,我这技术、能力,比他大刘不……不差吧?可他愣是让我坐了半年冷板凳。要不是大刘上周受伤,我今年是没机会上场了。"另一个留着小平头的小伙子说:"桑老头说你训练态度不好,他这是要冷处理你呢。"

赵云杰一听,立刻来了精神。他知道大刘是本市甲级俱乐部"海马队"的左边后卫,上周确实受伤了。他们说的桑老头,大概是指海马队的巴西籍主教练桑代克。赵云杰常在电视里看"海马队"的比赛,但对这两个小伙子没什么印象,心想他俩大概是板凳队员。球迷见了自己喜爱的球队的队员,当然非常高兴。赵云杰想等个机会,搭个腔,和他俩聊聊球。

只听长头发又气呼呼地开腔了:"这王老板也够黑的,这么大的买卖,才给咱哥儿俩八、八万,你说冒这个险值吗?"小平头说:"你知足吧,你以为你是谁呀?马尔蒂尼?就咱俩这样的上不了场的板凳,能挣几个算几个。"

"你这不是拿我开涮吗?咱们这种不入流的球员,能跟人家马、马尔蒂尼比吗?我要有马尔蒂尼的那份年薪,会干这种偷鸡摸狗的勾当?"

两人的话虽然说得断断续续、语无伦次,但赵云杰还是听清楚了,心里不由咯噔一声,他知道马尔蒂尼是意大利队的左后卫,他们说的"偷鸡摸狗"的勾当又是指什么呢?他想起报纸上老说有假球黑哨,这两个小子莫不是搞这种名堂的吧?这么一想,一种厌恶的感觉从心头涌起,刚才还想和他们聊足球的兴致全没了。赵云杰想摸打火机抽支烟,手伸到口袋里,触到一个硬盒子,这是儿子要他买的小录音机,学英语用的。下午在商场里,试完磁带,顺手就装在衣袋里了。赵云杰灵机一动,按下了录音键,心想,听听这两个小子还能说出什么鬼话来。小平头又开口了:"别光发牢骚了,想想周六的事吧。"长头发喷着酒气,得意地笑着说:"早想好了,不就是盯个张野吗?我跟他是一个体校出来的,我比他大一岁,说起来还是他的师兄呢。他过人的招数我一清二楚,想让他过,他就能过,不想让他过,他就过不了。"

小平头说:"你也别太离谱了,现在这些记者、球迷都厉害,评起球来,一套一套的,不是那么好糊弄的。"长头发又嘿嘿一笑,说:"我心里有数,先慢半拍,放他过去,然后跟在他后面玩儿命地追,别说记者,就是桑老头都看不出什么破绽来。"小平头说:"你要老重复同样的错误,也容易让人生疑。罚角球的时候注意,稍微跳慢一点儿,让球从咱们头上飘过去,谁也看不出什么来,咱们的任务就完成了。"接着,两人又扯了些别的闲话,下车走了。

赵云杰回到家里,躺在床上,琢磨了好一阵子,心想,也许是这两个小伙子长时间打替补,心里有怨气,酒后发牢骚罢了,醉鬼的话不能当真。想到这儿,他也就把这事搁在一边了。

第二天,儿子放学回家,就冲赵云杰喊:"爸,你买的什么劣质磁带?前半段是两个酒鬼在说醉话,后半段才是英语。同桌的冯小英借我的带子去翻录,回来当笑话给全班同学说,我今天这人可丢大了。"

赵云杰一听,也觉得好笑,说:"那盘带子呢?给我吧,我今天出去给你重买一盘。"

星期六到了,赵云杰正好轮休,想起那天车上的事,心里忽然一动,何不到球场看个究竟呢。于是花一百元买了张球票,进场一看,人山人海,彩旗飘扬,能装四万人的球场差不多坐满了。比赛还没开始,狂热的球迷已经开始敲锣打鼓,摇旗呐喊了。广播里,解说员在介绍比赛的有关情况时说,今天是海马队和天狼队的比赛。天狼队是同省的另一家俱乐部,已经处在降级的边缘,今天必须从海马队身上全取三分,才能脱离降级的苦海。但天狼队要想战胜技高一筹的老大哥海马队谈何容易。海马队虽无降级之忧,但为了取得联赛的好成绩,面对弱旅天狼队,相信也会抓住这个机会,奋力一搏,提升自己的名次。

比赛开始了。天狼队果然发动了潮水般的攻势,频频从两翼下底传中,但是正如解说员所说的那样,天狼队的实力毕竟不如海马队,看起来攻得气势汹涌,却总是只开花、不结果,攻势一次次被海马队瓦解了。久攻不下,反被海马队打了两次反击,球门就被攻破了。上半场,海马队以一比零领先。下半场开始不久,天狼队又发动了一次攻势。赵云杰看见天狼队的前锋10号张野带球突破,海马队的22号后卫上来堵截他,却被张野晃过,带着球冲入禁区,起脚打门,球进了!比分变成了一比一,主场海马队的球迷们发出一阵嘘声。

赵云杰身边的一个大个子球迷一拍大腿,懊恼地说:"这个海马的后卫呀,怎么就慢了半拍!"

一听慢了半拍这个词,赵云杰的脑海中立即浮现出那天车中的一幕。他借过大个子球迷的望远镜,向场上望去。只见刚才那个22号后卫,果然就是那天车上的长头发小伙子!又搜索了一圈,发现那个小平头也在场上,穿着6号球衣。大个子球迷说,小平头叫王玉生,是踢中场的。

比赛继续进行,平局维持到只剩五分钟了,就在大家以为这场比赛会以双方握手言和而告终时,场上形势又发生了变化。

天狼队获得罚角球的机会,只见皮球滑了一道弧线,向海马队球门飞去,又是天狼队的10号张野,高高跃起,一个狮子甩头,球又进了。解说员发出了惋惜的感叹:"球又进了!本来海马队对对方的箭头人物张野也布置了重点盯防,22号李建军和6号王玉生一前一后夹击张野,可是他们起跳的时机没有掌握好,都没有触到球……"解说员还在口若悬河地解释着刚才的那个球。赵云杰心里却像吃了一只死苍蝇。海马队的主教练桑代克老头急得又喊又跳，连忙找人把李建军和王玉生都换下来。可是为时已晚，他也回天乏术了。

再看球场上的这三四万人：天狼队的球迷发出了山呼海啸般的欢呼，锣鼓敲得震天响，铜管乐队奏起了欢快的乐曲。对面看台上的球迷还打出了一幅大标语：张野，我们爱你！而海马队的球迷，有的仰天长叹，有的捶胸顿足，有的骂爹骂娘。乱吵了一通之后，球迷们又把不满发泄在主教练身上，场上喊起了："桑代克，下课！桑代克，大草包！"

赵云杰突然发现，所有的这一切都是一幕并不高明的戏，而这三四万观众却被骗得疯疯傻傻。他想，如果不是那天偶然拉上那两个球员，如果不是那两个家伙酒后吐真言，自己今天也会像全场球迷一样，为喜爱的球队呐喊助威，为它的失球痛心疾首。想到这里，他骂了句："可耻！"没等比赛结束，就起身离开了足球场。

卷进是非窝

第二天，赵云杰照常出车，在停车场等客人的时候，他买了几张报纸，翻看体育栏目，各报的体育记者都把这场球失利的原因归在了主教练桑代克的头上。要在过去，赵云杰还觉得这些记者水平就是高，分析得头头是道。可今天一看，全是胡扯。

赵云杰的心情坏到了极点，开着车在街上瞎溜。路边明明有客人要车，手摆得跟白杨树叶子似的，他却假装没看见，一踩油门就跑远了。溜了一个多小时，不知怎么溜到了人民广场。这里有个球迷角，有球赛的季节，总有一大群球迷聚在这里侃球。赵云杰是这里的常客，他把车锁了，钻进人群，听人聊球。

只见一个戴着眼镜的年轻人站在人群中间,滔滔不绝地发表演说,又是足球环境,又是人文背景,横向和欧洲五大联赛作比较,纵向从两千年中国封建历史找原因,直说得唾沫星四溅,听众频频鼓掌。赵云杰觉得十分好笑,心说这场球失利的原因只有我老赵一个人知道,你小子胡拉乱扯些什么呀。这么一想,他情不自禁吐出了四个字:"胡说八道!"听众的目光一下聚焦在他的身上。年轻人很有风度地打着手势问:"请教这位师傅,既然您认为鄙人的观点是胡说八道,想必另有一番高见,不妨讲出来,咱们切磋切磋,有道是'奇文共欣赏,疑义相与析'嘛。"赵云杰的脸一下红了,他一个开出租的,哪在这大庭广众下发表过演说?憋了半天,才憋出一句:"我也讲不上你这么高深的理论,我就知道足球就是足球,它是个实实在在的东西……"年轻人打断了他的话,说:"那你说昨天那场球失利的原因是什么?"赵云杰脑袋一热,冲口而出:"那是有人捣鬼,踢假球!"

这句话一出口,球迷顿时炸开了,有的说你可不能信口开河,有的说咱不能一输球就说是假球,还有的骂他说,你这球迷档次也太低了。

赵云杰不善言辞,只能反反复复说着:"我就是知道,知道他们踢的是假球!"他见众球迷七嘴八舌,根本不听他的,觉得跟这伙人说不清楚,就挤出人群往外走。

没走出多远,听到有人叫他:"这位师傅请留步。"回头一看,一个眉清目秀的小伙子走了过来,递上名片,赵云杰一看,上面写着"《体育论坛》记者宁素石",心想,这名字倒还古香古色的。宁素石很礼貌地问:"师傅贵姓?""免贵姓赵。""我想跟您谈一谈,赵师傅有时间吗?""我是个开出租的,时间有的是,可您采访我,不是瞎子点灯白费蜡吗?"宁素石说:"对面有个咖啡屋,我请您喝杯咖啡好吗?"

两人来到咖啡屋，坐定后，宁素石才说："刚才我在广场听您说昨天那场球是假球。我看您跟他们争得脸红脖子粗，好像挺动感情的。"赵云杰气哼哼地说："这伙人，平常有人散布什么离奇古怪的小道消息，他们都信，我说的是千真万确的大实话，反而没人信，你说这叫什么事啊？"宁素石说："干我们这一行的，社会上三教九流的人观察得多了。我的直觉告诉我，您绝不是一个信口雌黄说假话的人。您刚才说的话有什么根据吗？"赵云杰正觉得心中有一口闷气无处发泄，一看这个记者待人也很诚恳，就把这前前后后的事细说了一遍。宁素石问："您说的那盘磁带还在吗？送给我好吗？"

赵云杰觉得这磁带放着也没用，就一口答应了。宁素石坐上赵云杰的车，来到他家，赵云杰找出那盘磁带送给了他。

几天后，《体育论坛》登出了宁素石采写的独家新闻：天狼俱乐部收买海马队队员，球场放水，致使海马队主场落败。这条新闻犹如一颗重磅炸弹，掀起了轩然大波。各个媒体都抓住这个新闻热点大做文章，有评论的，有追踪报道的。海马队的球迷群情激愤，强烈要求严惩球场败类，一时间热闹异常。

天狼俱乐部老板出面辟谣，说此事纯属无中生有，要和《体育论坛》对簿公堂。《体育论坛》也发表声明，说有重要证据在手，坚决要把这场维护正义的战斗进行到底。

媒体几乎闹翻了天，赵云杰仍照常出车，这天中午，一个戴着墨镜的胖子上了车，问他到哪儿，胖子说随便。赵云杰心想，随便是哪儿？管他呢，把车开到城外高速公路上，那儿不堵车，跑够了公里数，他付钱就行。

车开到郊外，胖子突然开口了："赵师傅，开出租这活儿挺辛苦吧？"

赵云杰吓了一大跳:"你怎么知道我姓赵?"胖子微微一笑:"这个你就别问了。赵师傅,鄙人姓刘名庆昌,咱们交个朋友吧。你们出租车司机,风里来,雨里去,挣几个钱也挺不容易的。现在有笔财不知道赵师傅愿不愿意发?"

赵云杰在后视镜里扫了胖子一眼,说:"只要不是杀人、贩毒、干伤天害理的勾当,钱谁不想挣?""您放心,这买卖一不违法二不乱纪,保证让您一点儿风险都不担。"赵云杰哼地一笑:"天上还能掉下馅饼来?你就说吧,是什么买卖?""听说你在车上录了两个醉鬼的音?磁带还在你手里吗?只要把那带子给我,再在这份声明上签个字,我立马付您二十万现金。"胖子说着,掏出一张支票来扬了扬,又掏出一张纸递过来。

赵云杰感到事情不简单了,就把车拐进了慢车道停下,然后细看那张纸。纸上是电脑打出来的两行字:郑重声明:关于海马队球员打假球的事,本人一概不知。本人也从来没有在私下接触过海马队的任何队员。

赵云杰陷入了沉思,他怎么也没想到在车上偶然录了两个醉鬼的醉话,会引出这样大的一场风波来。他觉得这二十万来得也太容易了,自己得干多少年才能挣够这么多钱呢?可再一想,说出去的话,泼出去的水,咋收回来?何况这事已在报纸上发表了,怎么能出尔反尔呢?胖子见赵云杰半天不出声,开导他说:"老赵师傅,我看你也是个老实人,想给你提几句忠告。足球圈里水深得很,像你这样的老实人最好不要搅进来,搅进来没你的好果子吃。"

赵云杰听得目瞪口呆,他做梦都没想到自己会被搅进这趟子浑水。天生不会撒谎的他,便一五一十地把这前后经过给刘庆昌说了一遍。

刘庆昌问:"说了半天,你手里没磁带啊?""磁带让宁记者拿走了。""那这样吧,你只要在这声明上签个字,这二十万照样归你。你拿上这钱,什么话也别再说,这事以后就跟你没关系了,怎么样?"赵云杰态度坚决地说:"钱谁不喜欢,可是这个字我不能签,咱不能睁着眼睛说瞎话,害了人家宁记者。"

刘庆昌叹了口气,语调低了下来:"老赵师傅,你是个好人,可是你大概还不知道你已经卷进是非窝里了,咱们平头老百姓,斗不过那些大老板。你一个开出租的,走到哪儿不是靠车轱辘挣钱?那个姓宁的记者,以为从你这儿抓上一盘磁带就能呼风唤雨。这个书呆子也太天真了。我也只是个给老板跑腿的角色,我是看你面对二十万巨款不动心,觉得你是条汉子,才说了这些不该说的话。我的话你可以不信,但你走着瞧好了。"

刘庆昌说完,又叹口气,下车拦住另一辆出租车,走了。

赵云杰回到家中,越想越奇怪。再看报纸上,关于天狼队收买对手的事,依然炒得沸沸扬扬。《体育论坛》言之凿凿,说要揭开黑幕的盖子。天狼俱乐部信誓旦旦,说绝无此事,要用法律来捍卫自己的尊严。球迷听得一头雾水,不知道信谁的好。

引来贼登门

这天,赵云杰轮休在家,宁素石突然慌慌张张来找他。一见面就问:"赵师傅,那盘磁带你留底子了吗?"赵云杰惊讶地说:"留什么底子,当时就给你了。"宁素石一听,急得连连跺脚,道:"坏了坏了,我家失窃了。我放在写字台抽屉里的那盘带子,今天突然不见了。我把家里翻了个底朝天,都没找到。问我家里人,都说没动过我的东西。最后我细看抽屉,好像被人翻过了。我家有防盗门,窗户上也有防护栅栏,没有任何被撬的痕迹,这小偷是怎么进来的呢?看样子是个作案高手干的。"

赵云杰感到问题严重了,就把那天遇到刘庆昌的事说了一遍。宁素石听了,直埋怨赵云杰:"赵师傅,你也太大意了,这样的秘密,怎么能向一个陌生人和盘托出呢?"赵云杰委屈地说:"我哪里知道事情会这么复杂?我说你也太大意了,你既然知道那盘带子非常重要,就应该放到你们报社的保险柜里才对。"两个人你怨我,我怨你,怨了好一阵子。宁素石苦着脸说:"天狼俱乐部要和我们报社打官司,没有了磁带,就失去了最重要的证据。现在唯一的办法,就是赵师傅你出庭作证。即使这样,能不能把官司打赢,我心里都没底,还得去请教律师。"

赵云杰现在才体会到,那天刘庆昌的话并非吓唬人的。他担心地问:"咱们斗得过这伙人吗?"宁素石激动地说:"我也知道这伙人财大气粗,势力很大,可是咱们都是球迷,热爱足球!为什么咱们足球这么多年还搞不上去?我看主要病症就在这些家伙身上。面对恶势力,你要敢于说不。"两个人又谈了一阵,宁素石要告辞了,临行时交代说:"赵师傅,丢失磁带的事,你要绝对保密,我回去也只能对我们报社的老总一个人说。不能让对方知道咱们手里没证据了,否则的话对方就更嚣张,咱们就更被动。"

宁素石走后,赵云杰躺在床上,把刘庆昌和宁素石的话反反复复想了几遍,也没想清楚到底听谁的好。他觉得两个人说的都有道理,从宁素石磁带被窃来看,天狼的老板确实如刘庆昌说的不好惹。自己若答应出庭作证,肯定会引火烧身,但不答应吧,又觉得良心上过不去。左思右想,最后一咬牙,拿定了主意,第二天就给宁素石打电话,说同意出庭作证。

第二天,天狼的官员向新闻界宣布,说《体育论坛》制造假新闻,他们手中没有任何证据,纯属造谣中伤,天狼方面完全有把握打赢这场官司。记者电话采访《体育论坛》老总,老总回答说无可奉告。接着报上又登出消息,称由于种种原因,这场官司的开庭日期被推迟了。双方只是在报纸上打嘴仗,球迷们看新闻是越看越糊涂。只有赵云杰心里明白,双方用尽了心机,其实要害就在他那盘磁带上。《体育论坛》手中没了磁带,就像枪里没有了子弹,不敢贸然上阵,所以把开庭时间推迟了。

这天,赵云杰突然接到了一个电话:"赵师傅吗?你好,我是刘庆昌,您还记得我吧?"赵云杰大声说:"当然记得,我问你,是不是你们到宁记者家偷了磁带?""赵师傅过奖了,我还没有这么大的本事。但据我所知,天狼俱乐部有的是钱,花点儿钱雇个开锁高手,那还不是小菜一碟?""你们也太卑鄙了!""赵师傅不要发火,我觉得你还是太天真了。俱乐部老板说到底还是个商人,在商人眼里,商场就是战场,为了达到目的,采用什么手段都是无所谓的。像你这样单纯的人,不应该卷进这个漩涡里来。听说你要为《体育论坛》出庭作证?""不错,我是要出庭作证,我要在法庭上把你们搞的那些见不得人的东西统统揭露出来,让全省人民看看这些肮脏的交易!""赵师傅不要太激动了,有人让我转告几句话给你,这场官司《体育论坛》必输无疑。天狼方面请的律师是打官司的高手。就算你出庭作证,没有磁带,口说无凭,无济于事。他们还可以找出证人,说那天晚上海马的所有队员都没出过门,你是信口开河。不过,只要你答应不出庭作证,上次我说的那二十万还可以给你。赵师傅,你是个聪明人,你掂量一下这分量,三思而后行吧。"

赵云杰气得眼冒金星。平时不善言辞的他,这时不知道用什么言语来表达他的愤怒,这个从来没说过假话的人,憋了半天,不知怎么憋出一句:"你们别欺人太甚,告诉你,那盘磁带我翻录了一盘,在家藏着呢。"

对方听了一阵沉默后,"咔哒"一声,电话挂断了。

赵云杰正为他有生以来第一次说谎得意呢,哪知两天后,小偷就光临他家了。这次小偷可不像到宁素石家那么客气,家里的东西被翻得乱七八糟。真皮沙发被人用刀片划了十几道大口子,电视机、影碟机、音响全放在灌满水的浴缸里,门窗却没有任何被撬的痕迹。赵云杰的老婆坐在地上号啕大哭,边哭边骂:"都是你那个足球给闹的。平时一有球赛,你们爷儿俩就坐在电视机前发神经,我一说你,你还说是男人就要爱足球。你爱得好,足球把贼都引到家里来了,这日子没法过了……"

派出所的人来了,看了看没丢什么东西,就给赵云杰讲了一通大道理,要他今后提高警惕,加强防范措施,配合派出所共同搞好社会治安。赵云杰真是欲哭无泪,他心里清楚,小偷是来找那盘根本不存在的磁带的。他想把这来龙去脉给派出所的民警说一说,但一想到那个来无踪、去无影的刘庆昌,又担心说出来不但破不了案,也许会遭到更大的报复,于是就忍住了。

晚上,赵云杰家的电话铃响了。"赵师傅吗? 我是刘庆昌。"赵云杰一听就火冒三丈:"姓刘的,你们这伙人太无耻了,竟然用这种下流的手段。告诉你,我明天就找宁记者,让他把你们的这种下流做法披露在报纸上!""赵师傅,别激动。没有证据就是诬陷。我想重复上次的话:你这个老实人斗不过那些大老板,你为什么放着二十万不要,非要一条道走到黑呢? 国外的赌球集团,总统都奈何不了,你一个司机逞什么能呀。"

别看赵云杰是个老实人,可老实人发了火,九头牛都拉不回头。他对着电话吼道:"逞能就逞能,你们还无法无天呢!"对方把电话挂断了。

赵云杰一回头,发现老婆就站在身后。还没等他开口解释,老婆就嚷起来了:"我全部听见了,赵云杰,这次说什么你也得听我的,你拿人家一盘什么磁带,赶快交出去。咱们平头百姓,就图个平平安安过日子,惹不起那伙恶人。你说你拿着那个惹祸的磁带干什么?"

赵云杰只好给她解释:"其实我手里没什么磁带,我只是随口说了一句假话吓唬他们的……"老婆喊道:"事情都这份儿上了,你还骗我呀?你没磁带,这伙人能把咱家祸害成这样呀?"赵云杰真是有口难辩,只好赌气溜到大街上,瞎转悠到半夜才回家。

寻找活证人

赵云杰一句话把天狼俱乐部老板给弄糊涂了,他们一时弄不清对手有没有那盘磁带,就干脆来了个以攻为守,正式向法院递交了一纸诉状。这一试探性的进攻还真把报社给吓慌了,报社老总天天催着宁素石赶快搞磁带,把宁素石催得跟热锅上的蚂蚁似的团团转,他在无计可施时又来找赵云杰商量,赵云杰想了半天,突然说:"我看咱们直接到海马的训练基地去找那个李建军和王玉生,我跟那俩小子当面对证,他们还能当面说没讲过那些话吗?"

宁素石也想不出别的办法,就同意去试一试。两人驱车来到郊外海马的训练基地,隔着栅栏,看到桑代克老头正领着队员进行战术训练。赵云杰把栅栏里的人一个个细细地看了一遍,就是没有李建军和王玉生。等到训练结束,趁着两个球星给场外的追星族们签名时,赵云杰和宁素石凑过去问其中一个:"请问你们队的李建军和王玉生为什么没有参加训练?"那球星正忙着签字,抬头看了一眼赵云杰,说:"哎哟喂,还有您这么大岁数的追星族?追的还是俩板凳?"赵云杰说:"我们不是追星……"宁素石怕他把实话说出来,赶紧拽了他一下,抢着说:"是这样,李建军和王玉生欠这位师傅一笔钱,我就来找他。""噢,你俩是来要钱的呀,告诉你们吧,来晚了,这俩小子让老板给炒鱿鱼了!"赵云杰一听急了,问:"到什么地方去找他俩呀?"球星说:"那我就不知道了。"宁素石满脸赔笑地说:"劳驾您给提供个线索吧,那笔钱对我们很重要。"

球星骂道:"这俩小子,咋这么不地道呢,欠人家的钱不还,什么人啊!李建军他爸好像是你们这里黎明机器厂的工人,你们到那儿去问问看。"

两人如获至宝,第二天就赶到黎明机器厂,费尽了周折,总算找到了李建军家。这是黎明机器厂家属区的两间破旧平房。李建军果然在家,他大概也认出赵云杰了,气呼呼地坐在床边,一言不发。李建军他爸是个下岗工人,忠厚老实,听赵云杰把前后经过说了一遍,唉声叹气地说:"唉,你说踢个足球咋就这么难呢?兄弟,提这事我就想大哭一场。我们两口子都是工人,没啥大本事,就把希望都放在儿子身上。建军这孩子,打小我就把他送进体校。我跟他妈省吃俭用,攒点儿钱都用在他身上了,就盼着他有个出息。和他一批的队员,有的在大俱乐部打上了主力,年薪七八十万。我们盼星星,盼月亮,好不容易盼到他进了海马队,谁知道这小子不争气,灌了点马尿,胡说八道,让老板炒了鱿鱼。"

宁素石说:"这些老板太可恶了,李师傅,你也别难过,让建军换个俱乐部吧,只要有技术,还怕没球队要?"李建军瓮声瓮气地开口了:"你就是那位记者吧?你这就叫站着说话不腰疼,我泄露了天机,就坏了这圈子里的规矩,哪个老板还敢要我呀?大记者,就你那一篇狗屁文章,把我一辈子的前程都毁了……"赵云杰打断了他的话说:"小伙子,你这话就不对了,你们打假球还有理了?"李建军也不服气:"打假球的又不是我一个人……"

赵云杰和宁素石苦口婆心劝了半天，加上李建军的爸在旁边帮腔劝导，李建军终于被说动了。他撸撸长发，说："反正我也踢不成足球了，一不做，二不休，我把我知道的情况都告诉你们吧！"宁素石大喜过望，赶紧拿出采访用的小录音机。

不料就在这时，传来了一阵敲门声。李建军他爸打开门，赵云杰一抬头，大吃一惊，来人竟是那个神秘的刘庆昌。刘庆昌一见是他们俩，也吃惊不小，尴尬地说："哟，赵师傅，这可是冤家路窄。我要是没猜错的话，这位就是大名鼎鼎的宁记者了，怎么，想在这儿抓点新闻？记者的嗅觉确实灵敏，佩服佩服！"赵云杰凑在宁素石的耳朵上说："这就是我给你说过的那个刘庆昌。"宁素石冷冷一笑，反唇相讥道："刘先生也很辛苦么，今天光临李师傅家不知又有何贵干呀？小伙子已经被炒了鱿鱼，你们还不放过，太过分了吧？"

刘庆昌那白胖脸上微微变了点色，挤出点笑容说："我知道你们把我想得很坏，很讨厌我，其实我也很讨厌我自己，唉，可是人在江湖，身不由己呀。好了，不说这些了，我找李建军有点事，希望我的到来没有打扰宁记者的采访。"宁素石知道和李建军的谈话是不可能继续下去了，只好拉了赵云杰告辞出门。

第二天下午，宁素石约上赵云杰，又来到李建军家。谁知一进门，李建军的父亲就说："二位，我知道你们都是好人，可求你们别来找咱建军了。"宁素石一听这话，心中暗暗叫苦：坏了，到手的线索又飞了！忙问原因，李建军的父亲说："昨天来的那个胖子，是天狼俱乐部的人。他们给建军安置了个工作，天狼集团在西北有个大宾馆，建军和王玉生都被安置到那儿去当保安，月薪两千五，条件是永远不准对外再说足球上的事。我们爷儿俩都在人家的合同上签了字。我觉得这样挺好，我这儿子除了踢球再没别的本事,不过这孩子长得人高马大的,当个保安也合适。我这个八级钳工混了一辈子,如今下岗在家,一个月才领二百多元生活费。建军能有这么个结局,我们很知足了。您二位昨天讲的那些大道理都对,可我们是平头百姓,惹不起那些大老板,对不住二位了。"

宁素石和赵云杰听了好似当头被浇了一盆冷水,顿时傻了眼。两人回到赵云杰家,坐在屋里,你望着我,我望着你,一根接一根地抽闷烟。

就在这时,赵云杰的儿子推门进来:"哇,这么多烟啊,跟着了火似的,你们发什么愁啊?"赵云杰不耐烦地说:"去去去,小孩子不要管大人的事!"儿子一撇嘴,把头凑过来,说:"老爸,你别小看人,我知道你们为啥发愁,而且我还有解决你们发愁的灵丹妙药。"赵云杰将信将疑地看着儿子。宁素石一把拉住赵云杰儿子的手,说:"快说,什么灵丹妙药?""爸,你忘了?那盘磁带,我的同桌冯小英翻录过。"

一句话,让赵云杰喜得蹦起来:"这孩子,你怎么不早说!"他急忙拉起宁素石和儿子出门上车。来到冯小英家一问,磁带竟然还在。放进录音机里听了听,内容完好。三个人高兴得又喊又跳,把冯小英一家看得莫名其妙。

回到赵云杰家,宁素石感叹说:"这才叫山穷水尽疑无路,柳暗花明又一村!这下不怕上法庭了。赵师傅,我还有另一个打算,市公安局刑侦科的郭科长,是咱们市里的破案高手。这人也是个球迷,和我很谈得来,我想明天请他来,看看你家和我家失窃案的现场,也许能找出一点线索。"

第二天,宁素石领着郭科长来到赵云杰家,看了现场,又听赵云杰谈了前前后后的经过,郭科长也很气愤,说:"从作案的特征来看,我有一个怀疑对象,此人名叫张金毛,外号'金钥匙',这家伙开单位的保险柜,那可真叫一绝。开你们家里的这种锁,更是易如反掌了。这家伙还是我把他逮捕归案的,去年刑满释放了。听说他和天狼俱乐部一个副总以前是哥们,会不会是他干的呢?这事儿你们先保密,我摸摸情况再说。"

意外的结局

宁素石拿着磁带兴高采烈地来到老总办公室,递上磁带说:"老总,这下咱们可胜券在握了。"谁知老总反应冷淡地说:"先放着,以后再说吧。"宁素石心里直纳闷,老总今天怎么了,这样的重要证据竟然没有兴趣。

第二天,他在办公室翻看着当天的《体育论坛》,忽然在报纸的偏僻角落发现一则《本报郑重声明》:"由于本报工作人员工作不够细致,本报所刊有关海马足球队和天狼足球队比赛的报道,与事实不符,特此向海马俱乐部和天狼俱乐部表示诚恳的歉意。"

宁素石一看,不禁火冒三丈,假球案的稿件发表后,报纸的发行量大增,此时正应该乘胜追击,把足球圈里的害虫挖出来,这样更可以大大提高报纸的知名度。现在老总竟然指鹿为马,登出这样荒唐的"郑重声明"来!他气呼呼地拿着报纸去找老总。

一进门,老总就跟他打招呼:"小宁呀,你来得正好,我正要找你呢。我们经研究决定,把你的工作变动一下,今后你负责报道群众体育这一块,足球这块的新闻,交给别人去跑。"宁素石觉得被人当猴耍了,气得脸色发青,冲口而出:"老总,我提出辞职!临走前,我只想问一句:咱们搞新闻的人还要不要一点职业道德?"

老总的脸刷一下红了,他让宁素石坐下,说:"小宁呀,既然你把话都说到这份儿上了,咱们不妨推心置腹地谈一谈。你以为就你一个人有正义感?我不想当维护正义的斗士?说心里话,和天狼方面妥协,我也不愿意,可是天狼是大公司,这次达成和解,他们公司答应给我们报社一大笔赞助,还拉来几宗广告业务,报社的收入一下增加了六百万!要照你说的,咱们硬碰硬,干到底,天狼公司就要撤出广告业务,咱们社的收入就要大幅度下滑。这一进一出,差距有多大,你算算这账!报社有几百口子人我得养活,你们的福利、奖金,少了一分都要骂娘,你以为我这老总是那么好当的?小伙子,现实一点,得让人处且让人吧。"

从老总的办公室出来,宁素石觉得心灰意冷,不知道该去哪里。他想找个没人的地方大哭一场,可是连这么一个清静的地方也无法找到。他垂头丧气,漫无目标地在大街上走着,不知走了多长时间,一辆出租车"嘎"的一声停在了身旁。司机伸出头,是赵云杰。

"宁记者,到哪里去?上车!"宁素石懒洋洋地上了车,把这前后经过给赵云杰说了一遍。赵云杰气得瞪眼,骂道:"这太气人了!我也没心思跑车了,咱们到江边散散心去!"两人买了一瓶酒,开车来到江边,在一个石桌边坐下,一边喝酒,一边发泄着心中的郁闷,当一瓶酒快喝完时,突然有一个浓妆艳抹的女子,走到宁素石面前:"大哥,你好帅啦,陪我玩玩好吗?"宁素石以为是暗娼来拉客,怒斥道:"滚,滚远点,再不走,我就叫警察了!"不料话还没说完,不知从哪里蹿出三个彪形大汉,照着宁素石就是一阵拳打脚踢。

赵云杰忙上去拉他们,一边怒喝道:"你们是什么人?怎么随便打人呀!"一个大汉回手一拳,就把赵云杰打了个仰面朝天。不知谁打了110电话,巡警赶到了。宁素石已被打得鼻青脸肿。没等赵云杰他们开口,那伙流氓竟然恶人先告状,一个大汉说,宁素石喝醉酒,公然在光天化日之下调戏他的女朋友,他才打宁素石的,是正当防卫。那个年轻女子,此时披头散发,把内衣撕得稀烂,又哭又闹,说宁素石对她动手动脚。这时,又不知从哪里冒出七八个人来,说他们都是目击者,这女子所说属实,他们都可以作证。

巡警公事公办,一本正经地做着笔录。赵云杰和宁素石这时就是长出十张嘴也说不清楚了。巡警看了他们两人的证件,训斥道:"你还是个记者,文化人,怎么能干出这样的事来?跟我们走一趟!至于你,酒后驾车,执照没收,明天到交警队参加学习班,听候处理。"说完,不容分说把宁素石押上警车带走了。赵云杰走过来,见自己的车玻璃被砸碎,轮胎也被扎破了,刚才那伙人站在远处,幸灾乐祸地冲他笑着。

晚上,赵云杰躺在床上生闷气。忽然,电话又响了,又是那个刘庆昌的声音:"赵师傅,你好。"

赵云杰破口大骂:"好个屁!你们这群王八蛋!""赵师傅,不要激动。今天下午江边的一幕我都看到了,全过程我都录了像。我把录像带翻录了一盘,用塑料袋包好,扔在你家楼下的垃圾箱里,你现在就可以去取。拿到录像带,就有了证据,你明天就可以到公安局把宁记者救出来。"赵云杰大惑不解地问:"你为什么要这样做?"

"事到如今,我也不想瞒你了。我是天狼集团的一个高级职员,这次在江边制造冤案,是我们老板雇了几个社会上的混混干的。原因就是你们二位知道的事情太多了,老板想让你们二位闭嘴。今天下午,我受老板的指派,在远处监视那伙人,录像后向老板交差。可我觉得他们太无耻了。我非常敬佩你和宁记者的为人,所以才做出这样的决定。"

赵云杰说:"你这么做,不怕你们老板找你的麻烦吗?""我已经想好了，明天就离开这个城市。尽管天狼方面给我发着一份相当可观的薪水，可是想到你，一个普通的出租车司机都能面对巨款不动心，仗义执言，我就觉得我活得不像个男人，有愧于我这个名牌大学毕业的高才生！我知道这样帮助你们，肯定会有大麻烦，所以明天我就要远走高飞了。请转告宁记者，不要泄气！这个世界上，有良心的人还有很多。再见了，赵师傅，好自为之。"

赵云杰飞快地跑下楼，果然在垃圾箱里找到了录像带。第二天，他就拿着带子到公安局找郭科长。

郭科长和公安人员认真分析了录像带的内容，认定这是一个设计好的诬陷案。而且郭科长在录像里面，一眼认出其中一个"证人"就是金钥匙张金毛！郭科长当机立断，派人拘留了张金毛。连夜审问，张金毛供出，是天狼集团的人雇他开锁偷磁带，那几个所谓"证人"也都是天狼集团雇来的。司法机关决定对天狼集团与假球案有关的犯罪行为立案侦查。一时间，天狼集团成了全城关注的焦点。

宁素石也要离开这个城市了。临行前，来向赵云杰告别，他把那盘被罪犯偷走的磁带又还给了赵云杰："赵师傅，不，赵大哥，这场磁带风波终于结束了，带子我翻录了一盘，留作纪念。原版还给你，希望我们的友谊长存，希望你永远保持这颗善良，正直的心！"

赵云杰紧紧握住宁素石的手，激动得泪水汩汩而下："兄弟，保重，别忘了足球……"

(李滋民)
(题图：杨宏富)

诱惑·万象篇
youhuo wanxiangpian

> 世间万象,善恶好坏,最终都会有一个交代。

六指山不相信眼泪

　　张龙和赵虎都特别喜欢开越野车,最近,他们合伙买了辆二手"猎豹",一到双休日,就迫不及待地把车开了出去,到离城一百五十多公里外的六指山玩了两天,星期一一大早才匆匆忙忙往城里赶。

　　早晨,山上的空气特别清新,山路上一个人影也不见,"猎豹"沿着盘山公路在山里转了一圈又一圈,老半天还没有转出山,两个人归心似箭,于是就感觉有点乏味。就在这时候,坐在副驾驶位置的张龙眼前一亮,发现前面山路拐弯处有个姑娘正急急地走着,他伸手拍拍赵虎的肩说:"你看!"赵虎也看到了,不由自主地按了两声喇叭,那姑娘可能是听到声音了,回头看了他们一眼,但却丝毫没有停下来的意思,继续急急地向前赶路。

张龙心里一动,对赵虎说:"没准她有什么急事儿,要不咱们做回好事,捎她一程?""好哇!"赵虎心想一路上有个姑娘做伴,说说笑笑,解闷多了。于是他又连着按了两声喇叭,算是打招呼,把车开到了姑娘身边。

哟,这姑娘哪像山里妹子啊,白白的脸蛋,弯弯的眉毛,穿着打扮也完全是城里姑娘的样子。张龙热情地招呼她说:"小妹,这么早就赶路啊?是进城吗?上车吧,我们捎你一程!"那姑娘往车上瞥了一眼,脸上的神情显得很惊慌:"不,不,我不……"她拼命摆着手,脚下的步子迈得更急了。

张龙和赵虎相视一笑:也难怪啊,姑娘家,一个人赶路当然得多个心眼,哪能随便上人家的车!张龙于是从口袋里掏出自己的工作证给姑娘看,说:"小妹,现在这么早,哪有班车啊,我们没别的意思,正好要回城里去,顺路的!"张龙都把工作证伸到姑娘眼前了,可那姑娘看也不看,还是拼命摆手:"不,不,不……"她说着就突然拔腿拐进了山道边的小路。

这姑娘的警惕性也忒高了点吧?赵虎不禁鼻子里"哼"了一声:"不上就不上,我们还省点事呢!"可话是这么说,两人总感觉有点没面子,赵虎气呼呼地伸头往车窗外的后视镜一照,自言自语道:"奇怪,我赵虎怎么看也不像是干坏事的呀,那丫头咋就认定我们不是好人呢?"张龙心里也郁闷得很,摸摸自己的脸,叹了口气:"唉,现在想做好事也难啊!算了,别管她,我们抓紧时间上路!"

突然,就在这个时候,从后面山路上传来一阵又急又乱的脚步声,张龙和赵虎回头一看,一群人正闹嚷嚷地向他们冲过来,有的手里还拿着扁担、绳索。张龙和赵虎不知道出了什么事,连忙跳下车,迎上去问:"老乡,出什么事了?"

这伙人中,领头的是个四十来岁的男人,满脸麻子,张口就问他们:"人呢?把人交出来!"张龙和赵虎愣了:"什么人?"麻子怒气冲冲地说:"我老婆跑了,是不是躲在你们车上?"他边说边一个箭步冲到车前,把头探进去上上下下地看,还趴到车底下瞄。两处都见不到人,麻子急得双脚乱跳:"你们是什么人?把车停在这里等谁?"

张龙和赵虎这才回过神来:麻子说的他老婆,说不定就是刚才他们看到的那个姑娘。张龙眼珠一转,急忙给麻子解释说,他们在这里停车不是等人,而是小解,抽根烟休息一下,马上就走。麻子上上下下打量着他们:"你们见过一个女人吗?年纪很小的。"张龙、赵虎不约而同地摇头。

跟着麻子一起来的那伙人七嘴八舌地对麻子说:"你老婆肯定是跑上山躲起来了,咱们还是上山去找!"不等麻子下令,他们就拔脚纷纷朝山上跑去。

这时候,从后面山路上又开过来几辆摩托车,停下就问:"人呢?追上了吗?"麻子朝他们摆摆手,恶狠狠地说:"你们都给我到山下各条路口去守着,非得给我把她追回来,以后再跑,看我不打断她的腿!"这些人立刻领命而去。

麻子随后转过身来,瞪眼瞅着张龙和赵虎,一字一句地说:"你们别想把她带走,那是我花七千元买来的。哼,这儿都是我的人,你们要敢带她,就别想再把车开回去!"说完,也尾随着那帮人钻进了山里。

张龙和赵虎你看看我,我看看你,谁都没想到出游会碰上这样的事。怔了半晌,张龙摇摇头,拉着赵虎上了车:"走吧,咱们还是赶快离开这里的好!"于是,赵虎把"猎豹"重新发动起来,车子沿着盘山公路继续向前开去。

车子刚开到前面拐弯处,冷不丁从路边草丛里冲出一个女人,张开双臂拦在车前,赵虎一个急刹车,好险,差点就撞到人了。可是定睛一看,他和张龙都愣住了:这女人不就是刚才看到的那个姑娘吗?姑娘一步扑到车子前,喘着气对张龙和赵虎说:"对不起,刚才是我误会你们了,快让我上车吧!求求你们,救救我!"

张龙紧张得赶紧回头看,还好,后面公路上什么人也没有,估计麻子他们已经走远了。张龙于是问姑娘:"你……你到底是怎么回事?"姑娘脸上、手上全是被荆棘划破的伤痕,衣服也撕破了,她一听张龙问,顿时泪流满面,哭着说:"我是城里人,还在上大学呢,我是被他们骗到这里来的。求求你们,救我回去吧!"

张龙转头看了赵虎一眼,又问姑娘:"那你刚才为什么不跟我们走?"姑娘痛哭失声:"我实在不知道你们是好人,我不敢……我还以为你们和他们是一伙的呢!"

张龙、赵虎顿时傻了眼:现在怎么救她?山下路口都是麻子的人,现在就是让她上车,待会儿他肯定过不了关。万一到时候麻子他们乱来,别说把"猎豹"砸了,说不定连自身性命都难保呢!

两人没了主意!

就在这犹豫的工夫,那麻子突然在公路上出现了,后面还跟着那群人,"哇哇"怪叫着朝姑娘扑过来:"看你还跑?看你敢往哪儿跑!"原来,这伙人根本就没有走远。姑娘的脸霎时变得灰白,一步跳过来抓着车门,朝张龙、赵虎声嘶力竭地喊:"大哥,救救我!救救我啊!"

眼看麻子一伙人越跑越近了,赵虎硬下头皮对张龙说:"没办法,咱们只能管自己了,再不走,待会儿想走也走不了……"张龙有点不忍:"那她怎么办?"赵虎闭上眼睛,不敢去看姑娘的脸。张龙一咬牙,隔着车窗对姑娘说:"我们回去替你报警,让警察来救你,要不然,我们三个谁都走不了,连报警的人都没……"

张龙话没说完,赵虎就把"猎豹"发动起来了。那姑娘当然知道这是什么意思,她死死拉着车门不肯松手:"求求你们,把我带走吧!带……"可"带"字刚出口,"猎豹"已经加大速度朝前驶去,姑娘拉不住车门,"扑通"一声摔在了地上。随着姑娘一声尖叫,张龙和赵虎都分别从后视镜里看到她摔在地上那可怜样,泪流满面,却还在拼命张着手向他们呼喊,很快,那麻子就跑到她身边,狠狠一脚,朝她身上踹去!

"猎豹"在前面山路口转了个弯,姑娘看不见了,赵虎"吱"地刹住车,把脑袋深深地埋进了方向盘,两个人都沉默着,车厢里死一般的安静。过了好一会儿,赵虎抬起头,张龙问他:"我们就这么走了?"赵虎的声音轻得不能再轻:"我们赶快帮她报警吧,我们就是留在这儿,又有什么用!"

于是,两人用最快的速度把车子开到附近小镇,到派出所报案。看到警察出动了,他们才松了口气,然后怀着复杂的心情把车开回城里……

时间很快就过去了好几年,张龙和赵虎虽然后来又开着"猎豹"游了不少地方,可他们常常会不约而同地想起第一次出游六指山时的这段阴影,他们不断地用"已经替姑娘报警"来安慰自己,可又都觉得欠了这姑娘什么,所以以后不管在哪里,只要碰上老弱妇幼,他们总是特别愿意帮忙。

这天,两人在出游路上途经六指山脚的时候,看见路边走着一个村妇，左脚跛了，一手牵着一个孩子，一手拎着一个蛇皮袋，十分吃力。赵虎"吱"地把车开到她们身边停下，探头问："大姐，坐车吗？"村妇说声"谢谢"，抱起孩子就上了车。张龙一看，顿时惊叫起来："你……你不就是那个被拐卖的姑娘吗？你怎么还在这里？"村妇一怔，瞪着眼，似乎也认出了他们，木然地点点头。赵虎惊得目瞪口呆："我们……我们不是已经报警了吗？"村妇淡淡一笑："听说警察来过几次，可我没见着。我自己后来又跑了几次，把脚跌断了……"

张龙、赵虎都沉默了，赵虎突然大声对女人说："走，我们这就送你回城里去！"谁知村妇苦涩一笑，摇摇头："我现在这个样子，怎么还敢回去见人？再说，我还有了孩子，你们要是想做好事，就把我们母子两个捎上山吧！"

(宾　炜)
(题图：魏忠善)

抢劫计划没有变

八年前,佛格和同伙在抢劫一家珠宝店时,不小心把面罩弄脱落了,他的相貌立刻被一个叫比尔的人看在眼里。本来佛格可以一枪打死比尔的,可他却没忍心下手。三天后,佛格被抓获了,而为警方提供线索的正是比尔。结果,佛格被判了八年刑。等他从监狱出来,老婆早已跟着别的男人跑了,女儿也下落不明,他成了一个无家可归的流浪汉。佛格把所有的这一切统统归罪于比尔,他决定找比尔报仇雪恨。

经过打听,佛格得知比尔早在两年前就已经迁居到北方的一个城市,他便千里迢迢赶到那里。一晃三个月过去了,佛格身上所有的钱都花光了，可还是没有打听到任何关于比尔的消息，他只好沿街乞讨。

这天，一股寒流袭击了这座城市，气温骤降十几度，天空中大雪纷飞，寒风呼啸。佛格又饿又困，蜷缩在一户人家的门廊下睡着了。等他醒来时，发现自己躺在一个温暖的被窝里，旁边是熊熊的炉火，有一个不到十岁的小女孩正微笑地望着他。佛格揉揉眼睛，疑惑地问："我，我这是在哪儿？"小女孩回答说："你在我的家里，你叫什么名字？""我叫佛格，你呢？"女孩说："你叫我安妮好了，我妈妈发现你在外面冻僵了，就把你扶进来了。你放心，医生已经给你看过了，说你得了急性肺炎，得在床上休息几天，不过很快就会好的。"

佛格感动极了，他摸了摸安妮的头，情不自禁地打心里喜欢上了这个小女孩。唉，如果自己女儿还在的话，也该有她这么大了。佛格记得，那年他被捕的时候，女儿还不满一岁。要不是那个叫比尔的家伙，自己能弄得妻离子散，流落街头吗？想起这一切，佛格就恨得咬牙切齿。忽然，他发现床头柜上，立着一张男人的相片。他仔细一瞧，竟然呆住了，这人不正是他千辛万苦要寻找的比尔吗？真是"踏破铁鞋无觅处，得来全不费工夫"！可高兴了没多久，佛格发现，此时家里除了安妮外，并不见比尔和他的妻子，难道他们已经认出自己，害怕报复找警察去了？

想到这里，佛格心里一阵紧张，又昏了过去。等他再次醒来时，发现一位三十多岁、长相和善的妇女正十分关切地望着他，这一定是比尔的妻子了！她的身旁既没有警察也不见比尔，可佛格还是激动地叫道："你别以为这样假惺惺地救了我，我就会放过你丈夫，你还是快叫警察来抓我吧！"妇女微微一愣，十分不解地说："先生，我为什么要找警察抓您呢？我不知道我丈夫什么地方得罪了您，可他一年前已经出车祸死了……""啊？"佛格不相信他的仇人居然已经死了一年多了！也就是说自己半年来所受的罪一点意义也没有!看到佛格激动的样子,妇女温和地说:"先生,您还在发高烧,需要休息,就安心在我这儿住下吧。我叫朱迪。"佛格无奈地点了点头。

几天后,佛格的身体恢复了健康,他想既然比尔已经死了,留在这里也没有了意义,于是便打算离开。朱迪关切地问:"你今后有什么打算?"佛格茫然地摇摇头。朱迪诚恳地说:"如果你愿意,我就把旁边的暗藏室收拾一下,让你暂时住下来。我有个朋友,是一家餐馆的老板,如果你愿意,可以去他那里打工。"佛格喜出望外,平心而论,他是不愿离开这个家的,在这里,他感受到了从未有过的温暖,更何况他也不知道离开这里后该到什么地方去。

于是,佛格便留了下来,白天到餐馆打工,晚上回到这里。他感到非常满足,对比尔的仇恨也完全消失了,他从心里感激这个"家"。然而没多久,安妮突然病了,到医院一检查,是尿毒症,只有换一个健康的肾脏才能康复,可这需要一大笔钱啊!对朱迪母女来说,那无异于一个天文数字。看到朱迪整天愁眉不展的样子,佛格心里也不是滋味,况且他也是那样喜欢安妮。

这天,佛格在餐馆里吃饭,无意间看到对面一家银行的营业所,突然一个念头蹦了出来:如果自己抢了这家银行,安妮的医疗费不就有了吗?佛格是个恩怨分明,又十分注重情义的人,虽说比尔让他蹲了八年的大牢,可比尔现在已经死了,那么所有的仇恨就应当一笔勾销。再说朱迪救过他的命,又给了他一个安稳的生活,安妮又是一个那么讨人喜欢的孩子,他应该报答她们!可抢银行毕竟不是一件小事,得好好谋划谋划。从此后,佛格就开始注意上了那里。通过几天细致的观察和研究,佛格发现这家营业所在安全保卫方面存在着许多漏洞,他把这些都暗暗记了下来,晚上回到住处又把它们一一列在纸上,开始策划抢劫方案,当然这一切都不能让朱迪知道。经过精心筛选,他终于制定出了一整套很有把握取得成功的抢劫方案。他决定在下午五点半到六点钟行动,因为这段时间正是银行工作接近尾声的时候,几乎没有什么客户,工作人员又都忙碌了一天,正是神形疲惫之际,更重要的是他们还会把一整天的营业款装在两个大皮箱内,等着运钞车运走。这绝对是最佳抢劫时间!

于是,佛格特意向老板请了几天假,开始着手准备工作。面罩和枪是必不可少的,此外他还弄了辆破汽车,一切准备就绪。

这天早上,朱迪临出门时对他说:"佛格,晚上早点回来,会有件让你意想不到的事情等着你。"佛格正要问是什么事,可朱迪只是神秘地笑了笑就走了。

上午,佛格没有出门,而是呆在屋里养精蓄锐。五点钟一到,他便开着那辆破车向银行营业所驶去。到那里时,夜幕刚刚拉开,一看表是五点四十分,时间把握得恰到好处。佛格定了定神,把面罩戴上,拿起枪正要下车,忽然看见前方不远处的一辆汽车上一下子冲下来四五个人,他们都手拿枪械,头戴面罩,向营业所冲去。佛格一见,心说:糟糕!怎么偏偏在这个时候有人也打这儿的主意?他直后悔为什么不把计划提前一天,眼瞅着到嘴的肥肉被别人抢了去,虽然心有不甘,却又无计可施。事到如今,只得赶快离开,这些家伙目标太大,很快就会招来警察,到那时可就麻烦了!想到这儿,佛格赶紧驾车到了一个安全地带。

他停下车后,不住地责备自己。他知道一旦这次机会丧失,今后各家银行都会加强警戒,相当长的一段时间内不会再有空子可钻了。可现在后悔为时已晚,他只得找了个地方把枪藏好,然后无精打采地回到住处。到了门前,他发现朱迪的房内还是黑漆漆的,看来她还没有回来,也不知道她究竟有什么要紧的事告诉自己,总不会这房子要卖了吧?佛格正要回自己的房间,忽然看见朱迪的房子里亮了一下灯,但很快又熄灭了。这是怎么一回事?佛格转身来到朱迪房门前,一推门,立时屋内灯火通明,只见桌子上放着一个大大的生日蛋糕,朱迪和安妮正微笑着望着他。安妮兴奋地大喊:"爸爸,今天是我的生日,你送我什么礼物?"

佛格一愣,问道:"安妮,你刚才叫我什么?"朱迪笑着说:"今天是你亲生女儿的生日,你怎么忘了?"佛格猛地想起,自己女儿的生日不正是今天吗,难道安妮是自己的女儿?他颤声问道:"朱迪,这究竟是怎么一回事?"朱迪叹了口气,说道:"那年,你被判入狱后,比尔对你没有伤害他一直心存感激,就和我商量,决定帮助你的妻子渡过生活上的难关。可一打听才知道,你妻子扔下安妮后和情人私奔了,有好心人把安妮送进了孤儿院,于是我们就领养了安妮。因为安妮的物品中有一张你们的全家福,所以那天我把你背回家时就认出了你。本来我不打算这么早就把事情的真相告诉你,主要是担心你和安妮接受不了这个事实。安妮生病后,我觉得该把真相说出来了,否则万一安妮有个三长两短,你们父女就再也没有相认的机会了……"

佛格听完事情的经过,上前抱住安妮失声痛哭:"安妮,我不是个好爸爸,原想送你一个很大的生日礼物,可我没有做到……"他刚说到这儿,只听身后有人说:"不,佛格先生,您做到了,您给您女儿送了一个非常大的礼物。我现在宣布,安妮治病需要的所有费用都由我们银行来支付。"佛格一惊,忙回头看,只见一位面容慈祥的老人走了过来,上前握住他的手说:"佛格先生,我非常感谢您对我们银行安全方面所给予的建议。"说着,老人拿出了一封信,佛格接过来一看,立刻傻了。

这是一封以佛格的名义写的信，上面列举的正是他要抢银行前所收集的信息。佛格向朱迪望过去，她给了他一个微笑。佛格全明白了，这信是朱迪以他的名义写的，原来佛格制定抢劫方案时写的那张纸早就被朱迪看到了……

佛格结结巴巴地说："可是先生，就在两个小时前，您的银行还是被人抢了！"老人哈哈大笑："你放心，那是我们在做一次反抢劫模拟演习。"佛格不由得惊出一身冷汗，心说：幸亏抢劫计划没有变，要不然就不是这样的结果了！

(赵再年)
(题图：箭 中)

上帝之手

回国寻友

于大明是个老兵,战争结束后,就去了新加坡生活,但是这么多年来,他心里一直装着一件事。那还是在战场上,一颗炮弹打来,一个陌生的战友为了保护于大明,自己的手臂却被炸飞了。几十年来,他通过很多渠道寻找战友的下落,最近终于打听到了战友的确切姓名和居住地的大致方位。

于大明决定立刻动身,临行前,他拿出了珍藏多年的沉香木雕,细细地欣赏着,他打算把这珍贵的沉香木雕送给恩人。

下了飞机,于大明就雇了辆车,直奔战友的家乡,哪知在半路,居然出了车祸,司机当时就摔死了。于大明命大,还有口气,进了重症病房。

半个月后,于大明终于醒过来了,他醒来就问护士:"你们看见我的沉香木雕没?"

几个护士被问得莫名其妙。于大明断断续续地说了半天,护士也没听明白,只好通知了那天在现场的警察来,警察回忆了一下,说当时于大明就在车里,怀里空空的,没有什么沉香木雕啊!

于大明很伤心,这沉香木雕不仅是珍贵,关键是沉香木雕里有自己精心设计的一个秘密,是对战友的回报和尊重啊!

警察又去现场找了几个小时,什么也没看见。此时,一个上山干活的老农民正好经过。这个老农民叫顾德辉。顾德辉很热心地上前问警察在做什么。警察说在寻找前段时间车祸时,乘客掉的一截树桩。

顾德辉兴奋地说:"你们找的东西,是不是很沉,而且有香味?"

听他这么一说,警察着急地问顾德辉木桩在哪,顾德辉说木桩是他捡到的,本来打算拿回家当柴烧。可是半路上他遇到了村里的刘木匠。刘木匠喜欢根雕之类的,一见这木桩,就央求顾德辉送给自己。于是,顾德辉想都没想,就送给刘木匠了。

刘木匠精于算计,他跟木头打了几十年交道,一眼就认出这是沉香木雕,他拿到沉香木雕,转手就以十万元的价格卖掉了。

警察风尘仆仆地找到刘木匠,哪知他凶巴巴地说:"什么沉香木雕啊,我根本就没有拿过顾德辉的沉香木雕,他是不是糊涂了?"

警察想不到刘木匠是这个态度,就找来顾德辉证实。顾德辉看着刘木匠,详细回忆了那天的情形。刘木匠听后,矢口否认,态度恶劣。

警察温和地劝说:"这沉香木雕是一个归国华侨的重要东西,你拿去也没用,就拿出来吧!"

刘木匠才不吃警察这套,不理警察的问话,警察提高声音说:"刘先生，你不要敬酒不吃吃罚酒，我们会想办法搜出你屋里的沉香木雕的。"一听"搜"字，刘木匠立马打开各个房间，让警察马上搜。警察也没立即进去搜，看来刘木匠早有准备，不知把沉香木雕藏到了何处。警察回去了，他们要重新想办法侦查此事。

冲动酿祸

晚上刘木匠在家里悠哉地喝茶，就在这时，顾德辉却闯进屋，将一把亮晃晃的菜刀架在刘木匠脖子上，说："你这个王八蛋，我明明是把木桩给了你，你却说没有这回事，今天我就削下你的脑袋喂狗。"

刘木匠一看是顾德辉，毫不在意地说："顾大哥，爽快点，一刀下去我还感谢你，我做了几十年的光棍，活着也没意思，不像你上有老下有小，活得滋润。"

一听上有老下有小，顾德辉拿刀的手软了下来，但是他还是咽不下那口气，他找来绳子，把刘木匠捆在了柱子上，刘木匠倒也不反抗。刘木匠是坐着的，顾德辉学着电视里的情景，拿出一摞砖头，一块一块地垫在刘木匠的脚下，让他尝尝老虎凳的厉害。刘木匠的嘴被顾德辉塞着，吼不出声音，痛得汗水直流。顾德辉一边垫砖头，一边问刘木匠承不承认，刘木匠还是直摇头，突然"吧嗒"一声，刘木匠的一条腿骨折了，痛得顿时晕了过去。顾德辉害怕了，赶忙松开刘木匠的绳子，他慌得不知所措。就在这时，门外冲进来几个警察，看到眼前的场面，都惊呆了，顾德辉见是警察，吞吞吐吐地说出了事情的缘由。

警察骂顾德辉真是个法盲，说着把刘木匠抬出屋，迅速送去了医院。

这晚，警察本来是来夜查刘木匠，给他个措手不及的，哪知遇到顾德辉干这事。顾德辉被拘留了,刘木匠只是断了腿,但是他反咬一口,说是警察指使顾德辉干的,搞得警察也被动了。

于大明的沉香木雕没找到,他非常失望。珍贵的礼物没了,拿什么去见战友呢?于大明办了出院手续,回新加坡了。于大明打算等身体完全康复,再准备新的礼物,然后重新回国寻找战友。

顾德辉伤人致残,赔了一大笔医药费不说,还要等着承担刑事责任。顾德辉的家人很委屈,找警察想办法,警察从心里也觉得过意不去,可是法律面前又如何是好呢?只有希望刘木匠不起诉,答应私下调解才行。

刘木匠伤好回家后,警察也不来找他要沉香木雕了,还上门替顾德辉说情,要刘木匠不继续上告,顾德辉家愿意再给他些补偿。刘木匠想到自己得了顾德辉的大便宜,就答应了不再上诉。

于大明回新加坡大半年了,每每想起这件事,心里就特别不舒服。这天,于大明看电视,中国嘉德拍卖场展示了一件精美的沉香木雕,起拍价是八十万。

于大明惊呼起来,这不是自己的沉香木雕吗?到底是谁捡去拍卖了?于大明坐不住了,他立马动身来到中国,通过警察联系到沉香木雕的持有者。持有者是一个玩古董的中年人,可是中年人说这沉香木是别人卖给他的,而且他手里还有一张凭据,中年人把凭据递给警察。警察一看,这不是刘木匠的名字吗?有了这张证据,看刘木匠如何抵赖。

水落石出

警察、于大明还有那个沉香木雕的持有者一起赶往刘木匠家。刘木匠看着眼前的证据,十分镇定地说:"我在大山里寻到好的木桩,把它卖出去有错吗?"警察怎么也想不到这个无赖居然这样回答,警察拉下脸要带他去派出所,刘木匠马上要横起来:"慢着,我今天要重新起诉顾德辉,他伤人致残,是你们警察帮他推脱了责任,现在,你们又来欺负我,我要伸冤。"

于大明看见刘木匠这样的扯淡,他走上前心平气和地说:"刘先生,这沉香木原本就是我的,它对我很重要。"

这个刘木匠一副死猪不怕开水烫的样子,还是不承认。

就在这时,顾德辉听说找到了刘木匠卖沉香木的证据时,他也赶来了,看着那个中年人手里抱着的沉香木雕,他百分之百地肯定,这就是那天早上他捡到的木头,路上送给了刘木匠。

刘木匠见顾德辉来了,阴阳怪气地说道:"顾德辉,你没进监狱应该感谢我,你又来干什么啊?"

于大明一惊,他走到顾德辉的身边,朝他的一只衣袖捏去,衣袖里空空的,于大明问道:"你是顾德辉?当年为了保护战友,你的手臂被弹片炸掉了?"

顾德辉看着眼前这人,很奇怪,他怎么知道自己残疾的原因呢?他朝于大明点点头说道:"是啊,都是过去的事情了。"

于大明"咚"的一声朝顾德辉跪了下去,哭着说道:"德辉兄啊,我于大明终于找到你了,我就是你当年保护的那个战友啊!"

顾德辉赶忙扶起于大明,说当时情况紧急,自己保护战友是出于本能,后来昏过去了,醒来时已经在医院了,想不到被保护的战友还一直惦记这事情。

在场的人看见这么一对战友重逢,他们都深深地被感动了,只是以这样的方式重逢,真是有些尴尬。

于大明站起身，拿过中年人手里的沉香木雕对刘木匠说："刘先生，你说这是你在山里淘到的宝贝,应该很熟悉它,你的宝贝有什么特点啊？"

刘木匠看着于大明手里的沉香木雕，他一本正经地说："我的沉香木雕就是这么一块漂亮，又有香味的工艺品,这就是它的特点啊！"

于大明没继续和刘木匠说话，他看了看警察，指着顾德辉说："这根沉香木是德辉老哥身体的一部分，只有他才配拥有。"

大家搞不明白，一根木头怎么说是顾德辉身体的一部分呢？就在大家疑惑的时候，于大明伸出手指头，朝沉香木的一个小洞里掏了掏，"咔哒"一声，圆圆的沉香木打开成了两半，凹槽里躺着完整的手臂骨。于大明指着骨头说："这是德辉老哥的断臂，我一直保存着，沉香木是上等木料，只有用它才配存放我生命中的上帝之手，刘先生，你还能说这是你的沉香木雕吗？"

（陈明强）
（题图：佐　夫）

良心的煎熬

这天晚上,青年出租司机刘齐从市区送一位乘客到西郊听泉山庄。他驾空车回城时,已经过了十一点。车快速穿行在夜色浓浓的郊区路上,当车子拐过一个弯道时,一个人影从路边突然蹿到了车前。刘齐大吃一惊,立即猛打方向盘,同时拼命踩刹车,可还是晚了。随着"砰"的一声闷响,那人被撞飞出去,摔在两三米远的地方。刘齐惊魂未定地下了车,借着车头的灯光,见伤者是个三十多岁民工模样的男人,趴在地上一动不动,血正顺着嘴角缓缓地流着。刘齐轻轻地碰了几下那人的胳膊,焦急地呼唤着,那人却毫无反应。刘齐把手探到他的鼻孔下,又把耳朵贴在他的胸前,竟没有听到一点声息。

刘齐一屁股瘫坐在地上:"完了,完了,这人没用了!"他点了支烟,猛抽了几口,又把烟往地上一摔,狠狠地踩上几脚,然后飞快地上了车,消失在茫茫黑夜中。

刘齐一口气把车开到一百多公里外的邻近城市,找了家便宜的旅馆住下,又在公用电话亭打了两个电话。一个是匿名打给110的,说听泉山庄发生了一起车祸;另一个是打给妹妹的,说自己送个客人去了外地,晚上不回来了,让她和妈别担心。

刘齐原以为这事儿公安部门顶多查两天就作为无头案挂起来了,没想到事情却闹得满城风雨,各种媒体竞相报道,晚报甚至专门开辟了一个专栏,讨论当前司机形象问题。

更让刘齐想不到的是,那人竟然没死!报道说,伤者叫胡永安,今年35岁,为了供两个女儿读书,从安徽老家来本城打工。车祸造成他颅脑损伤,目前生命垂危。胡永安的妻子美花在接受电视采访时声泪俱下地说:"想不到没干一年就遇到这种事,今后我们的日子该怎么过?"

第二天,刘齐所在的蓝天出租车公司还专门为此开了会。会上,公司胖经理潘一雄挥着手中的报纸,情绪激动地把撞人后逃跑的司机大骂了一通,听得刘齐惶恐不安,脸直发烫。

过了一天,刘齐坐不住了,他来到市医院,只见躺在病床上的胡永安全身裹满纱布,双眼紧闭,一动不动。一旁坐着一位少妇,在不停地给伤者擦身。刘齐轻声问少妇:"请问你是胡永安的家人吧?"少妇惊讶地说:"我是他的老婆,叫美花,你是谁?有什么事吗?"望着双眼红肿的少妇,刘齐有些心虚,嗫嚅着说:"我,我叫刘齐……我从电视上看到你们的事,很同情你们,就来看看。"少妇忙站起来,连声道谢。刘齐又从口袋里掏出一个信封,轻声说:"这是一万块钱,是我的一点心意,希望你们给胡永安好好治病,让他早日康复。"说完,把钱塞到少妇手里,转身匆匆出了病房。

又过了几天,刘齐送客人到这家医院,他不由自主地又悄悄走进胡永安的病房。病房里只有胡永安一个人,两人的目光刚一接触,刘齐就有一种做贼心虚似的慌乱。他轻声问:"你……好点了吗?""还行,你是不是刘齐?""是的。"

胡永安一听是刘齐,就挣扎着想坐起来,可一阵剧烈的疼痛又让他瘫倒在床上。他叹了口气说:"唉,我真成了废人了。"刘齐忙安慰他说:"怎么会呢?你好好养伤,一定会好起来的。"胡永安苦笑着说:"你是个大好人,不管我以后怎么样,我们全家都会感激你。"

"别别别,千万别这么说。"刘齐一时不知该如何作答。

"其实,我根本就不值得你这么做,"胡永安长长地叹了口气,"治好治不好对我来说无所谓,我现在最放心不下的就是我两个女儿和老婆。我对不起她们,没给她们一点幸福,反而拖累了她们。"说着,胡永安哽咽起来,眼中噙满了泪花。

刘齐心情沉重地出了医院大门,他已经打听到胡永安之前一直借居在西郊方山村,离听泉山庄不远。

这天晚上,刘齐送完客人,决定去方山村看看胡永安的妻女。汽车开出城,下了大路,沿着起伏不平的小路向方山村行驶。行没多远,刘齐发现前方的路边有几个人影在晃动。刘齐想:这么晚了,这些人在干什么?这么想着,他就不由自主地放慢了车速。在汽车经过这些人的时候,他看见两个男青年并排站着,他们身后还有两个人在地上撕扯着,好像还隐约有女人的"唔唔"叫声。

刘齐立刻意识到发生了什么事。他停下车,一边狠命按喇叭,一边冲那几个青年喊道:"赶快放了她,不然我就报警了。""嘀嘀"的喇叭声在寂静的夜晚显得格外响亮,几个青年吓得转身便跑,瞬间就消失在茫茫的夜色中。

刘齐下了车,一边向那女的快步走去,一边大声地问:"你怎么样?没事吧?"

等走到近前,两人都愣住了。这人竟是胡永安的老婆美花!

美花挣扎着从地上爬起来,拍了拍身上的泥土,有些尴尬地望着刘齐,抹着眼泪说:"上次你给了那么多钱,我还没谢你呢,这次又多亏了你。你真是我们家的大恩人。"说完,美花"扑通"一声给刘齐跪下了。刘齐慌忙把她搀了起来,然后一直把她送到家才离开。

然而这件事非但没有给刘齐带来一丝的心理安慰,反而让他愈加感到内疚。他觉得美花的遭遇全是他一手造成的:如果他没撞伤胡永安,美花也用不着晚上还在打工;如果不是晚上打工,美花也不会一个人走夜路……胡永安的事成了刘齐的心病,让他真真切切地尝到了良心谴责的滋味,那是一种煎熬,一种食不甘味、夜不能寐的煎熬。刘齐真想去投案自首,把真相说出来,可一想到一家人的生活还要靠自己承担,他的心就发颤了。

第二天,在出车的路上,刘齐的手机突然响了起来,他一看是个陌生的号码,一问,竟是公安分局打来的,叫他马上到分局去一趟。刘齐心跳猛然加快了,坐在车里紧张地想:难道他们知道是我撞了胡永安?

到了公安分局,刘齐忐忑不安地下了车,推开厚重的玻璃门,走进大厅,一眼就看见美花正站在那儿和两个警察说着什么。这时,美花也看见了刘齐,忙和两个警察迎了上来。

刘齐感到腿脚发软,他硬着头皮往前挪动,极力掩饰着脸上的惊恐。

"就是他，就是他。"美花扯着刘齐的胳膊，冲着警察连声说道。刘齐木偶一般被美花拉到了警察跟前。

"你是刘齐？"一个年龄稍大的警察握着他的手说，"我姓郑，是这里的教导员，你的事情我们都知道了。"

刘齐紧张得头脑嗡嗡乱响，语无伦次地说："我……我不是有意的，是不小心碰上的。"

"小伙子还挺谦虚的嘛，"郑教导员拍着刘齐的肩头，笑着说，"非亲非故的，一下子就捐了一万块钱，还见义勇为，赶跑了流氓，不容易啊。社会上就缺你这种精神，你给我们全市的出租车司机争了光，做了表率，值得大家学习。"

"什么？"刘齐有些懵了，这样的结果完全出乎他的意料。就在刘齐还没回过神来的时候，一只只话筒已伸到了他的面前，原来记者们早已闻风而至。

他们提的问题一个接一个，没完没了。一位年轻警察上来解围道："各位各位，请到会议室，到会议室坐下来慢慢采访。"说着，便领着记者们往会议室去了。

郑教导员亲热地拉着刘齐的手说："走，一块儿走。"

"不了不了，"刘齐推辞道，"郑教导员，情况你们都知道，我就不参加了，我现在还有事，有急事。"

见刘齐态度很坚决，郑教导员只好点点头说："好吧，你就先忙去吧。过两天我去你们公司给你发奖金。"

"别别别，千万别把事情搞这么大，区区小事，用不着这样。"刘齐慌忙说道。他真的有些害怕了，事情如果像这样发展下去，该怎么收场呀！

一夜之间，刘齐成了市里知名人物，走到哪儿都有人认出他，主动和他打招呼，亲热地说上几句，就连交通警察见了他也客气了许多。

蓝天出租车公司自然不甘落后，给刘齐开了隆重的表彰会，连平日很少露面的蓝天集团钱总裁也到了场。潘一雄胖经理更是忙前忙后，显得格外卖力。在表彰会上，美花激动地介绍了刘齐的英雄事迹，随后潘胖子做了慷慨激昂的发言，说蓝天出租车公司出了刘齐这个新时代英雄，是上级领导和钱总关怀爱护的结果，是蓝天公司的骄傲，是全市出租车司机的骄傲。

刘齐在主席台上如坐针毡。会后，潘胖子找到刘齐，有些神秘地说："我给你透个风，市里正在整理你的材料，往省里报，准备在全省掀起学习新时代英雄的高潮，你要做好思想准备。另外，抽空写篇发言稿，过两天市里开会要用。"

刘齐一听，真的急了："本来就没什么事，用得着这么夸张吗？我不去！"

潘胖子见刘齐急得像猴一样，上前拍拍他的肩膀，语重心长地说："刘齐啊，你听我的话，保证你不会吃亏。以前我对你关照不够，这是我的疏忽。从今往后，你有什么困难，有什么要求，尽管向我提出来。关心你这样的同志也是我们当领导分内的事情，你不用客气。"

"潘经理，我不是这个意思。我真是没有资格当什么先进、英雄。"

"有没有资格不是你自己说了算，你说有就有，你说没有就没有？还是要组织上来考察认定嘛。"潘胖子抬腕看了看表，说："好了，我要去门口接记者了，你就安心干工作，别整天胡思乱想了。"

从潘胖子办公室出来，刘齐就接到郑教导员打来的电话："胡永安不行了，你要不要去医院看看？"刘齐一听，如雷击顶，他愣了一会儿，立即驱车赶往医院。刚到病房,就见胡永安的妻子和两个女儿扑在蒙了白布的死尸上,呼天抢地地号哭。胡永安死了!刘齐激动地拉住旁边的一个医生,大声问道:"怎么回事?你们为什么不救他?"医生无奈地说:"今天早上病人病情突然恶化,像这种本来身体就不好的重伤病人,出现并发症的概率很大,随时都有可能出意外。我们已经尽了最大努力……"后面的话,刘齐已经听不进去了,他心如刀绞,看着胡永安的亲人哭得如此凄惨,刘齐一句安慰的话也说不出来。

晚上,刘齐躺在床上翻来覆去睡不着觉,这些天发生的事情像放电影一样在他的脑海里不停地闪现。撞人逃逸本来就是违法的事情,可自己却反而受到表彰,接下来还要到市里省里做报告,这算什么事?他感到自己的心已承受不了如此重压了。

第二天一大早,刘齐来到潘胖子的办公室。潘胖子一见他,便笑呵呵地说:"有个好消息,市里已经定在下星期二给你开表彰会,市有关领导都要参加,钱总也要去。这两天你赶快把发言稿准备一下,写好了还要报总公司审,你要抓紧。"

"开什么表彰会?我不去。"刘齐非常坚决地说。

"你犯什么病啊?为什么不去?"潘胖子怒道。

刘齐盯着潘胖子因生气而涨红的脸,一字一句地说:"因为是我撞了胡永安!"

"什么?"潘胖子瞪大眼睛问,"你说什么?"

"是我撞了胡永安!"

潘胖子愣住了,随后像一只漏了气的皮球瘫在椅子里。过了好一会儿,他才摇着头,喃喃自语道:"胡闹,胡闹,简直是胡闹。"

"我准备去投案自首。"刘齐看着潘胖子,坚定地说。

潘胖子像被针扎了一下，突然坐直了身体，问："这事还有谁知道？"

刘齐摇摇头说："没其他人。"

潘胖子急忙起身，走到门口张望了一下，然后"砰"地一声将门关上，凑近刘齐低声说："听着，你撞人的事不要让第三人知道，市里的会你照样参加，以后我会想办法淡化这件事。"

"不行，胡永安都死了，你说我还怎么忍心去领奖？"

潘胖子在办公室里踱了一圈，继续开导刘齐说："你只要把下星期市里的表彰会对付过去，剩下的事由我负责，我保证让事情平息下去。这样，对你、对我们大家，都是最好的结局，你看怎么样？"

面对潘胖子期待的目光，刘齐平静地说："要去你自己去好了，我实在没脸再站到领奖台上。"说完，头也不回地走出办公室，上了汽车，径直向公安分局赶去。

到了公安分局，刘齐脚步沉重地一间间办公室寻去，最后在局长办公室里找到了郑教导员。见到刘齐，郑教导员和其他领导交换了一下眼神，问："刘齐啊，有什么事？"

"我是来投案自首的。"刘齐低着头轻声说。

郑教导员点了点头，严肃地说："你的事情我们已经知道了。"

"知道了？"刘齐颇感意外。

"在你来之前，我接到了潘经理的电话，他向我们提供了胡永安车祸的重要线索。"顿了一下，郑教导员又说："不过，在我们找你之前，你能主动来找我们，就算是投案自首，这一点我们会向检察机关提出。"

结果，刘齐因交通肇事逃逸被刑事拘留。一个月后，法院判处刘齐有期徒刑两年，缓刑三年。

从法院出来的时候，刘齐的妹妹迎了上来，递给刘齐一封信，说："这是胡永安老婆美花回老家前送来的,说是在整理胡永安遗物时发现的。"

刘齐忙撕开信封,里面有一本存折和一封信,打开信纸,只见信上写道:

刘齐老弟:

你好!

不知你现在是否还在为撞了我而感到内疚,其实你根本不用内疚,因为那晚是我想自杀。我有先天性心脏病,因为没钱,一直都没能治好。这几年病情越来越严重,成了家里的负担,心里很不安。我想,如果被车撞死了,不仅可以帮美花减轻些负担,说不定还能有笔赔偿金,可惜你没能把我撞死。我为这件事给你带来的麻烦表示歉意,需要的话,你可以拿这封信证明你的清白。其实,你第一次来看我时,我就认出了你,那晚撞车的瞬间我看到了你的脸,但我没有勇气说出来。另外,你上次给的一万块钱,我让美花以你的名字存了起来,现在还给你。

祝好!

胡永安
7月18日

读完信,刘齐呆呆地站在那儿,任凭那本存折从手中滑落到地上……

(明月阳)
(题图:安玉民)

命悬一梦

有个叫葛财的财迷,这天做了一个奇怪的梦,梦见有人把从银行抢来的钞票埋在村口河滩上,梦中的事本不可当真,可他是个财迷呀,宁可信其有,第二天就扛着个钉耙,兴冲冲地来到河滩上刨"钞票"。

天上会掉馅饼吗

河滩面积不小,葛财想,埋东西的人肯定会留下痕迹,于是就细心寻找。也别说,还真的发现一处新土。他心中一喜,就挥着钉耙刨了起来。

正在这时,听见身后有人喊道:"喂,你在刨什么呀?"葛财回头一看,见是村口小店的吴瘸子气喘吁吁地朝他奔来。葛财心里一急,张口便道:"闲着没事,想挖两条蚯蚓钓鱼,弄盘下酒菜。"吴瘸子听了,上来就把葛财的钉耙夺了一扔,笑道:"想喝酒,何必这么费事?走,上我店里去,有现成的酒,现成的花生米!"天下竟有如此好事?葛财一听就乐了,马上跟在吴瘸子屁股后面走了。

一喝喝到天黑,葛财头也重、脚也轻,几次晃晃悠悠站起来要走,都被吴瘸子拉住,再斟一杯。七下八下,后来葛财想站也站不起来了……等葛财醒来,却发现自己正躺在床上,天已大亮。老婆骂道:"你这死鬼,酒是人家的,命可是自己的。昨夜要不是我把你拖进屋,你就睡在门口青石条上,一夜冻下来,还有你的小命?我问你,昨天你是扛着钉耙出门的,回来两手空空,你把钉耙丢哪去了?"

葛财一个激灵从床上爬了起来,奔到吴瘸子家打听有没有看到他的钉耙,吴瘸子说:"你喝了我的酒,又不是我喝了你的酒,干什么要替你看钉耙?说不定你那钉耙还在河滩上呢!"葛财便又来到河滩上,就在他昨天刨上的那个地方,他发现了那只钉耙,嗬嗬,原来是自己把它忘在这儿了!正好闲着没事,那就继续来刨梦中的"钞票"吧。

葛财刨着刨着,就发现了一只鼓囊囊的蛇皮袋。天呐,梦中的事竟然是真的!葛财心口怦怦乱跳,忙弯腰撅屁股拽出蛇皮袋,解开袋口就往外倒。结果,没倒出成捆的钞票,却倒出一条死狗!仔细一瞧:这狗认识,是万鱼佬家的大黄狗!

狗是谁打死的

这一下,他的冷汗就冒出来了。俗话说,蛮的怕横的,横的怕不要命的。这万鱼佬是个远近闻名不要命的主儿,一旦认定是自己打死他家的狗,那他还脱得了干系?想到此,他忙把死狗扔进坑里,头也不抬地抓紧填起土来。正忙着，发现有人来到跟前，抬头一看：是万鱼佬！

只听万鱼佬冷笑道："葛财，你拿着个钉耙埋什么呀？"葛财慌了，道："没埋什么呀？这不，闲着没事，想挖两条蚯蚓，钓条鱼做下酒菜。唉，就是挖不到！"说着拾起钉耙要走人。万鱼佬一把拉住葛财，指着脚下埋狗的地方说："河滩上怎会挖不到蚯蚓呢？你就在这刨刨看！"葛财当然不敢刨，万鱼佬夺过钉耙，三下五下就刨出了他家的死狗！

葛财慌忙申辩："万鱼佬，你、你听我说，你家的狗不是我打死的！我昨天在吴瘸子那喝酒，喝多了，怎么回家都不知道，不可能去打死你的狗。不信你去问吴瘸子，要是我打死你的狗，赔你一百块钱！"葛财以为只要吴瘸子一证明，万鱼佬就不会怀疑他打死了狗。谁知万鱼佬听了嘿嘿一笑："葛财，那你这钱赔定了！实话对你说，就是吴瘸子告诉我的，要不，我还不知道你在河滩上刨坑埋狗！"

两人一前一后便来找吴瘸子，吴瘸子委屈地对葛财说："我只是实话实说。你昨天在我这儿喝酒，临走前说要去打死万鱼佬的狗。我还以为你酒喝多了吹牛，谁知你还真的把万鱼佬的狗打死了！"葛财傻眼了，他平时确实恨万鱼佬的狗，难道真的是喝多了，把人家的狗打死了？

葛财当然不愿赔钱，就把自己做梦的事跟万鱼佬说了，万鱼佬左手扯起葛财的领口，右手捏紧拳头，道："葛财，你糊弄谁呢？做梦讨媳妇，这不是扯淡吗？快拿一百块钱，否则我一拳揍死你！"不得已，葛财只好很不情愿地掏出一百块钱来。葛财没刨出梦中的钞票，却损失了一百块钱，懊恼极了，从此，看到谁心里都来气。

这天，葛财见村上的傻娃手里拿着一个打火机在玩，眼睛一亮，上前就一把夺了，生气道："傻娃，谁让你偷了我的打火机！"

傻娃急了："这是你给我的，不是我偷的！""胡扯！我什么时候给过你打火机?"傻娃说:"就那天晚上。你在小店里喝酒,喝多了,吴瘸子把你拖了出来扔在地上,还骂咧咧踢你屁股呢!你爬起来路都走不稳,是我把你扶回了家。路上,你送给我一只打火机……"什么?那晚自己是被傻娃扶回来的?葛财忙笑着说:"傻娃,叔和你开玩笑呢,这打火机送给你了怎会往回要?你想想,那晚葛叔有没有去打狗?"

傻娃说:"没呢,我把你扶进你家院子,你倒在青石板上就睡着了。"

葛财终于听明白了。傻娃的妈妈叫月姑,是一个苦命的女人,年纪轻轻的就死了丈夫,养个儿子又弱智。因为有傻娃拖累,想再嫁都碰不上适合的。春上,月姑把傻娃丢给年迈的婆婆,自己到外地打工,想挣钱给傻娃治病。从此傻娃每天都在等妈妈回来过年,有时夜里也不睡觉,跑到村口去等妈妈。这一天,正好碰上喝醉了酒的葛财……傻娃是傻,但绝对不会撒谎。这么说,万鱼佬的狗不是他葛财打死的。那吴瘸子为什么作伪证,说是自己打死了万鱼佬的狗?葛财突然灵光一现:那天去河滩上刨"钞票",吴瘸子不让刨,硬拉自己去喝酒,平时一个钱做两瓣花的吴瘸子怎么一下大方起来?难道吴瘸子在那埋了什么,怕自己把它挖出来?

为什么要杀我

第二天晚上,葛财拿着一包卤菜、两瓶酒来找吴瘸子。葛财说:"上次你请我喝酒,酒壮人胆,我竟把万鱼佬的狗打死了。万鱼佬的狗是恶狗,我早想打死它了,就是没胆。这回我请你喝,我就不服输不过你!要是再喝多了,说不定能上山打头野猪。真是这样,那可就过个肥年了,哈哈……"吴瘸子接过酒瞧了又瞧,不屑道:"别以为你葛财有备而来,喝就喝，谁怕你呀！"

葛财和吴瘸子不用盅，一人抱一瓶酒对喝。很快，两人的酒就见底了，这回是吴瘸子舌头硬了。原来，葛财带来的酒，有一瓶装的是水，葛财喝的就是水。见吴瘸子喝多了，葛财开始套话了："我说吴瘸子，你不该打死万鱼佬的狗埋在河滩那祸害我！这就是你不够朋友了。吴瘸子啊，你到底往河滩上埋了什么，怕我把它挖出来？其实，我要是想挖，你藏哪我都能找到！"吴瘸子流着口水，神秘兮兮地对葛财说："这回你根本找不到了。我，我把它埋在自家院里的枣树下，我才，才不告诉人呢！"

葛财像拖死狗一样把吴瘸子拖到床上，一眨眼的工夫，吴瘸子的呼噜就震天响了。葛财来到院子里，拿来钉耙便在枣树下刨，不一会儿就刨出一个大坑。吴瘸子没说假话，坑里还真埋了东西。葛财想也没想就跳下坑，想看看到底是什么。可是，葛财刚跳下坑，就觉得脖子上凉冰冰的，一侧头，我的妈呀，是一把明晃晃的大砍刀！拿刀的就是吴瘸子！葛财大吃一惊："吴瘸子，你、你原来没醉……"吴瘸子冷笑道："嘿嘿，你葛财能喝水，我吴瘸子就不能喝水？告诉你，你那酒让我调包了。别动，你这个笨蛋！"葛财哆嗦着身体，不解地问："吴瘸子，我、我和你无怨无仇，你、你为什么要杀我？"吴瘸子叹道："我本不想杀你，是你逼我！只是你没想到吧，我用了个小计，让你自己刨坑来埋自己！"说完，扬起了手中的大砍刀……"啊——"就在这时，附近有人尖叫起来，吴瘸子一怔，借着月光，他突然看见有人趴在他家院墙上正看着他杀人呢！说时迟，那时快，只见那黑影溜下院墙，边跑边哭着喊："杀人了！杀人了！吴瘸子在杀人了……"吴瘸子听出来了，那黑影是傻娃！

再说葛财见吴瘸子的大砍刀没落下来，再加上傻娃的哭喊，一下让他清醒过来，于是趁吴瘸子愣神的工夫，一下蹿出坑，撒开腿拼命地跑：

"不得了啦，不得了啦，吴瘸子要杀人啦……"吴瘸子慌了，想追，但哪里能追得上跑得像兔子的葛财？喊声惊动了村民，大家怒气冲冲地赶到了吴瘸子家，有的手中还提着木棒，三三两两进了院子，只见吴瘸子正拼命地在填土。大家一拥而上，把吴瘸子拿住，又上来几个人，把回填到坑里的土重又刨了出来，露出了一只麻袋，撕开来，不禁大惊失色，里面是一具女尸！再仔细一瞧：女尸竟是傻娃的妈妈月姑！

原来几天前，在城里打工的月姑回来过年。进村口时天已黑了，被吴瘸子拉进了屋。丈夫死后，月姑曾和吴瘸子好过一阵子，是指望吴瘸子能帮她支撑这个家。可吴瘸子只想着她的身体，不愿接受傻娃，更别说拿钱给傻娃治病了，这可让月姑伤透了心。

吴瘸子拦下月姑，想留她过夜，月姑不答应。一个要走，一个不让走。拉拉扯扯中月姑打了吴瘸子一个大嘴巴。吴瘸子恼了，就掐住月姑的脖子。月姑拼命反抗，可瘦小的月姑哪是吴瘸子的对手？只是吴瘸子没想到，自己竟失手掐死了月姑。他这下慌了，趁着黑夜，把月姑的尸体拖到河滩上埋了，于是出现了故事开头的一幕……

傻娃终于见到日想夜想的妈妈，只是妈妈死了。傻娃的奶奶伤心过度，一下病倒了，不久也过世了。后来，葛财就把傻娃接到家里，当儿子抚养。大家就说："葛财，你把傻娃弄到家里，这下你可破财了！"

葛财感慨道："你们不知道，这傻娃看上去傻，可心里是个明白人！要是没傻娃，吴瘸子能被揪出来？要是没傻娃，那我现在不就和他妈妈在黄土下做伴了？你们说傻娃人傻，可我说他是个金娃娃呢！"

（钱　岩）
（题图：刘斌昆）

话费充错之后

陈志鹏和女友阿芳在新城打工。这天下班,阿芳打电话给陈志鹏,说手机没钱了,自己今天要加班,要他代充100元话费。

陈志鹏来到移动公司,工作人员已经下班,只有旁边的自助充值机可以使用。陈志鹏犹豫不决,因为他从没用机器充过话费。正在这时,一个美女过来了,陈志鹏便请她帮忙操作。当拿到充值小票时,陈志鹏哭笑不得,不知是自己刚才说错了还是美女心不在焉,女友手机号码最后一位数"1"变成了"7",他阴差阳错地给一个叫钟进涛的人交了100元话费。

看着美女离去的背影,陈志鹏是哑巴吃黄连,有苦说不出,他想打电话给钟进涛,把情况说清楚,让他退还100元。不过,这念头刚一起,陈志鹏就哑然失笑了,肉骨头都进狗嘴了,让他吐出来,可能吗?

陈志鹏脑子好使，他左思右想，灵机一动，给钟进涛发了一条短信："你好，我是来自新城的陈志鹏，朋友多了路好走，为了认识更多的朋友，我给和我女友手机号码尾数不同的9个号码都充了100元话费，就是想结识更多的朋友，希望得到你真诚的回应。如果你愿意交我这个朋友，就请你互动一下，在百忙之中也给我的手机充100元话费，一来一往，有缘有分，今天开始，来日方长。"

发完短信，陈志鹏又觉得自己滑稽可笑，天底下哪有这样交朋友的？时间一分一秒地过去，直到晚上睡觉前，钟进涛那里也没动静。这其实也是意料之中的事，好在钱不多，这事也就这么过去了。

星期天，陈志鹏在街上溜达，突然，手机"嘀嘀嘀"响了，陈志鹏一看，是一条100元话费到账的短信提示，紧接着又收到一条短信："缘是天意，分要人为，很高兴你在茫茫人海中选择我做你的朋友。由于我最近出了一点意外，在医院住院，所以迟至今日才有时间给你充话费。我也是一个喜欢交朋友的人，为了表示我的诚意，以后每天晚上，我都会给你发一条天气预报，为你第二天的工作和生活提供一点帮助。"

这时，陈志鹏真像是三伏天吃了冰激凌，心里爽极了。自己胡乱编的一条短信，钟进涛就信以为真，100元话费就"完璧归赵"了。

晚上，陈志鹏果然收到一条天气预报："新城，阴转晴，气温20－25℃，南风1－3级，适宜户外活动。"后来每天晚上，陈志鹏都会收到钟进涛发来的天气预报，下雨提醒带伞，降温提醒加衣，对打工在外的陈志鹏来说，确实十分暖心。

这天，陈志鹏收到钟进涛发来的短信，说明天想来拜访他，不见不散。陈志鹏觉得钟进涛很真诚，也想见见他，可他明天要和阿芳回老家准备结婚的事，连车票都买好了，只得婉拒了……

两天后，一切都准备停当，陈志鹏和阿芳举行了婚礼。按照家乡习俗，院子里搭起了喜棚，亲朋好友，人来人往，鞭炮声声，欢声笑语。正当大家准备吃中饭时，一辆派头十足的宝马车开到了院门前，从车上下来一个中年人，西装革履，提着老板包。管事的看他来头不小，就彬彬有礼地把他迎进了客厅，并通报了陈志鹏和阿芳。

走进客厅，陈志鹏感觉来人有点面生，就问："你是？"

来人笑嘻嘻地说："不欢迎啊？我是你100元话费找来的朋友。"

陈志鹏大吃一惊："你是钟进涛？你怎么找到这里来了？"

"这要感谢你的点拨，你在短信中说你给和女友手机号码尾数不同的9个号码都充了100元话费，这说明你女友的手机号码也在这10个号码当中，我就一一给这些号码打电话，了解对方的情况。功夫不负有心人，其中一个叫阿芳的姑娘说她的男朋友叫陈志鹏，而且最近就要结婚。在她的指点下，我就按图索骥找来了。"

这时，站在一旁的阿芳腼腆地笑了，她转身对陈志鹏说了当时的情形："他问了你的一些情况后，还要我把你的银行卡号告诉他，说要打一些钱给我俩结婚用。我感到有点不对头，还在电话里大骂他是骗子……"

陈志鹏红着脸说："钟兄，对不起，让你大老远跑来，实话对你说吧，那天我并不是充话费找朋友，而是托人给阿芳充话费时，那人按错了号……"

钟进涛哈哈大笑起来："这事我早知道了，因为我和我老婆的手机号是一对鸳鸯号码，我的尾数是7，我老婆的是8，她就没收到你的100元话费，可见你是在扯淡……"

"你知道了？那你还……"陈志鹏很意外，钟进涛意味深长地说："你是我的救命恩人，在你大喜的日子，我能不来吗？"

原来,钟进涛是个地产公司的老总,业余时间喜欢徒步旅游。上次和朋友到一座深山游玩时,因为贪恋美景,不知不觉就和同伴走散了。他拿出手机想给同伴打电话,可事儿就是这么巧,那几天电话打得太多,他的手机刚好欠费停机了!

不得已,钟进涛只能在山上漫无目的地走。就在这时,山里天气骤变,风雨大作,他又冷又饿,精神近于崩溃。真是福无双至,祸不单行,精疲力竭的他一不留心,被草丛中的蛇咬了一口,眨眼间,腿就肿了起来。钟进涛觉得这次是凶多吉少了,绝望地靠着一棵大树准备打110紧急呼救,但他知道,现在天快黑了,等110找到他,自己也许就是尸体了。

就在这生死攸关的时候,钟进涛的手机响了一声,他一看,竟然是一条充值到账的短信,真是天无绝人之路,有人给他充了100元话费!钟进涛高兴极了,马上打同伴的手机。等同伴找到他时,他已经晕了过去,大家赶紧把他送进了医院。

从医院出来后,钟进涛决心报答这个救命恩人。不过,他实在太忙,脱不开身,就先给陈志鹏充了100元话费,还每天给他发天气预报,因为经历了这件事,他觉得天气预报对出门在外的人实在太重要了。

说完这些,钟进涛从包里拿出一张银行卡和一台苹果手机,说:"这些请你收下,愿我俩的友谊天长地久。"

陈志鹏很感动,举杯说:"银行卡我不能要,咱们是因为充话费结缘,所以这部手机我收下,做个纪念。来,让我们为友谊干杯!"

(曾叶文)

(题图:佐 夫)

上海男人

孙胜利下岗后在上海火车站附近开了间电话亭。

这天,一个中年男子急匆匆进来说:"老板,我要打个电话!"孙胜利打开计价器,冲来人一点头,意思是你打吧。可那中年男子却站着没动。孙胜利以为他没领会自己的意思,就一指电话,说:"你可以打了!"谁知,中年男子仍站着没动。孙胜利感到奇怪了,进来时火烧火燎的,现在倒玩起深沉了。这时,中年男子从衣兜里掏出一张纸条:"老板,我想请你帮我打个电话,这是电话号码。"

"让我帮你打电话,你又不是不会说话。"孙胜利心里这样想着,嘴上却没吱声。中年男子见孙胜利没接纸条没吭声,赶忙说:"我不会让你白劳神的,我给你双倍话费,不,三倍四倍都可以!"

孙胜利说:"帮你打个电话,举手之劳,不用你付钱!可你也得说明白呀,电话要打给谁,接通了我说什么?再说了,你为什么不自己打呀?"

中年男子说:"怪我没说清楚,是这样的:我十几年前交了个女朋友,我们都打算结婚了,可是她的父母就是不同意,活生生地把我们给拆散了。后来,她嫁到了你们这里。今天我顺路到这儿,想约她从家里出来聚聚……可是,我这个东北人一开口满嘴苞米碴子味,万一是她的丈夫或公公婆婆接电话,岂不麻烦了!如果是你们上海口音他们就不会想那么多。"

孙胜利问:"先生你贵姓,怎么称呼?"中年男子说:"我姓齐,叫齐新!"

孙胜利劝道:"齐先生,要我说呀,这个电话你还是不打的好,你想想,都过去十几年了,已有了各自的家庭,万一真让她丈夫知道了,会影响他们感情。再说了,你背着妻子和以前的女友约会,对你妻子也是个伤害!"

齐新好像一肚子不满,恨恨地说:"我管他呢!他知道就知道,当初我们好好的,就是他把我心爱的人抢走了。怎么,你不想打?你不打我去别处打,电话亭多的是。"

孙胜利想,劝皮劝不了瓤,自己不给他打他还会去别的电话亭,就伸手接过纸条。他看了看那上头的电话号码,半晌没动。

齐新见孙胜利看了号码仍没拨号,就没好气地催促:"老板,你磨磨蹭蹭的到底还想不想打?"见孙胜利还是没动,齐新掏出张百元票,"啪",往电话旁一放,"这是你的劳务费,你只要接通找到吴敏,你的任务就完成了!这100元也就归你了!"

孙胜利来气了,他严厉地说:"把你的臭钱收起来!别以为有几个钱就可以为所欲为!"

齐新见孙胜利火了,把钱装进钱包,转身要走,却被孙胜利喊住了。孙胜利说这个电话他打也不合适,他毕竟是男的,也容易被怀疑,不如找个女人。齐新觉得有理,就从马路上拦住一个学生模样的女孩。女孩拨通了电话,接电话的正巧是吴敏,孙胜利听得出来,齐新的到来让吴敏既高兴又意外,她请齐新去她家里,齐新不肯,坚持要吴敏出来和他见面,吴敏答应了。

齐新高兴得连电话费也忘了付,拦了辆"的士"就走了。谁知不到10分钟,这辆"的士"又回来了。原来齐新要付车钱时发现自己的钱包丢了,忙回来找。可是,找遍了小小的电话亭,就是不见那钱包的影子。齐新急得直打磨磨,出租车司机还在一旁催。孙胜利见了,就掏出200元钱说:"我兜里只有这些钱,你先拿着!"齐新接过钱,万分感激地给孙胜利鞠了一躬,说:"放心吧大哥,我会报答你的!"

齐新再次钻进车走了。一个小时不到的工夫,他竟然又回来了。

他走进电话亭,从兜里掏出个纸条,递给孙胜利。孙胜利一看,只见上面是这样写的:

"齐新:我来了,你还没赶到。说实话,本不想来,可又怕你不高兴。我有个非常爱我的丈夫,我也很爱他,我不能伤害他!尽管我们见面只是喝喝咖啡叙叙旧,可他知道了也会不高兴的!我们是老朋友,在这异地他乡见到你我会很高兴的,可是,我们难道非要把快乐建立在另一个人的痛苦之上吗?我回去了,非常欢迎你晚上到我家里来,我会为你做几个家乡菜,你和我老公好好喝几杯!我老公是个非常棒的男人,你们会成为好朋友的……"

齐新从孙胜利手里拿回纸条,一边爱惜地将它折起,一边叹了口气,说:"我想通了,吴敏做得对!我妻子和她以前的恋人见面,气得我好几天没和她说话。自己都接受不了的东西,为什么还要强加给别人呢?"说着,他又向孙胜利鞠了个躬,说:"今天的事,太谢谢你了!我已经往家里去了电话,钱一会儿就寄来。我要买两瓶好酒,和吴敏的丈夫好好喝几杯,再和他说声对不起。方才你推心置腹地劝我,又毫不犹豫地借钱给我,你就是我的朋友,再说,我一个人去吴敏家,总不太方便,你可不可以陪我一起去她家?"

孙胜利想也没想就答应了,齐新要给吴敏打电话问她家住哪儿,孙胜利笑了:"用不着打电话,我保证把你领到她家去!"看着齐新目瞪口呆的样子,孙胜利乐了:"实话告诉你吧,其实我就是吴敏的丈夫!"

(宋利民)
(题图:安玉民)

车轮在飞

　　山西境内有一个出名的"十里坡",坡长十里,又是交通要道,来往车辆很多,还有不少是超载的拉煤车。每当上坡时,车子一辆接着一辆,大伙加大油门,整条路上尘烟滚滚,不见天日。

　　这一天,司机老张又开着一辆严重超载的拉煤车,来到了"十里坡"。因为是长途,车上还配备了另一个司机小李。车子下坡时,老张忽然一声大喊,叫醒了正迷糊的小李:"小李,你快看!"

　　小李揉着眼睛,顺着老张手指的方向往前一看,只见前方出现了一只车轱辘,正铆足了劲,顺着下坡的方向急速滚动着……不用说,这肯定是哪辆车跑丢了轮子,而司机还浑然不觉呢!

小李笑了，他知道老张开了十多年车，是个老司机，但来这家运输公司上班还是头一天，也是第一次走这条路，难免少见多怪了，于是就说："不就是只轮子吗？以后你在这条路上跑长了就习惯啦，每辆车都拉这么多，哪有不掉轮子的？只要不是我们的就行。"说完话，小李继续睡觉。

小李这一觉睡得好沉，当他再次醒来时，突然发现自己的车子已停在路边，而老张却不知去向。小李不知发生了什么，慌忙下车，前前后后地观望，然后又走到车后，一看，这才发现老张正蹲在那儿抽烟，愁眉不展的。小李问发生什么事了，老张没回答，只是用手指了指车后轮。小李一打量，这才发现车子最后面的车轮少了一个……

"啊，莫非是……"小李想到了刚才飞奔着的那个车轮，顿时恍然大悟，嗨，原来两人刚才下坡时看到的那个车轮，竟然就是自己车上的一个！因为下坡的惯性，轮子滚到了车子的前面，而两人还幸灾乐祸地以为是别人车上的呢！刚才下坡时，路面平坦，老张还未察觉，而一到颠簸路段，就立即觉着异样了。刚到新单位上班，就把车轱辘弄丢了，那还不被老板骂死？想到这里，老张愁死了，他接连抽了两支烟，说："小李，你在这里呆着，我去把车轱辘找回来！"

这"十里坡"的两侧是有防护栏的，但这一米不足的防护栏挡不住蹦跳着的车轱辘，下坡的大路上没有，那这轱辘肯定是滚到坡的两侧去了。老张一路好找，一边担心别人捡去不还，一边又担心这轱辘会不会碰坏别人的东西，这样走走停停，不知不觉，他已经走了很远。

走着走着，前面出现了一所小学校，忽然，老张发现前方聚集了一堆人，看情况是发生了什么交通事故或者纠纷。老张走到近处，这才看见一个五六岁的小女孩正蹲在地上哭，小女孩的旁边躺着一个成年男人，这男人身下淌着一大摊殷红的血,已经昏死过去……

老张的头"轰"的一下炸开了,他最担心的事终于发生了:因为血泊旁边,正搁着一个该死的车轮,很显然是飞奔的车轮将这男人击倒了,而这车轮,恰恰是从自己的车上飞走的……

小女孩绝望地呼喊着,老张闭上眼睛,仰面朝天,给自己留了几秒钟的考虑时间:他完全可以像没事人一样地走开,然后装作任何事都未发生的样子,把车开走……就在这时,老张的手机响了,是小李打来的,他问车轱辘找到没有,找不到就算了,赶快回来,然后在附近找个路边修理点,买个便宜的车轮子,对付一阵再说。老张一边分开人群,一边回着电话:"轱辘是找到了,却撞了一个人,我现在要去医院!"老张说着,随即挂了电话,弯腰抱起了地上的伤者……

老张把伤者送到医院,一会儿,交警来了,传唤老张,小李也随后赶到了,在一旁一个劲地对着老张使眼色。老张很平静,他说:"车虽是老板的,但我是开车的,所有责任我自负!"

那个交警看看老张,说:"说实话,我倒挺佩服你的,但你也要有个思想准备,这伤者瘫痪的几率很高。还有,不妨告诉你,这伤者五年前,就在那条路上骑自行车,也是被一个这样飞来的车轮撞倒在地,当时被自行车上的利器戳瞎了双眼,后来,他老婆因此也离他而去,只撇下这么一个小女孩……那车轮的车主一直没有找到,所以说,你这次要负的责任可能不轻,你要有个准备。"老张听了,沉吟良久,面色凝重地点了点头,一旁的小李,看着老张那憨憨的、笨笨的、蔫蔫的样子,气得差点背过气去!

被车轮撞伤的人姓王,经过几个小时的抢救,幸好保住了性命,但在监护室里一直没有醒来。老张打电话回家,准备万不得已的时候,就让老婆处理掉刚买的新房，那是给儿子结婚用的。

就在老张准备第二次往医院里交押款时，突然间，小李气喘吁吁地跑来了，他一进病房，立即抢过了老张手中的钱，一脸兴奋地说："这钱我们不用交了！"在场所有的人都吃了一惊，老张更是惊得张大了嘴，他说："小李你就别疯了，是我的错，我就要担起这责任。"小李笑了："这不是你的错，你还担什么责任？"

原来，小李到交警队接受处理，取回轮胎时忽然发现：把老王撞倒的轮胎，根本就不是自己车上的。后来经过交警一比对，果然是小了一个型号的车轱辘，也就是说，在同一时间、同一路段，有另一部车的轱辘飞了出来，击倒了老王……

小李眉飞色舞地说了一通，接着就有交警进来证实了他说的这番话，这交警还说，至今还未找到这肇事轮胎的真正车主。这时，屋内所有人的眼光都落在那个五六岁的小女孩身上，唉，这么一来，这小女孩岂不是太可怜了？

大伙都这样说，小李则在一旁理直气壮地表白着："那我们可顾不了这么多啦，要是我们的轮胎，再大的责任我们也要负，可那不是我们的轮胎，对不起，我们现在要去找自己的轮胎了……"说着话，小李就去拽老张，并用眼神示意他赶快离开这个是非之地。眼下，虽说证实了肇事的车轱辘不是自己的那个，可老张脸上依然未见任何喜色，他走过去，怜惜地摸了摸那小女孩的头，一旁的交警则说："既然不是你的责任，你就走吧，剩下的事情，看来只能通过媒体寻找爱心帮助了！"

就在老张和小李要离开的时候，病房的门霍地被推开了，然后，接连着进来一拨人：一名交警，两名派出所的警察，最后进来的是一个穿着西服的矮胖子,这人进来时手里还拎着一只大轱辘,样子怪怪的。难道来探望病人,还带着只车轱辘不成?

大伙都惊诧不已,唯独小李和老张一见这轱辘,脸上立刻变了颜色。那交警示意胖子把车轱辘放下,然后一本正经地说:"看看轮子是不是你们的,这下倒好,这轮子把人砸伤了!"

老张和小李一听,惊得立时变了脸色:什……什么,又砸伤人了?再抱起那车轱辘仔细一看,天哪,这正是自己丢失的那只!小李暗自咕哝:真是背运背到家了,躲得了初一,躲不了十五,横竖都是祸事!

这个时候的老张,倒显得格外平静了,他似乎是经过了再三权衡后终于横下了心,大步上前,说:"车是我开的,无论砸伤还是撞死,我都跟你们走!"可这时,那矮胖子却一下上前握住老张的手,感激涕零地说:"谢谢你,我真的要好好谢谢你!"

老张一头雾水,一旁的小李此时却再也沉不住气了,他上前一下推开矮胖子,大声斥责:"你这人怎么这样,人家的车轮都撞到人了,你还谢什么?难道还嫌出的乱子不够吗?"

这时,派出所的一位警察上前说清了其中的原委:这矮胖子是一家金店老板,大约两个小时前,一名歹徒上门,挟持了金店老板刚刚放学的儿子,情急之下,金店的一名工作人员拿起一杯开水泼向歹徒的面部。这歹徒恼羞成怒,扬起尖刀要刺向怀中的孩子,就在这一瞬间,奇迹发生了,一个车轱辘破窗而入,不偏不斜,正中歹徒的手,不知怎么的,那尖刀竟然刺中了歹徒的胸口,伤得很重……老板和店里的员工趁机一拥而上,救下了孩子,又把歹徒送到了医院。警察曾经辨认过老张他们的车轮胎,现在又看了飞进金店的轮胎,很快知道是谁的了,于是,金店老板一定要警察陪着,好好谢谢老张。

正说着，金店老板便从随身携带的包里，掏出两叠厚厚的钞票，恭恭敬敬地递给老张。老张连连推脱，却被一旁的小李一把接了过去，说："既然是人家的心意，我们就不要客气了，这钱我先替你收着。"

这时，一旁的交警说话了："这钱你们可以收，但超载超限的处罚，你们还是逃不过的，谁可以保证你们下次飞出的轮胎，砸到的就一定是坏人？"

说着话，交警朝病房里的老王父女瞟了一眼，老王还在昏迷，而那五六岁的小女孩则两手紧紧攥住老王的手，惶恐地看着眼前发生的一切。虽然她不清楚这其中到底发生了什么，但从她的眼神里可以看出，这小女孩已经感觉到了害怕，因为她意识到这周围的所有人顷刻之间都要轻松地离开……这时，病房里的所有人，包括小李，看到这小女孩惶恐无助的眼神后都惭愧地低下了头。

后来，老张的车子接受处罚后离开了，医院里通过媒体做了一次爱心动员，社会各界纷纷伸出援助之手，其中一位未留姓名的好心人，竟然偷偷捐了十万元，这让醒来后的老王激动不已，他说："这世上还真有好心人啊，有朝一日要找到人家，一定要好好谢谢！"

几天后，老张和小李开着车，满载着货，又来到了"十里坡"，一旁的小李不停地絮叨着："还真没看出来，我身边还活着个大雷锋！人家给你两万，你不稀罕拿去做慈善也就罢了，还把自己卖房的钱搭进去八万，还不留名，我说你脑子是不是有病呀？"

老张的目光凝视着前方，前方是一条大路，他久久不语，似乎在想着什么——

五年前，也是在这条路上，他也是在寻找飞出去的一个车轮。当时，他远远看见车轮旁边有个人躺在血泊之中，四下无人，他当时选择了离去。五年来,他一直忍受着良心的谴责,谁想到,当年的那一幕竟然真真切切地又在眼前发生了……老张想:不管当年他飞出的车轮撞到的是不是老王,这十万块钱权当是他对良心的一个交代吧!

(王相军)
(题图:张恩卫)

地下风云

高人出手

两年前,县城来了个张老头,他六十多岁年纪,无儿无女,一直在钢铁公司做临时工。这老头天生一副好脾气,干活又肯吃苦,从没跟人红过脸。没想到,这天中午他惹出了一档子事。

原来,中午下班铃一响,张老头和几位工友在食堂打了饭,搬着桌子在外边找了个凉快的地方。因为大家下午都歇班,就开了瓶二锅头,没多大工夫,大半瓶二锅头下了肚。就在这时,突然冲过来一辆小面包,撞翻了一旁停着的一辆自行车,开车的胖司机又往前开了一段,这才把车子停了，满不在乎地从小面包里钻出来。

自行车的前轮被轧成了麻花，它的主人是一个满脸稚气的小伙子，长得高高瘦瘦的，大家都喊他"竹竿"。这竹竿老实得有点窝囊，气得满脸通红，却不敢吭一声。

坐在一旁的张老头今天脑子像是搭错了一根筋，突然扯高嗓子，大声说："兔崽子，欺人太甚！"

一位工友吓了一跳，连忙拉住张老头，悄悄说："快别说了，这胖子是梁三的人，甭想跟他讲理了。要是打架，就竹竿那体形，再添几个也打不过他。"

张老头扬着脖子打了一个嗝，又把话头抢过来，说："打不过？用我手中这个家伙，几下就能把他打趴下。"

大伙一看张老头手里的家伙，全都乐了:那不过是一把折扇。这老头，今天真的喝高了！

张老头不理会大伙的嘲笑，又说："怎么着？都不相信啊？给我二十分钟，我就能让竹竿用这把扇子把胖子打趴下！"

大伙笑得更响了，有人说："行！您这就教竹竿去，甭管教多长时间，只要他能用这玩意儿把胖子打趴下，我们管您一年的饭！"

胖子一直在旁边听他们说话，也不怒，笑呵呵地等着看张老头的洋相。

没想到张老头今天较了真，他扯着嗓子把竹竿叫过来，拉到旁边耳语一番，竹竿狠狠盯了眼胖子，说了声"你等着"，跟着张老头进了旁边的车间。

二十分钟不到，两人就回来了，竹竿拿着张老头那把折扇，走到胖子跟前，挺硬气地说："你要是赔我辆车子，这事就当没发生过。"

胖子正摇头晃脑地哼着小曲,一听这话,伸手就给了竹竿一巴掌,竹竿一晃身子避过,一咬牙,突然将手里的折扇往前一戳,只听胖子猛地发出一声惨叫,黄豆般的汗珠从脸上滚落下来,整个人趴在桌子上,不会动弹了。

这一下大伙儿全傻了,过了好一阵子,才有人问张老头:"您老的功夫哪学的?"

张老头像被什么东西刺了一下,一瞪眼睛,嚷道:"功夫?谁会功夫?"站起身,用力分开众人,晃着膀子走了……

第二天,张老头上班来得比谁都早,见了昨天一起吃饭的几个人,上前笑呵呵地说:"酒话不用当真,一年的饭啥的,不算数的。"跟着又补上一句:"跟大伙儿言语一声,昨天的事别传到外边啊!"

工友们一听这话,都点点头。原来这地方民风强悍,一直有习武传统,因为会家子多,一般都不张扬。这张老头深藏不露,大伙虽说没想到,却也不觉得特别奇怪。

但麻烦还是来了。那件事刚过三天,就有风声传过来:梁三要过来!

这梁三好武成痴,仗着他爸是一家铁矿的矿主,构织了严密的关系网,是一个一脚能跺响全城的角色。三年前,他一番打点,在体委挂了个职,把县城里好勇斗狠之徒全部召集起来,成立了武术协会,经常耍枪弄棒,逢年过节时,还喜欢搞什么武术大会,经常在电视上抛头露面。谁要是在武术上抢了他的风头,他就会带着一帮子人找过去,用"以武会友"的名义大打出手。再加上这家伙身上的确有功夫,所以谁也不敢招惹他,上了年纪的老师傅想要带个徒弟,都得关起门来悄悄练。

胖子是梁三的手下,被竹竿戳了那一下,在家躺了两天才缓过劲来,就去找梁三诉苦，梁三马上就让胖子带着来找张老头。

梁三为了摆威风，来之前就放出了风声，工友们吃好饭，三三两两聚在食堂周围，等着看热闹。

张老头吃完饭把碗一放，就在那悠闲地剔着牙，好像根本不知道梁三要来找他。

十二点刚过，梁三就带着十多号人气势汹汹地来了，跟在他后面的胖子朝张老头一指，梁三一挥手，一帮人就朝着张老头围过来。

梁三上前抱抱拳，大声说："张师傅，我们武协工作做得不好，竟漏了你这么一位民间高手，多多包涵。"

张老头瞟了他一眼，没吱声。

梁三把脸一沉，继续阴阳怪气地说："今儿我们县武协的人找到你，是想讨教一下，挖掘民间的真功夫。请不吝赐教。"说着，上前一把掀了张老头跟前的桌子。

张老头冷笑一声，说："我一大把年纪了，难道要我跟你们这些小伙子动手？"

梁三说："我们诚心实意来挖掘民间功夫，怎么可以白来？"

张老头哼了一声，说："这两天我教了'竹竿'一点功夫，你们既然来了，就跟他比划比划吧。"他想了想，又说，"不过我这徒弟总共只学了三天功夫，你们武协不会随便欺负人吧？"

"你说怎么比？"

张老头说："这么着吧，你们挑个人出来，跟我徒弟一人打对方三拳，谁倒地谁就输……不过，得让我徒弟先打。"

梁三打量一眼竹竿的体形，冷笑一声，朝身旁一个三十来岁的汉子摆摆头，这汉子就从队伍里走出来。

这汉子长得不高，人送外号孙小个，一手家传的太极拳在县城极少遇到对手，另外，孙小个还有个绝活，就是趁对手一拳打来，在将到未到的关口，猛地往上一冲，用胸口去撞对方的拳头，用内力卸了对方的劲道，同时将对手的手腕撞折。

比试开始，孙小个扎稳马步，紧盯着竹竿的手，就等竹竿出拳将到未到的一刹那撞上去，把竹竿的手腕撞折。

竹竿并没有狠狠一拳捣过去，而是直接把拳头放在孙小个的胸前，离对方胸口只有一寸。孙小个一愣：这么近的距离虽然没法撞折对方的手腕，但对方也使不出气力呀。哪想到，就在孙小个发愣的当口，竹竿身子猛地一颤，拳头突然直直地捣了过来，只见孙小个一声惨叫，一下倒飞出两米开外，猛地趴在地上，捂着胸口直哼哼！

梁三大惊失色，朝身旁的手下一挥手："把这小兔崽子给我废了！"他的手下"呼啦"一下全朝竹竿冲过去，吓得竹竿连连后退。

就在这时，一阵锐利的警笛声传来，一辆警车开过来，猛地停下，跳下来好几个警察。

梁三连忙迎上去，朝打头的警察抱抱拳，说："误会，误会。我们武协在这里搞活动，不想惊动了大家。"

打头的警察四下看看，指指地上的孙小个，问："这是怎么回事？"

梁三说："他刚才做动作时一个不小心，摔了一跤。"

紧接着，梁三掏出手机拨了个电话，接通后，把电话交给这位警察。警察接过电话，听了两句，又把电话交回给梁三，说："刚才我们接到举报，说是有人聚众斗殴……"接着手一挥，开着警车又走了。

当天夜里，梁三拎着一大包礼物，来到张老头家里，先是笑呵呵地给张老头赔礼道歉，接着就提出请张老头当他们武协的顾问。

张老头说:"我一个靠打工混口饭吃的老头,怎么能当你们的顾问?"

梁三笑呵呵地说:"这顾问一点也不难当,我们武协为了增加一点活动经费,就给一些企业培训保安,您只要培训几个保安出来,报酬十分优厚。"

张老头冷冷一笑,说:"保安?别是打手吧?你们武协的威风我可是领教了。对不起,给我金山银山也不会干的。"

梁三还是笑呵呵地说:"老爷子,你既然是练家子,当知道山不转水转,给人方便,自己方便,何必拒人于千里之外呢?"

"我一个穷打工的,只晓得不管做啥事,先得问自己的良心!"

梁三干笑一声:"老头子,你好倔啊!"摇摇头,拎着礼物走了。

不测之祸

谁也没想到,过了没几天,竹竿跟孙小个比武的事闹大了,公安局以"聚众斗殴"为由立案调查,把张老头、竹竿和孙小个刑事拘留了。

张老头和竹竿平白无故吃了这场官司,到处叫屈,可是张老头教竹竿功夫,先是伤了胖子司机,接着又伤了孙小个,这是很多人亲眼看到的事,他就是长了一百张嘴也说不清楚,再说梁三一伙人没事就到处找事,哪个敢惹?何况张老头和竹竿都是外乡人。这样一来,没有一个人敢出头,为张老头他们说一句公道话。

张老头和竹竿进了拘留所,而挑起事端的梁三只是去派出所接受一次"思想教育",就没事了,照旧打着武协的名头,到处惹是生非。

转眼间,张老头进拘留所就有半个来月,这天,监室突然一下进来六个犯人,全是膀大腰圆的大汉,其中一个络腮胡子进来就嚷:"都听好了,大爷我们都是打着进来的,从今以后,这里由我们哥几个说了算!"说着,他朝张老头指了指,说:"老头,你给我跪过来!"

张老头冷哼一声,说:"小家伙,你爹有没有给你下跪过?"

络腮胡子脸色一变,阴沉沉地对张老头说:"不服气是吧?咱们走着瞧!"

当天深夜,那六个家伙突然一齐动手,死死抓住正在睡觉的张老头,把他整个人抬了起来,络腮胡子狞笑着说:"老家伙,我看你骨头挺硬的,就让你尝尝'地震'的滋味吧!"说着,六个人抓着张老头的手脚,把张老头的身子一下下往地上夯!

张老头虽然身怀绝技,可被这帮人突然抓住了手脚,根本没法施展,想叫,又被捂住了嘴,不一会就被夯得晕了过去。

接下来的日子里,张老头简直像活在地狱里,每隔一两天就会被那六个家伙用这种办法折磨一顿,不到一个月工夫,张老头已经被夯得连腰都直不起来,走路都要咳嗽,几个家伙见张老头再也经不起折腾,这才罢了手。

这天中午,张老头哆哆嗦嗦吃了饭,正在炕上躺着,狱警拿着包东西进来,说是张老头的一位朋友送来的,打开一看,居然是一大包叉烧肉,一大盒牛奶,还有盒专治跌打损伤的药膏。张老头一下愣住了,对狱警说:"我在这里举目无亲,是谁给我送的这些东西?"

狱警看了看手里的资料,说:"送东西的叫孙应龙,是一个高个儿老头,他说是你的朋友。"

张老头一听这名字更糊涂了,可糊涂归糊涂,他还是一口气把这包东西吃了个精光,然后把那盒药膏拿起来看了看,说:"正好用来治伤。"撩开衣服,就往身上涂抹一遍。

打这以后,那个叫孙应龙的人隔两天就送一包东西过来,张老头的营养得到补充,又涂抹了那盒药膏,身体渐渐地好起来。

一个来月后,这天,张老头的老伴带着手续来带张老头出去。张老头吃惊地问老伴:"你哪来的本事?竟然能让我提前出去?"

老伴说:"手续是一个叫孙应龙的人办的。"

张老头跟着老伴回了家,进屋找了张凳子坐下,一双老眼茫然地望着家徒四壁的家,心里涌上一阵苍凉,突然,敲门声"咚咚"地响起来,老伴上去打开门,一看,来人竟然是孙小个。孙小个手里拎着包东西,一进门就朝张老头鞠了一个躬,说:"老爷子,您受苦了。"

张老头鼻孔里"哼"了一声。

孙小个把那包东西放在桌子上,自己找了张凳子坐了,说:"老爷子,都怪我和梁三太喜欢武术。我爹就老说我,爱武成痴。"

张老头打个手势,止住孙小个的话,说:"你这么急吼吼地找上门,不是为了说这个吧?"

孙小个"嘿嘿"一笑,说:"我一来给您赔礼、问个安,二来,我们武协的确看重人才。"

张老头"呼"一下站起来,打断孙小个的话,厉声说:"是梁三让你来的吧?你去告诉梁三,我这套把式虽然算不了啥,但也不是你们花点钱就能买走的!"

孙小个干笑两声,说:"老爷子,话也不能这么说,你几十年的苦功,好不容易被我们武协重视,正好体现价值。你总不会让功夫一直闲着,把它带进棺材吧?"

张老头气得嘴唇发抖,一把将孙小个带来的东西扔到屋外,拿手指着孙小个,吼道:"滚,你给我滚!"

孙小个从凳子上站起来，慢慢朝屋外走，边走边摇头："倔！这老头真倔！"

老伴一直在旁边看着，一声不吭，等孙小个出了门，上前一把将门关上，将气得发抖的张老头拉到凳子上坐下，一下下抚着张老头的背，心疼地说："老头子，我们还是回省城吧，这样下去，何时是尽头啊，你要是再有个三长两短……"

张老头摇摇头，握住老伴的手，缓缓地说："已经走到了这一步，说啥也不能停了。"

第二天一大早，张老头就往厂子赶，一到钢铁公司门口，门卫就告诉他说，公司已经把他和竹竿开除了，张老头一听，不禁呆在厂门口，一时不知道该怎么办。

正在这时，远处气喘吁吁跑过来一个人，说："大爷，不好了！"

张老头一看，是一位邻居，忙问："出什么事了？"

这位邻居说："你老伴刚才在菜场门口，被一个骑三轮的撞了！"

张老头一听，脸色"刷"一下就白了：老伴本来就心脏不好，哪里经得起这一撞！他结结巴巴地问："她现在怎么样了？在哪儿？快带我过去！"

原来今天一早，张老头的老伴到菜场买菜，哪知买好菜刚出来，横刺里猛地冲过来一辆三轮车，把张老头的老伴撞倒在地。三轮车夫拿眼一瞅躺在地上的人，加力蹬几下轮子，一溜烟地逃了。几个过路人看不过去，一齐上前，把张老头的老伴送到了医院。

张老头赶到医院时，他老伴因惊吓过度，引发了心脏病，正在急救室里抢救。医生见张老头来了，连忙催他去交费。张老头摸了摸口袋，无奈地朝医生摇了摇头。医生脸一沉，说："你一大把年纪了，规矩不用我再说吧?"

张老头急得汗都出来了,正在这时,有人拍了拍张老头的肩,张老头转身一看,是一个七十上下的老头,身材高高瘦瘦的,穿一身灰色西服,身后站着两个膀大腰圆的大汉,都是一色的黑西服,戴着墨镜,面无表情,就像警匪片里的黑社会。

张老头不由得皱了皱眉头,问道:"你是……"

这人往旁边打了个手势,说:"在下孙应龙,请老兄弟借一步说话。"

孙应龙终于现身了,张老头心里一激灵,跟着孙应龙走到一旁,握住孙应龙的手,正要说一声"谢",孙应龙却一把按住张老头的手,叹了一口气,说:"老兄弟一身好功夫,竟然会落到这步田地,可叹哪!"

张老头嗫嚅着说:"我和老伴无儿无女,在这里举目无亲……"这样说着,眼睛竟红了。孙应龙朝旁边一位大汉一示意,那大汉就不声不响地离开了。

孙应龙握握张老头的手,说:"车到山前必有路,老兄弟别急……"

这时,刚才离开的那位大汉回来,附在孙应龙耳边说了一句话,孙应龙手一挥,豪爽地说:"没事了,走,我们喝一杯去!"

张老头满是疑惑地看着孙应龙,孙应龙这才明白过来,大度地说:"要不,你先到病房看看?"

张老头放心不下老伴,赶去了病房。医生见他来了,态度跟刚才判若两人,和气地说:"刚才有人替你付了费用,老太太基本上没危险了,你就放心吧。"

张老头一转身,孙应龙已站在他旁边,正满脸含笑地朝他看着,说:"我说没事吧,老兄弟你且把心放下来,咱哥俩找个地方,坐下来慢慢地聊。"

培训"保安"

孙应龙找了家酒店的小包间,和张老头坐下来,两人你来我往喝了几杯,孙应龙这才跟张老头说了自己的情况:原来孙应龙退休前是县齿轮厂的工程师,自幼喜好拳脚,前不久听说张老头的事后,顿时起了敬佩之心,同时也为张老头蒙冤入狱抱不平,隔两天给张老头送点吃的,算是尽一点心意。

孙应龙说着,又给张老头满上一杯酒,漫不经心地问道:"老兄弟往后有何打算?"

张老头叹了口气,苦着个脸说:"还能有啥打算?我得赶紧找个事做,不管好孬,哪怕是半夜打更也成。"

孙应龙把脸往前一凑,说:"凭老兄弟这么好的功夫,还怕没饭吃?"

张老头手一挥,说:"不是因这几手三脚猫功夫,我怎么会强出头,又怎么会惹上这一身麻烦?功夫的事,再也别提。"

孙应龙轻轻拍拍张老头的手,说:"老兄弟一朝被蛇咬,真是十年怕井绳。这世上的事都有两个面儿,就看你认的是哪一面。老兄弟在江湖上这么多年,不会不明白这个理吧?"

张老头摇摇头,说:"道理好想,事情难办。咱这地方只有梁三开着家武馆,那家伙不是个正经人,我不想跟他搅一块儿。除了这,我这点功夫还能有啥用?"

"当然有用!我这里有个事情,正好适合老兄弟,我保证你既能赚大钱,又没人敢找你麻烦,你看咋样?"

张老头一下来了精神,连忙问:"啥事?"

孙应龙先是干笑了两声,然后才说:"其实也不是啥难事,有个公司需要一些高水平的保安，让我帮着培养几个，虽说我也会两下子，可跟老兄弟一比就不入流了，所以得请像老兄弟这样真正的行家，而且，我觉得老兄弟这身功夫要是没个传人，实在是可惜。你要是肯过来帮着我训练这些保安，我一个月给你四千块。"

张老头好一阵踌躇，说："那梁三也想请我训练保安。"

"唉，我倒要劝老兄弟一句了，一来，你不过是培训几个保安，又不是要你去抢银行，再说了，你老伴这病是老病根儿，口袋里要是没几个钱，只怕难……"

张老头点点头，一巴掌拍在大腿上，说："行，我干！"

当天晚上，张老头就跟着孙应龙来到一个地方。孙应龙把四个保安叫到张老头面前，张老头一看，不由得倒抽一股子冷气。怎么了？这四个人一个个身高体壮，眼睛瞪过来，冰冷得像两把刀子，好像随时准备捅人。这哪里是在训练保安，分明是训练职业打手！

张老头乜斜着眼对孙应龙说："孙先生让我训练的不是保安吧？我就挑明了说吧，你可别嫌我说话难听：自打你往号子里给我送吃的，我就觉着这里边的事没那么简单，现在你也该跟我交个底了吧？"

孙应龙大度地一笑，说："老兄弟果然有眼力，什么都瞒不住你！其实你不用太多心，这事要说起来，其实也不复杂。"

接下来，孙应龙给张老头说了一档子事——

原来这个县的铁矿资源丰富，县里除了一家国营大矿，还有大大小小十几家私营矿厂，这些私营矿都想争取那些有实力的大客户，拿大订单，可大客户总共就那么几家，于是，有些私营矿开始动起歪脑筋，几年下来，形成了一个不成文的规矩：这些私营矿每年组织一次比武，按输赢分配大客户。所谓比武，就是如果有几家矿都想争取某个大客户，这几家矿就得比上一场，谁赢了，这个大客户一年的生意就归谁。参加比武的是这些矿老板请来的人，一边出三个，打一场混战，在规则上没有任何限制，就算把人打死了也不准报案。

这种"比武"实行了几年，问题就出来了：功夫厉害的人在这年头很难找，就算找着了，多半不会为了钱拿命玩，于是，这些老板就专门找一些好勇斗狠敢玩命的家伙，再请功夫厉害的老师傅训练他们，让他们迅速成为一流打手，这些人出起手来十分狠辣，毫不留情，这几年出了好几条人命，因为捂着不报案，社会上极少有人知道。

孙应龙也是个会家子，有一身家传功夫，他受一个矿老板重金聘请，专门训练打手，几年下来，在圈子里名声挺响。

张老头明白了，问："你把我找来，是遇到厉害对头了吧？"

孙应龙沉声说道："没错，有个矿老板也请了个会家子，训练出来的人比我的厉害，我的东家已经连续两年输给他们。如果今年再输，我没法跟老板交代了。这次请你来帮忙，要是能赢下来，除了每月四千块工资，我们老板还答应再给你五万块钱奖金。"

张老头叹了口气，说："按理说我不该干这种事，念在你照顾我的份上，再者说我也的确需要用钱，就给你卖一回力气吧。你让这几个人先练两下给我看看。"

孙应龙笑呵呵地说："老兄弟先别急，我先给你看两人。"

孙应龙说罢，向里屋喝了一声，里边马上走出两个人来，张老头一看，竟然是梁三和孙小个！

张老头一见他们，扭头就要走，孙应龙连忙拉住他，说："老兄弟且慢，孩子们不懂事，有眼不识泰山，冒犯了老兄弟。我让他们赔礼来了。"

孙应龙一说完，梁三和孙小个就"扑通"往地上一跪，齐声说道："张爷，您大人不计小人过，我们在这给您赔罪了！"梁三说完，从口袋里拿出一张支票，往张老头脚边一放，张老头一动不动。两人见张老头没反应，又各自掏出把刀子，在大腿上扎了一刀，血水一下就冒出来！梁三咬着牙，说："张爷，您要是还不原谅我们，这刀就让它一直扎着！"张老头这才说："原来你们让我吃两个多月牢饭，就是为了今天。啥也别说了，你们赶紧去把我的徒弟竹竿保出来。"

梁三说："当初出那么优厚的条件，您都不肯来。我们为了请到您，才不得不出此下策，请您多担待！"张老头弯下腰就要帮梁三和孙小个把刀子拔出来，哪晓得孙应龙比他更快，出手如电，一下就把刀子拔出收了起来。两个人咬着牙，按着刀口，一瘸一拐走出了房子。

孙应龙说："小个是我儿子，打小跟我习武，本以为练得不错，没想到在老兄弟的徒弟面前连一招都没挡住。那梁三也是块练武的好材料，他还有个特殊身份，是我老板的儿子，他爹可是咱县里数一数二的企业家。老兄弟做好了这档子事，再对两个年轻人的功夫指点一下，我敢保证，老板绝不亏待你！"

孙应龙让手下带着张老头到房间里休息，然后从口袋掏出刚才梁三和孙小个用的两把道具刀子，到卫生间把上面的红颜料在水龙头下冲了，轻轻一按，把刀子收起来，放进保险柜，接着掏出手机，拨通了老板的电话……

大打出手

梁三的确有本事，没用两天就把竹竿保释出来，竹竿出来后来见了张老头一面，说啥也不肯再跟张老头学功夫，横竖劝都不松口，说是要到广东打工。

张老头送走竹竿，开始训练那几个打手，那几个人是孙应龙千挑万选出来的，经过张老头的指点训练，格斗水平果然迅速提升，但他们进步再快，也比不上梁三和孙小个，这两个家伙在武术上的确有悟性，再加上从小打下的根基，一两个月下来，功夫进步得自己都吃惊。

离比武还有两个月了。这天上午，张老头刚走进训练场，就看见孙应龙在大发脾气，再一看，两个打手躺在地上呻吟，孙小个嘴上带着血，梁三也是一脸狼狈，忙问是怎么回事。孙应龙说："刚才来了个挑场子的，也不知道是什么来头，几招就把这两个人的腿打折了，我儿子上去也吃了亏，梁三又上去接应，这才勉强打了个平手，但最后还让他跑了。"

张老头问："会不会是对手派来探虚实的？"

孙应龙说："很有可能。我前两天得着一个消息，我们的对头不知从哪请来一个高人，岁数不大，但功夫很邪乎，身形跟刚才那家伙挺像。"

张老头一听也发了愁，说："怎么突然冒出这样的高手来？如果真是这样，前面训练的那几个都不是对手，也许小个和梁三还有希望对付他。"

孙应龙一听，连忙把张老头拉到一边，说："让他俩去参加比武？不行！不行！我只是让他俩跟你学功夫，可没打算让他们去跟人比武，这活儿太危险，万一失手……"

张老头说："实话跟你说吧，我的功夫里最厉害的是游身八卦掌，本来没打算拿出来，因为这功夫悟性一般的人短时间根本学不了，可真要学会了，那就来去如风，一般人连碰都碰不着，用来比武准能赢。现在时间紧，只有小个和梁三的基础和悟性才能在两个月里把这功夫学会。我的话说到这里，到底该怎么办，你做决定吧。"

孙小个和梁三见孙应龙拉着张老头商量要紧事，早就跟在旁边听着了。张老头一说完，孙小个就说："爸，你放心，刚才那小子比我强不了多少，要是张爷再把游身八卦掌教给我和三哥，那小子肯定不是对手。"

梁三也跟着在旁边附和。

孙应龙想了半天，还是摇摇头，说："这事我做不了主，得请示老板。"过了半天工夫，孙应龙从老板处回来，对张老头说："老板同意了，他说今年抢的是过亿的买卖，我们再也输不起，可话得说在前头：你得教真功夫，并且这两个孩子绝对不能有一点闪失！不然的话，老板怪罪下来，咱们谁也担待不起！"张老头没吱声儿，只是沉重地点点头。

孙小个和梁三果然有悟性，真的只用两个月就把张老头的游身八卦掌学到了手。比武的日子说到就到，场子定在一家私营钢厂的仓库，半夜里进行。到了晚上十点来钟，梁三父亲亲自开车过来接人，张老头跟着孙应龙一块上了车。等人一到齐，仓库的大门就关上了。张老头满场打量一番，到场的一共十拨人马，除自己这边的人最多，另一拨人也是很有声势，看来是梁三父亲的对头。因为梁三父亲势力大，除了那个连赢他两年的对头，其他人谁也不敢跟他抢客户。

梁三父亲死死盯着对头那拨人，里面果然有一个瘦高个儿，那体形瘦得像根竹竿，跟跑到广东打工的竹竿非常相像。

孙小个悄悄跟张老头说："就是那家伙来挑的场子。"

到了十二点，比武正式开始，一个面相威严的老头走到场地中间，缓慢地环视全场，喧闹的仓库立马安静下来，老头这才开口说："大家来这里不是头一回，桥归桥，路归路，规矩不用再说了，一切按老法子来。死伤有命，各安天命，比完了就当没发生一样，大家千万别伤了和气。"

老头见没人作声，就接着说："如果都没意见，那就开始了。第一场，比武的是河东矿和上岭矿，彩头是天宏钢铁公司一年的铁矿石，赢者得彩头，其他矿不许插手！"

老头说完就退出场子，两拨打手走到场子中间，随着一声锣响，两拨人飞快地冲上前去，拳脚凶狠地朝对手砸过去，这些人穿着短裤和皮鞋，根本没有正规比赛里拳套、头盔之类的护具，只听拳脚落在对方的身上，像擂鼓一样"嘭嘭"作响，呐喊和惨叫声连串响起，不绝于耳。很快，上岭矿的三个打手全被打倒在地，不能动弹，这一场比赛宣告结束。

倒在地上的人马上被抬了出去，简单清理一下场地后，比赛接着进行。由于没有护具，没有规则限制，这些打手很容易被击中要害，迅速失去战斗力，所以接下来的几场打斗也很快结束了。

终于轮到孙应龙这一方上场了，梁老板神情紧张地走上来，向梁三与孙小个叮嘱了几句。孙应龙瞟了张老头一眼，只见张老头气定神闲，一副成竹在胸的样子，暗自松了一口气。一声锣响，双方立刻朝对方冲去。只见孙小个和梁三故意避开那个瘦高个，分别向另外两个打手冲去，显然，他们准备先放倒对方两个人，再来合力对付瘦高个。想不到瘦高个也避开孙小个和梁三，直接冲向另一个打手。只见两三招一过，场上马上躺倒三个人，只剩下瘦高个、孙小个和梁三。

孙小个和梁三对视一眼，默契地从两边合围瘦高个。孙小个此时信心十足，在两个月前他就和这个人差不了多少，现在学了张老头最拿手的游身八卦掌，再加上功夫比自己还高的梁三，已经稳操胜算！然而，让他们吃惊的事发生了，这个瘦高个突然比两个月前厉害了许多，孙小个和梁三几次合围，居然没能沾着对方的身子！

梁三喝道："小心，他上次故意隐藏实力，引我们上钩！"

梁三话音未落，本来在孙小个跟前的瘦高个突然运步如风，闪电般冲到梁三跟前，重重一掌劈了过去，梁三猝不及防，被这一掌生生劈中，喷出一口鲜血，直直倒在地上，转眼间，瘦高个又到了孙小个跟前，当胸一拳捣过来，孙小个眼看招架不住，猛然记起那一手家传绝活，就挺起胸朝对方的拳头迎上去，准备在瘦高个的拳头劲道将发未发之时，将他的手腕一举撞折，没想到，就在孙小个的胸口要迎上对方拳头的一刹那，他突然发现瘦高个看似刚猛无比的这一拳其实只是个虚招，自己往前这一撞，反倒让对手的拳头稳稳地贴在自己的胸口，另一只拳头已迅猛地击过来，只听"咔"的一声响，孙小个像只断线的风筝，被打出场外，身子只挣扎了一下，很快又趴下，嘴里艰难地吐出几个字："他是竹竿……"梁老板和孙应龙看见自己的儿子双双倒在眼前，大叫一声，不顾一切地冲了上去。梁三和孙小个躺在地上，像是被人割了全身肌肉，再也动弹不得，一身的功夫眼看就废了。

孙应龙恶狠狠地一握拳头，在人群里寻找张老头和竹竿，却再也看不到他们的踪影。

水落石出

竹竿、张老头，还有张老头的老伴从这个县城消失了，没过多久，一段名为"地下比武黑幕"的视频开始在互联网出现，比武打斗的场面极其血腥，所揭示的黑幕更是令人震惊，在互联网上掀起了轩然大波。与此同时，这段视频也被送到政府相关部门，引起政府的高度重视。政府马上成立了专案组，很快，视频里的违法人员被一一逮捕归案。梁老板、孙应龙也在其中，他们乖乖地呆在拘留所，等待着法庭审判……

这天中午，孙应龙打扫完监室，正在发呆，有人给他送来一大包东

西,打开一看,是一大包叉烧肉,还有一封信。他顾不得眼前的叉烧肉,急忙把信打开,只见上面写道:

孙先生,有些事情应该让你知道了。三年前,我在省报当记者的儿子在暗访你们比武黑幕时突然失踪,从此杳无音信,公安部门多方调查无果,我只好跟老伴一起搬到这里,利用我的家传功夫,继续调查比武黑幕。顺便告诉你一声,别以为我上次被拘留是你们一手策划的,其实这也是我自己愿意的,为的是让你们以为我到了山穷水尽的地步,对我更放心,能让我介入得更深,知道得更多。还有,竹竿一直是我的徒弟,早就得了我的真传。这孩子深明大义,放弃工作,和我一起深入龙潭虎穴,还做了易容手术。但他比武时对你儿子和梁三还是手下留情,没下重手,只是废了他们的功夫,给他们留了条重新做人的出路。虽然我们以武犯禁,有违政府法令,但我们已向公安部门自首,公安部门念我们举报有功,已免予对我和竹竿的处罚……想想我正值英年的儿子至今没有消息,只怕早已不在人世,连谋害他的凶手都找不到,我心里还是很痛、很痛……

孙应龙看完信,跑到门口,使劲拍着门,吼道:"我要举报!"

过了几天,在梁老板矿山一个废弃的矿井里,警察找到了那位三年前在当地失踪的省报记者的遗体,杀害那位记者的凶手梁三也被缉拿归案。

(马 骁)
(题图:杨宏富)

真情唤醒,从灵魂触动的那一刻起。

真情·灵魂篇
zhenqing linghunpian

带着扑克上路

这大半年来,李广聚的工地上时常开工不足,停工的时候,他就和工友们聚在一起打牌下棋,打发时光。这天打牌时,出了一件让他纳闷儿的事。

平常用的那副旧扑克牌,突然少了两张,怎么都找不到,有个新来的工友,叫陈义军,他主动跑到外面小杂货店买了副新牌回来。

起牌时,大家都注意到手中的牌有些特别,一看才明白,原来这是一副"寻亲扑克":牌的背面有个大大的暗纹水印字——"寻",很醒目;正面则是一张张"寻人启事",都是全国各地走失儿童的信息,除大小王外,共52张。每张寻人启事都印着失踪儿童的照片,走失的时间、地点、外貌特征以及家长联系方式等相关信息,而最引人注目的是最下方的几行小字——每个家长的留言,比如:"回来吧,孩子,爸爸妈妈等你生生世世","儿啊,你在何方,父母等你回家",有的直呼孩子的名字:"悦悦,你走了,把妈妈的心也带走了啊……"

开始时还有人对着扑克念出声,到后来都不忍念了,觉得太揪心。

在场的大都是有孩子的人,都能体会到那种肝肠寸断的失子之痛,一时间,牌打得有些沉闷。

不知什么时候起,广聚对着手里的一张牌发起呆来,那是一张"方块6",上面是个男孩的照片,大约两岁多的样子。

广聚第一眼看到照片,心里就像遭了雷击一样:照片上的孩子,跟自己的儿子方方太像了,也是鼓鼓的腮、圆嘟嘟的小嘴、滴溜溜的单眼皮大眼睛,简直是方方的翻版!照片下方写着:"陈明瑞,男,现年两岁零五个月,家住广东省小埔县湾道区西胡子街道120弄25号,一岁四个月时被人从路边抱走,至今下落不明……"后面是一串电话号码,最下面写着亲人留言:"生命不息,寻亲不止,倾家荡产,走遍天涯,也要把你找回来!"

广聚的心快要窒息了,他忘记了打牌,像丢了魂似的看着手里的"方块6",儿子方方和"方块6"长得一模一样,年纪也一般大小,难道……他使劲捶了下脑袋,不敢往下猜想。

工友们见广聚神色突变,都很关切地问他出了什么事。广聚把那张"方块6"摊在桌子上,指着上面的照片,说:"这是我家的儿子方方!"这一说,大家也都愣了。有人劝他赶紧打个电话回去问问,广聚便掏出手机拨了家里的号码。电话是老婆接的,旁边还有方方奶声奶气的嚷嚷声,听见这声音,广聚的心一下子落到了肚子里,他简单问了问家里的情况,还特地让老婆把方方抱到了电话旁,听儿子叫了几声"爸爸"。至于扑克牌的事,广聚犹豫了一下,还是说了,老婆"呸"了一声,说:"好好的说什么傻话? 别瞎想了!"广聚这才放心地挂上了电话。

大家又打了几局,没什么兴致,就散了伙。广聚站起身,准备走了,就在这刹那间,他盯着那张"方块6",看了又看,想了又想,总觉得有什么不对,但一时也想不出哪里出了问题,他摇摇头,顺手把牌放进衣袋里……

广聚躺在床上,想起自己这些年的经历:他这些年可没少跑,天南地北,河东河西,几年下来,钱没挣多少,地方倒去了不少,甚至还出国"风光"过。一年前,他在省城上了一个"劳务公司"的当,被骗去了日本,苦头吃尽,好不容易挣扎着回到家,儿子长大了不少,差点都认不出来了。想起在国外天天想孩子的那份揪心劲儿,那种想见见不着的难受劲儿,真比杀了自己都难受!

吃过晚饭,牌局又开始了,发牌时,大家发现又少了一张牌,广聚本想把"方块6"拿出来,但疑团还没解开,牌或许还有用,所以他没吭声,陈义军只好再去买牌。

不一会儿,陈义军拿着新牌回来了,大家一看,这么巧,又是副"寻亲扑克"啊! 广聚心里一惊,趁他们打牌时,他留意了一下"方块6",跟自己兜里那张一模一样!

这天晚上,广聚在床上翻来覆去地想了一夜,"寻亲扑克"显然是走失儿童的家长们自发印制的,方方好端端地在家里,可"方块6"上的孩子又分明是方方,这究竟是怎么回事? 是谁这么做的? 这时天已蒙蒙亮,广聚顾不上洗脸,匆匆走出工地,正好杂货店刚开门,不等老板收拾停当，广聚就迫不及待地问："有扑克吗？拿一副。"老板从货架上拿了一副牌递过来，广聚一看，立马说："不是这种！"老板就又换了一副，广聚一看仍不是，就从口袋里掏出那张"方块6"："要这样的！"老板接过去眯缝着眼看了看，说："这种没有，我们店从没进过这种牌。"

啊？广聚惊讶得张大嘴巴说不出话来，陈义军明明两次从这个杂货店买回了"寻亲扑克"，老板怎么说"从没进过这种牌"呢？广聚干脆自己走到柜台后面，挨个儿翻了一遍所有的扑克存货，但并没找到"寻亲扑克"。

整整一天，广聚吃饭不香，干活没劲，总觉得心里堵得慌。晚饭后，工友们又围在一起打牌，广聚浑身无力，刚要躺下，有人轻轻拍了拍他，转头一看，原来是陈义军，"李师傅，你出来一下，我有话跟你说。"

两人来到远离宿舍的一个僻静处，看看四下无人，陈义军忽然"扑通"一声跪了下来，眼泪直流，连连说道："李师傅，我本来还想再等等的，可我实在心里难受，等不下去了呀！"广聚吓了一跳，忙说："快起来，你这是干什么？有话起来再说！"

陈义军说："不瞒李师傅，其实我就是'方块6'的爹。去年，我儿子一岁多，就被人贩子从路边抱走了，这一年多我转了两百多个工地，发了1152副扑克牌，可把你找到了！"陈义军还说，那天，广聚看到"方块6"时表情异常，说这是他的儿子方方，陈义军就已经认定了儿子的下落，但为了稳妥起见，他又用第二副牌试探了一次，还把情况通知了家乡警方，经过核查，警方认定"方方"就是陈义军的儿子。

广聚只觉脑子里"轰"的一声，顿时一片空白，他强作镇定，问道："你这么说，有证据吗？"

陈义军忙说："有，有！"他从衣袋里拿出几封信，信封上都写着"陈义军收",再看发信地址,都是"广东省小埔县湾道区西胡子街道120弄25号",和扑克牌上的地址一模一样,邮戳也没问题;接着,他又掏出几张儿子的照片,广聚一看,身子都凉了:没错,这就是自己家的"方方"!

广聚马上掏出手机给老婆打电话,他劈头就问:"你老实说,我们家这个孩子到底是不是方方?"

老婆的声音有些惊慌失措:"是……当然是方方,你胡思乱想个啥?"

广聚知道老婆在骗他,就更火了,他厉声责问,还威胁说要把她赶回娘家,弄得老婆在那头哭哭啼啼,可哭归哭,她就是不肯说出实话,弄得广聚也无计可施。

这时陈义军开口了:"李师傅,你让我跟嫂子说两句行不?"广聚把手机交给他,陈义军还没开口,眼里就湿漉漉的了:"嫂子,如果我没猜错,这个孩子是你们丢了儿子后买的,我不怪你们,恨就恨可恶的人贩子!这人世上有很多伤心事,但没有比失去儿子更让人心痛的了!我知道你们两口子养这孩子不容易,也有了感情,虽说我为了找儿子差不多已经倾家荡产,但嫂子你放心,该给的钱我一分也不会少!我和李师傅相处的时间虽然不长,但我知道你们都是有情有义的人,求你们,把儿子还给我……"

广聚实在听不下去了,一把抢过电话,冲着话筒吼着:"听见没有,把孩子还给人家!"

那头久久没有回应,只听见断断续续的抽泣声,听着听着,广聚的眼泪也忍不住落了下来……

原来,广聚刚去日本不久,有一天老婆抱着方方在院门口玩,孩子饿了,她回屋去取奶瓶,等出来时孩子已经不见了。

为了瞒住广聚，家里一商量，花了七千块从一个人贩子手里买了个男孩，没想到这个孩子就是陈义军被拐走的儿子陈明瑞！

第二天一早，广聚和陈义军就向老板辞工，几天的工钱也不要了，匆匆上了火车。这是一次怎样折磨人的旅程啊，合眼，就是方方，睁眼，就是陈明瑞。那张"方块6"，广聚整整攥了一路，两个七尺高的汉子，动不动就抹开了泪……

一踏进广聚的家门，一家人抱头就哭。这一年多里，全家人为了瞒广聚，咽下眼泪，强颜欢笑，今天，终于敢痛痛快快哭出来了。只有"方块6"不明就里，瞪着一双可爱的大眼睛，看看这个，瞅瞅那个。

陈义军恨不得马上把孩子抱在怀里，但又怕伤这家人的心，只好陪着他们一起掉泪。

"方块6"要回家了，从此，他有了两个家。陈义军扑克寻亲、广聚大义送子的故事传开了，陈明瑞回家这天，省内各大媒体都来了记者，纷纷对这一感人事件做了深度报道。

那一刻，广聚做的唯一一个动作，就是将新制作的"方块6"——方方的头像，对着电视台的摄像机举了又举……

广聚带着满满一旅行包的扑克上路了，"方块6"的照片，换成了方方。广聚相信，他的小方方，就在前面不远处，朝他微笑……

（无字仓颉）
（题图：黄全昌）

中国地图

南来北往的列车上,每一节车厢,都是一幕社会活剧的窗口……

这年夏天,一趟北京开往广州的火车上本来就超员了,可到了郑州站又上来好多人,车厢里挤得密不透风。

一个大爷被挤在车厢中部,站都站不稳。他伸长脖子四下张望,发现就在前排,一个小青年正横在三个人的座位上呼呼大睡,旁边站着的人竟没有一个吭声的。

大爷不管三七二十一硬是挤了过去,拍拍他的腿,要他起来让出两个位子来。

这当儿,有人拽他的衣角,大爷一看,是个怀抱婴儿的青年妇女。

那女人低声对大爷说:"凑合着站吧,这号人惹不起!"她边说边指指那小青年的腿。大爷眼神差,凑近一看,才看清小青年的腿上文着两条龇牙咧嘴的狂龙。怪不得，没人敢惹呀！

大爷没吱声，等了一会儿，见小青年没有起来的意思，便又重重地拍了拍他的腿："嗨，你到站了，快起来吧！"

装睡的小青年不知大爷用的是计，跳起来就向车门口挤，于是大爷顺势就坐了下来，还朝那个抱孩子的女人点点头，让她也坐下。

谁知那女人却摇摇头说："大爷，你快走吧，他肯定会回来的，到时候……"女人话音未落，那小青年已经气呼呼地挤回来了，旁边的人都吓得不由自主地朝后退去。

果然，小青年话没开口就一把揪住大爷的衣襟，恶狠狠地骂道："好你个乡巴佬，看我今天不揍扁了你！"

大爷看来也是个硬汉，一点没被他的气焰吓倒，大声反问道："凭啥你一个人要占三个人的座位？"

"凭啥？爷我今天让你见识见识！"那小青年说着，猛地扒掉自己的上衣，原来他的胸脯上还文着一颗青面獠牙的骷髅头。

谁知大爷不看则已，一看就笑出了声："哈哈，就凭这呀，我身上也有，你比不过我！"

小青年一时摸不着大爷的深浅，气焰顿时收敛了不少，小心翼翼地问："你是老江湖？"

大爷点点头。

小青年不敢造次，讪讪地站着。可是，看这个乡下老头的穿着打扮，不像是江湖中人呀！他决定探个明白："前辈，你身上文的啥？"

大爷笑笑说："也没啥，只是文了一张中国地图！"

中国地图？小青年断定这乡下老头是在诈他，不由"腾"地拔出一把水果刀，"啪"的一声朝座位上一扔，粗声恶气地说："好，那我今天就非见识见识你的中国地图不可！"

大爷的脸沉了下来："非要看？"

小青年说："少废话，今天见不着中国地图，我下手给你文上。"

车厢里空气顿时凝固起来，女人怀里的孩子吓得"哇哇"大哭。

大爷看这情势没说一句话，慢慢把自己的上衣扒拉开来。

小青年惊呆了，车厢里的人都惊呆了。只见大爷的身上布满大大小小几十处疤痕。

大爷如数家珍："这是打延安留下的，这是打四平留下的，这是打重庆留下的……小伙子，这算不算文了一张中国地图？"

（刘春山）
（题图：王申生）

最后一程

半夜来客

吴超是一家寿衣店的老板,这天晚上快九点了,天空突然飘起了雪花,他正犹豫着要不要关门打烊,两男一女突然进了店。

进来的三个人都四十来岁,女的一脸憔悴,两个男的,面色一黄一黑,从穿着打扮看,都是农村人。黄脸膛男人问:"老板,有衣服吗?"

吴超点点头,轻轻地问:"男的还是女的?"

女人说:"男的!"

吴超拿出一套最好的衣服,女人扫了一眼衣服,挺满意,便问多少钱。吴超看了看他们,心里盘算了一下,把价钱往下压了压,说:"四千五!"

"多少？四千五？"三人异口同声，一起盯住吴超，那样子像是要生吞了吴超。女人把衣服往柜台里推了推，意思是买不起。吴超摇摇头，苦笑了一下，又拿出另一套，这套比刚才那套明显差许多，女人看看衣服，又看看吴超，小心地问："这套，也很贵吧？"

吴超伸出两根手指，晃了晃。

女人没注意吴超的举动，她把衣服拿起来，翻过来转过去地看，然后问黄脸膛男人："哥，这套行吧？"黄脸膛男人看了看，"嗯"了一声。

女人又问吴超："多少钱？"

吴超不动声色地说："两千三！"

女人愣了，提高了嗓音，又问："多少？两千三？"

吴超不说话，静静地看着他们。

女人央求说："师傅，便宜点吧？"

吴超冷冷地说："我们这地儿，没有讨价还价这一说！"

女人还在犹豫，黄脸膛男人说："妹子，咱到别处看看吧！"

女人摇摇头，低声说："怕是来不及了。"

吴超听了，心中一喜。他知道，这又是一个现上轿现扎耳朵眼儿的主儿。平时没准备，人快咽气了，才想起买寿衣。每到这个时候，你抬多高的价儿，他们都得忍着。为什么？因为按老规矩，寿衣必须得在人咽气前穿上身才行，否则一咽气，穿了也是白穿，到"那边"还是光身一个。

左右为难

那黄脸膛男人显然不愿在这儿买，又说："到别处看看！"

吴超冷冷一笑，从牙缝里挤出话来："别处？哼，都一样！弄不好比我这儿还贵。不信你们就去,我可说好了,你们再回来,两千三还不卖了!"

这时,一旁的黑脸膛男人忍不住了,说:"你这不是欺侮人吗?"

吴超看看他,不紧不慢地说:"爷们,你这话我可不爱听,我强卖给你了吗?我是明码标价,买卖不成情义在,你说话怎么这么难听呀?"

女人显然心里急,想赶时间,她凑上一小步,就着灯光看了看衣服,然后抬起头说:"师傅,你这衣料也就是一般的布料,成本没多少,咋这么贵呢?"

吴超抖抖衣服,说:"布料是纯棉的,穿着舒坦,再说了,你看看,这是什么牌子?皮尔卡丹,世界名牌!"

黑脸膛男人说:"还皮尔卡丹呢,外国人有做中国寿衣的吗?你这是盗版!"

吴超有点光火,盯着黑脸膛男人说:"你少给我上课,举报去啊!"

女人赶紧扯扯黑脸膛男人的衣角,对吴超说:"师傅,就便宜点吧!"

吴超一字一顿地说:"一分不能少!还价是对死者的不尊重,懂吗?这是什么地儿?交界处!用通俗话说,是出国办行头,有出国讲价的吗?"

黑脸膛男人说:"你这价也太离谱了。"

吴超微微一笑,说:"干我们这行的,吃的就是这碗饭,守在医院旁,天天看苦脸、听哀乐,一般人愿意干吗?就因为这,物价局都不管,让我们自己定价。"

黑脸膛男人不再说什么,只是小声嘀咕:"也不积点德。"

声音虽小,吴超却听得真真切切,他回答说:"积德?我给谁积?实话告诉你,我也在往黄泉路上走呢,别拿眼瞪我,我唬你干啥?我,癌症,已经转移了,保不齐哪天,我也'出国'!"

这时,女人拉住黄脸膛男人,小声问:"你还有多少?"

黄脸膛男人翻翻衣兜,说:"我接到信儿就跑来了,没带多少,还有三百!"

女人哭丧着脸,说:"不够……"她不由又把目光转向吴超。

吴超把脸扭向一边,这场景他看得多了。做生意,心该硬就得硬,但他又不想丢掉这笔生意,准备再耗耗,时间就是金钱。反正这深更半夜的,又是人快咽气前,分秒必争的时候,他们也不好找第二家。

正在这时,外面传来一阵汽车刹车声,紧接着,一男一女冲进来,男的胖胖的,一看就知道是个款爷儿,人还没站稳,声音已经飞了过来:"老板,给我来套最好的男服!"

吴超眼睛一亮,忙拿出最先拿出的那套,胖男人看也不看,拿出钱包,边掏钱边问:"多少钱?"

"五千六!"

"喂!"黑脸膛男人说,"你怎么说抬价就抬价?刚才给我们还四千五,这会儿就五千六了?"

吴超一点不慌,说:"你懂什么?我这套是开过光的。"

黑脸膛男人较真儿了,问:"开光?什么时候开的?"

这时,那胖男人不耐烦了,看了看先进来的两男一女,问:"你们是买东西还是搞稽查来了?"

黑脸膛男人说:"大哥,你别上当!"

胖男人乐了:"哎呀,我什么时候成你哥了?啊?"

这两人你一言我一语正说着呢,"呼拉拉"一阵风似的,外面又冲进来十几个人,七嘴八舌地说:"老板,买寿衣!"

吴超愣了,心里正琢磨今天是怎么了,怎么都在这节骨眼儿上买寿衣,这时,进来的人群中有个眼疾手快的,一眼就相中了胖男人手上的寿衣,一把就夺了过去,胖男人不干了,嚷嚷道:"有没有个先来后到?"

但抢他手中寿衣的人仗着人多,根本不理他,一个劲儿问吴超:"多少钱?快说!"

胖男人也不是个弱主儿,把那套寿衣一把抓住,说:"这套是我买的!"

黄脸膛男人忙打圆场,对吴超说:"老板,你再拿一套不就结了?"

吴超白了他一眼,摇摇头说:"好的就这一套了。得!谁的出价高,我就卖给谁!"

冷暖之间

胖男人二话不说,"刷"地抽出六千块,跟他抢的人也不示弱,拿出了七千。

胖男人吼道:"实话实说,今儿,这衣服我是买定了!我不是为自己的家人,我这是给别人买的!"

跟他抢的人也说:"我们也是给别人买的!"

"你给谁买?"

"你又给谁买?"

胖男人一下子竟哽咽了,说:"我给孩子的老师买,他、他在危急关头,为了救孩子,自己让车撞了。"

"啊!"他的对手愣了,问:"你们是张家村的?说的是张健强老师?"

胖男人点点头:"你们也是?"

最后进来的一群人都哭了,说:"张老师救了我们的孩子,可他……"

吴超听得真真切切,他想起来了,刚才的晚间新闻播放了今天傍晚发生的一起车祸：一个乡村教师带着三十多个学生在马路边等车时，一辆大货车失控，冲向学生，那个教师挺身而出，把学生们推到路边的坡下，自己却倒在车轮底下。

这时，店外传来一阵声嘶力竭的哭声，众人循声一看，原来是最早来的那位女人，她跪在雪地上，号啕大哭："健强啊健强，你值啊！这么多人惦记着你啊！"

胖男人拉住黄脸膛男人，问："她是……"

黄脸膛男人说："她是我妹，张健强的老婆！"

这一说，所有的人全跑了出去，都在那女人身边跪下。

雪还在下。吴超默默走到那位女人身边，将一套寿衣递给她。女人抬头一看，说："老板，我钱不够。"

吴超摇摇头，说："钱，我一分也不要！这衣服是我自己备的，准备'上路'时穿的，今儿给你家老公穿吧！这是整套13件，从上到下，从里到外，有单有夹有棉，让张老师穿得舒舒服服的。"

女人说："这，这更使不得！我们承受不起！"

"见外了！"吴超说，"你家先生连命都舍了，我连套衣服都舍不得吗？快回去，赶紧给张老师穿上，让他体体面面地上路！"

（范大宇）
（题图：张恩卫）

真情老白干

在大青山附近有一片林场,为了防火防盗,人们很早就在林子边盖了一间小木屋,安排了一个人常年住在那里做守林员。

这天,原来的守林员突然被换了,取而代之的是一个老头。那老头是派出所李所长带来的,六十岁开外,姓什么,叫什么,从哪里来,镇上的人谁也不知道。

老头是一个很勤快的人,对工作特别认真,一上岗就闲不住,总在林子里巡逻,一转就是一整天,还别说,做守林员的第三天,他便发现了一处火患,在林子深处突然冒起一缕细细的青烟。老头回去提起一把铁锹,循着冒烟的方向就钻进了林子。

这片林子很深,里面的地形相当复杂,据附近镇上的人说,20年前,这里曾有个叫王虎的人,他的酒量远近闻名,喝三五斤白酒不醉,有一次,他酒后闯下了大祸,扔下老婆孩子,钻进了这片林子就再也没出来……

老头找到了冒烟的地方,发现那不是自然起火,而是有人在那里点了一堆干柴。老头在附近转了一圈,没见着人,喊了几声,也没人出来,就拿起铁锹铲灭了火。正准备离开,老头突然发现地上扔着一只被烤得焦糊的山鸡,他捡起来,离着鼻子还挺远,就闻到一股恶臭。那是一只死山鸡,显然是有人烤了后发现不能吃,才扔掉的。老头叹了口气,摇摇头,四下里看看大声道:"想吃东西的话,明天一早来这里吧!"说完提着铁锹出了林子。

老头没有食言,第二天一大早就带上两个馒头,又去了那地方。可是,等到了中午,他一个人影也没见着,于是就吃掉了一个馒头,将另一个架在树杈上,背着手回去了。

第三天,老头又来了,同样带了两个馒头。他看到架在树杈上的那个馒头不见了,微微一笑,又坐在那里等起来。等了大半天,还是没人出现,不过老头明显地感到有人在暗处盯着他。老头吃掉一个馒头,又在树杈上架了一个,说:"我明天还来!"又背着手走了。

转过天,天一亮,老头就到镇上买了只烤鸭。经过一家小店门口时,他犹豫了一下,进去又买了一瓶老白干,然后提着烤鸭和老白干又进了林子。

到了地方,老头铺开带来的一张塑料布,将烤鸭和老白干摆上,然后大声道:"出来吧,就我一个人,我没有恶意!"

可是,半个多小时过去了,还是没人出现。老头扯下一只鸭腿,独自有滋有味地大嚼起来,嚼得满嘴流油。这时,树丛里"哗啦"响了一下,老头头也没抬,微微一笑,朗声道:"出来吧,我要是害你早就害了,也不会等到现在!"不多时,树丛里果然钻出一个人来!

那人是个二十多岁的小伙子,蓬头垢面,衣衫破烂,乍一看像个疯子,但他的眼光却冰冷得像一把刀。他不敢靠近老头,缩着一只袖筒,双眼警惕地看了一下四周,最后落在了那只烤鸭上。

老头从头到脚打量了小伙子一眼,招了招手,笑道:"你早就该出来了啦,来吧,别光看着,看着可不能解饿!"

小伙子见老头果真没有恶意,眼中的凶光黯淡了,犹豫了一下慢慢走过去坐到了老头面前,盯着烤鸭直咽口水。老头拿起烤鸭,递到小伙子面前,和颜悦色道:"吃吧,这就是为你准备的!"小伙子咬了咬嘴唇,诧异地看了老头一眼,一把接过烤鸭大口啃起来,另一手却一直缩在袖筒里。

见他吃上了,老头拿起了面前的酒瓶。没想到他这一动作竟惊吓到了小伙子,小伙子突然警觉地停了下来,垂着的那只胳膊一动,袖筒里竟露出半截刀把。老头的眼睛快速地扫了一下,装作没看到,慢慢拧开酒瓶,对着瓶口"咕咚"喝了一大口,很随意地说:"你吃你的,不要管我,我就好这一口!"小伙子赶紧将刀把又缩进了袖筒里,一边吃一边看老头喝酒。可他越看越惊讶,那瓶一斤装的老白干不一会儿居然被老头喝了个底朝天。老头见小伙子惊讶,打了个酒嗝,感慨道:"现在不行喽,要是在20年前,嘿嘿,像这样的白酒,我喝它三五斤不在话下!"

小伙子吃惊得瞪大眼睛,他不敢相信眼前这个老头有这么好的酒量,于是开口问道:"你是谁?你为什么给我送吃的?"

老头说:"因为我曾和你有过相同的经历。小伙子,你听说过一个叫王虎的人吗?"

小伙子一个激灵,手中的烤鸭掉在地上,哆嗦着嘴唇道:"你,你是王虎?"

老头没有承认,也不否认,呵呵一笑,说:"听说王虎当年就是钻进了这片林子,后来再也没人见过他,你知道他以后的故事吗?"

小伙子眼神很复杂,茫然地摇了摇头,眼睛却紧紧盯着老人的脸。

"咱们算是有缘!"老头慢条斯理道,"今天我就给你说说王虎的故事吧……"老头说,当年王虎进了林子后很狼狈,像个没头的苍蝇到处乱窜,又不敢走出林子,只能白天躲在山洞里,晚上才出来找吃的,树皮草根之类的他都吃过,就这样,他在林子里足足待了一年时间……

小伙子听了哼了一声,说:"那,那他为什么不出来?"

老头自嘲似的一笑,说:"出来?出来他能躲到哪里去?天网恢恢,哪里有他藏身的地方啊?"

"那后来呢?"小伙子眼中满是怒火,咬着牙问道。

老头没发现小伙子的变化,刚才那瓶白酒喝得太猛,老头的胃好像有点不舒服,他用手按着腹部吭了一声,微微皱了下眉头,直起身子说:"后来他实在是待不下去了,就冒险出来,躲到了一个私人小煤矿厂。黑心的矿主认出了他是逃犯,就一直将他安排在井下挖煤,完了还不给他工钱……"老头一边说着话,一边头上直冒汗,身子也有点摇晃。

小伙子看着老头难受的样子,却无动于衷,冷漠地看着老头,又问道:"后来呢?"

"后来……"老头幽幽地叹了口气,说,"后来他自首了,但是他明白得太晚,他逃走后他老婆带着儿子改嫁了,在他坐牢的十几年里,竟连个探视他的人都没有。他这一生最对不住的就是他儿子啊,他逃走的时候儿子才五岁,他没有尽到过一天做父亲的责任。如果能让他再见到儿子，他真想说一声，儿子，爸爸对不起你啊……"

听了这话，小伙子的身子微微颤抖了一下，低头沉默了。过了一会儿，他抬起头，眼眶有点湿润，说："你，你真的是王虎？"

老头醉眼蒙眬，端详着小伙子的神色，说："以前的王虎早已死了。我就是一个守林的老头子，早就不记得自己姓什么叫什么啦！"

小伙子听老头这么说，知道他不愿意承认，也不再追问，咬着嘴唇，犹豫了一下，说："你怎么不问我是谁，为什么躲在林子里？"

老人从口袋里掏出一张纸，展开，铺在小伙子面前，语重心长道："小伙子，我想等你自己说出来。听我说了这么多，难道你还不明白吗？逃亡是一条不归路啊！我不想你成为第二个王虎！"

铺在小伙子面前的是一张通缉令，上面通缉的人正是他。

这小伙子的确是从监狱里逃出来的，叫张小虎，家就在附近镇上，他越狱没别的目的，就是想老婆孩子。可是，他还没到家，通缉令就贴得到处都是。知道家是回不去了，张小虎其他地方也不敢去，就躲在了这片林子里，已在这里藏了两个多星期。

老头说："不为别的，就为了你的儿子以后能活得坦坦荡荡，我想你应该知道怎么做！"

张小虎低下头，从口袋里掏出一张照片，看着照片，"叭嗒叭嗒"地流起了眼泪。照片上面有一个漂亮的女人，怀中抱着一个胖乎乎的小孩。许久，张小虎才小心地收起照片，从一直缩着的袖筒里抽出一把匕首，放在地上，如释重负地舒了口气，站起身说："你的苦心我全明白了，我现在就去自首！"说完，毅然地转身向林子外面走去。可是刚走了几步，他又回过头，深情地看着老头，嘴唇动了两下，好像有话要说，但最后又将要说的话咽了下去，说了一句："你老了，以后别再这样喝酒了！"

老头想站起身，可此时腿却抖个不停，打了个趔趄，差点摔倒。张小虎几步抢上前去，一把扶住了老头。老头"哇"的一声吐了出来，吐出的胃液里夹着血丝。

张小虎轻轻地给老人捶着背，眼中又满是泪花。现在这情形，他怎么能把老头一个人丢下？没办法，张小虎只好扶着老头一起出了林子。

到了派出所门口，老头浑身发软，实在是走不动了，说："你进去吧，我在这里歇会……"说到这里，突然一阵痉挛，"哇"地呕出一口血后，两眼翻白，身子也顿时像散了架。张小虎惊惶失措，拖住老头大叫："来人啊，快来救人啊！快来救救我爹……"

原来张小虎正是王虎的儿子，本来叫王小虎，王虎逃走后，他母亲改了嫁，他就随了继父的姓，叫张小虎。张小虎从小生性叛逆，再加上继父从不关心他，长大后走上了犯罪的道路。他自小就恨王虎，恨王虎没给他一个完整的家。可是20年过去了，对于这个生父，他的印象实在是太模糊了，老头虽没有亲口承认是王虎，但凭他能一口气喝下一瓶白酒，还有他绘声绘色讲的关于王虎的故事，张小虎断定，他就是自己的亲生父亲——王虎。在林子里，张小虎本来怒火中烧，可是当他听了老头那番话之后，他幡然悔悟了，知道父亲这是在救自己啊！在走出林子的时候，他真想叫一声"爹"，可是怎么也叫不出口。

派出所的人听到张小虎的叫声，急忙将老头送进了医院……

张小虎自首后要被送往监狱，临行前，他要求去医院看看他爹。派出所的李所长欲言又止，想了想说："你是应该去看看他！"

两人到了病房，老头还没醒来，李所长犹豫了一阵子，终于忍不住，说："张小虎，其实，其实他不是你爹，他是我们县公安局退休的老局长。"

"什么？"张小虎吃惊得瞪大双眼，难以接受这样的事实，说，"李所长，你怎么跟我开这样的玩笑?"

李所长叹了口气,说:"我知道这对你有点残酷,可这是老局长的意思。我想他的苦心你不会不明白吧?这跟一个父亲做的有什么两样?"接下来,李所长告诉了张小虎事情的真相……

其实老头说的都是实情,王虎的确是逃到了小煤矿厂。不过,王虎自首的事是老头编的,王虎是想去自首,可是还没有付诸行动就在一次矿难中死在了井下。当时矿主花钱封锁了消息,这事最近才被人揭发出来。揭发矿主的人当年和王虎一起挖过煤,关于王虎的事情,都是他讲的。

李所长告诉张小虎说:"其实我们早就知道你躲在林子里,之所以一直没有展开大搜查,就是因为老局长想让你自首,不想再让你走你爹的那条路……"

张小虎听完,心中百感交集,禁不住流下了两行热泪。但是,他自己也说不清楚这泪到底为谁而流,是他那不负责任的亲爹,还是眼前这个用心良苦的"假爹"?

这时,老头突然醒了,李所长赶紧上前,关切地说:"老局长,您这又是何苦呢?您的胃溃疡那么严重,一瓶老白干啊,您以为您还像以前那么能喝啊?"

老头说:"做戏就要做足嘛,要不他怎么相信我是他爹?"说着转向张小虎,欣慰地笑道,"小伙子,我骗了你,你不会怪我吧?"

"不,我不怪您!"张小虎闪着泪花,扑通跪在地上,哽咽道,"爹是假的,情却是真的,您对我的再造之恩,就像那瓶老白干,货真价实!"

(张正祥)

(题图:魏忠善)

原来可以这样买

汪守北最近几年靠炒房地产赚了不少钱,所以他将儿子汪舸送到市里最有名的私立学校读书。这所私立学校是一所"贵族学校",学校什么都好,唯一让汪守北不满意的,就是这所贵族学校和一所乡村中学结成了联谊学校,两所学校的学生时不时地在一起联欢。第一次联欢回来,汪舸就向他要钱捐款,说是联谊学校有个学生得了很严重的病,家里没钱治,所以贵族学校的老师发动学生捐款。汪守北当时给了两百块钱,汪舸的嘴却撅得老高,嫌给得太少。

第二次联欢回来,汪舸一进门就嚷着要买狗。汪守北说:"家里已经有一只纯种的细犬名狗,还买什么狗?"汪舸不高兴地说:"细犬有什么用?不会搬凳子,不会看地图,我们那所联谊学校,有个同学家的狗什么都会做,我就要那种狗!"得,又是联谊学校给惹的。

汪守北只得解释给儿子听,狗会搬凳子,那是人训练出来的,只要认真训练,家里的细犬也会做。汪舸却一脸的不相信:"就算经过训练,细犬会搬凳子,但它会看地图吗?"

"会看地图?"汪守北愣住了,还没听说过狗会看地图的,"谁家的狗会?"

"石小东家的狗就会!"不用说,石小东就是那个乡下中学的孩子。

汪舸闹腾着,非要将石小东家的狗买回来。第二天是星期六,汪守北开着小车,和儿子一道去乡下。刚到石小东的家门前,一只狗就从屋里跑出来,冲汪守北吠叫。汪守北一看,顿时就没了兴趣,这是一只土狗,个子矮小,毛色杂乱,而且身上脏兮兮的。这样的狗也只有农民会养来看家,真要弄到城里去养,还不让别人笑话?

汪守北有了打退堂鼓的想法,无奈儿子硬拽着他进门,这时就听屋内有孩子软绵绵的声音响起来:"小虎,别叫!"声音不大,但小虎倒听话,真的就没再吠叫。汪守北一进门,就看到靠墙角的一张床上躺着个孩子,十五六岁模样,同自己的孩子一般大小,他见这孩子脸色蜡黄,有气无力,似乎有病在身,便说:"小朋友,你也不用起床,就躺在床上说话吧,我家汪舸吵着要买你家的狗,你开个价。"

石小东真的重新躺下了,说:"这狗卖不卖我也做不了主,得问我爸。我爸在田里干活呢,待会儿我让小虎去叫,你们先坐一会儿吧!"说着就唤小虎,让小虎搬凳子来。小虎真的就去了墙角,驮着凳子来到汪守北的面前,这一下,汪守北有点兴趣了,他在凳子上坐下,便问:"真难得你能将这只狗驯得这么好。汪舸说,你家的狗还会看地图,是不是真的?"

石小东点了点头,说:"当然是真的,我这就让它去叫我爸回来。小虎不知道去哪里找我爸,我得让它看地图。"说着就从床内侧拿出一张纸来,递到小虎面前。汪守北也饶有兴趣地凑过去看,这是一张手画的地图,很粗糙,石小东指着图上一个小方块,对狗说:"爸爸在这里干活呢,去,把爸爸叫回来。"那狗吠叫一声,似是答应,真的就转过身跑出门去。

那狗顺利地找回了石小东的爸爸,看来,这狗还真的不简单,难怪儿子这么喜欢,汪守北便做了自我介绍,说明了来意,石小东的爸爸一听就直摇头,说:"我不会卖我家小虎的。"语气十分坚决。

汪舸在一旁着急地说:"叔叔,你就将狗卖给我吧,这狗卖了钱,你也可以拿钱去给小东治病呀!干脆,我爸出五千!"汪舸回头恳切地望着汪守北,汪守北虽然极不情愿,但也无可奈何地同意了。

石小东的爸爸咬了咬牙,说"中!我卖了!"说着弯下腰去,抚摸着膝下的狗,对狗说:"小虎,要不是为了给小东治病,人家出一座金山我也不会卖你呀,我也是没办法,你别怪我。"

汪守北付了钱,石小东的爸爸把小虎抱到了汪守北的车上。车开动时,那狗在车上又叫又跳,躁动不安。汪舸高兴坏了,不停地去抚摸狗身上的毛发,这狗也乖巧,摸着摸着就安静了下来。

一回到家里,汪舸就给狗洗澡、梳理毛发,忙得不亦乐乎。看着儿子这么高兴,汪守北觉得,这五千块钱,花得值。

第二天早晨,汪守北便想逗逗小虎,于是便唤小虎,可是唤了多少声也没有动静。他疑惑了,便起床来找,可哪儿都不见小虎的踪影。

汪守北将这个不好的消息告诉了儿子。汪舸刚起床,听到这个消息不惊不恼,打着哈欠,漫不经心地说:"丢就丢了吧,不就是一条土狗,没什么大不了的。"汪守北一听来了气,非要儿子和他一起出门去找,汪舸却老大不情愿。

忽然,门铃响了。汪守北去开了门,就听到狗叫,接着,小虎跑了进来。汪舸一见,愣住了,接着就气鼓鼓地对着狗吼叫起来:"怎么回事?你怎么又跑回来了?"正叫着,有人答话了:"是我送回来的。"一个人走了进来,是石小东的爸爸。

石小东的爸爸一进门,就恭恭敬敬冲汪舸弯了弯腰,道:"小朋友,谢谢你的好意,可这狗是你们花了大价钱买来的,我不能让你们花了冤枉钱却得不到狗,所以,我还是将狗给你们送来了。"

"不行!你将小虎领回去!"汪舸生气了,叫起来,"今天谢元和他爸还要去你家买狗呢,你将狗送到这来,还卖什么?"

汪守北越听越糊涂:"谢元?谢元又是谁?这到底是怎么回事?"

"谢元是你孩子班上的同学。"石小东的爸爸顿了顿,动容地说:"我跟你说了吧,事情是这么回事。我家的小东得了很严重的病,医生说,要治好病,得花二十多万。我一个农民,别说二十万,就是两万也拿不出呀,孩子没钱治病,只得在家里躺着等死。你孩子学校的同学到我们乡下学校去联欢,听这个消息,大家就为我的孩子捐款,全校捐了两万多,但两万离二十万还差得远啊,孩子们看到我家养的小虎,就有了主意,他们说,他们的家长不愿意多捐钱,他们就在小虎身上做文章,回去吵着要大人来买小虎,小虎买去后就偷偷地放了,让小虎再跑回我的家里,别的同学再带家长来买,这样买个几十次,小东的医药费就凑齐了……孩子们自己排了买小虎的顺序,你家是第一个,接着就是谢元家里……我一直被蒙在鼓里,不知道这些情况,直到昨天晚上小虎跑回家,我问小东,小东才将这件事跟我说了。我一想,这哪行,这不是让孩子们骗家长吗?拿了这些钱我的心里也不安呀,所以,我将小虎送回来了。"

汪守北愣住了,好半天才回过神来。

第二天,汪守北领着小虎去了儿子的学校,请求汪舸的班主任当天召开一个家长会。家长会上,汪守北动情地讲述了事情原委,然后说:"我想遂了孩子们的心愿,但我也不想我们的孩子学会欺骗,所以如果谁愿意救石小东同学,愿意买小虎,我们就挑明了买,但你买了小虎,小虎只能在你家呆一天。"

在场的所有家长都掏钱轮着买小虎,但没有一个家长将小虎领回家,他们都上来抚摸一下小虎,就像抚摸自己的孩子。家长会结束,大家目送着汪守北的小车开往乡下,车里,有大家共同的狗,还有二十多万元医药费。

(方冠晴)
(题图:黄全昌)

善良的苹果

建国是个矿工,那天下到井底之前怀里就揣了一个苹果,那是临上班时儿子小光塞给他的。儿子说:"爸,多吃苹果,平平安安!"建国听了心里热乎乎的。儿子才七岁,建国想:一天一夜如果能有四十八小时多好,那样他就可以花二十四小时在家陪儿子,然后再用二十四小时去工作,好挣更多的钱,给儿子治眼。

小光六岁时,两只眼睛的视力突然开始下降,两个月后就差不多失明了。建国和老婆带着孩子几乎跑遍了全国所有的知名医院,专家们的意见一致:需要更换眼角膜。更换眼角膜最重要的是必须先有供体,也就是捐献者,但比这还重要的就是先要准备好钱,就算是换一只,也要十多万，建国是个普通的煤矿工人，老婆又不上班，在家照料孩子，十多万，哪来的钱？除非是他在井下出事，赔个抚恤金……

这想法，建国睡不着时也曾有过，但这念头只一闪，他就又自责起来，井下一个工作面有那么多人；那可不是他一个家庭啊，哪怕只是起了个念头，他都觉得伤天害理！

这天吃中饭的时候，建国把那个苹果拿出来看了看，又放进了怀里，整个下午，他都在那里偷笑着。老李是掘进面的班长，比建国大儿岁，见他一直乐呵呵的样子，便开了口："建国今天咋这么高兴？是不是小光的眼角膜有着落了？""快了吧！"建国正这么说着，突然，头顶上响起了"噼里啪啦"的声音，老李一抬头，马上变了脸，大叫一声："大伙快躲，冒顶！"一阵惊天动地的响声过后，老李拿起摔在一边的矿灯，打开一看，一班八个人都好好的，但所有的通道全部堵死了。老李说："关门了！"大伙你看我，我看你，全都陷入了沉默之中……

没有水，也没有食物，整个矿道内只有一盏矿灯在那亮着。第四天了，建国摇了摇老李，说："老李哥，你说我死了矿上能赔多少钱？够不够……"老李打断了他的话，说："别说这丧气话，只要能活着，小光治眼睛的钱大伙凑，治好了我们兄弟俩还！"

建国拍了拍老李的腿，说："老李哥，我要是先走了，我的上衣口袋里有东西，你拿着，放在你那里！"

第五天，第六天，老李的意识时而清晰时而模糊，他身边的那些呼吸声越来越微弱了……到了第七天的时候，除了自己的呼吸声，老李再也听不到任何的声响了，他试探着用颤抖的手去摸身边的建国，可摸到的身体却是冰冷的！他又哆嗦着手摸到了建国的胸口，感觉到了一个圆圆的物件，那竟是一个苹果！老李一下明白了：建国是抱了必死的心，把这苹果留给了他！老李哽咽着，把苹果放进了口里，伴着泪水，吞咽着……

又是一段很长的时间，外面丝毫没有动静，老李打开了矿灯，拿出开安检会时留在口袋里的一个粉笔头，在自己的安全帽上写起了字……

十天后，救援人员才找到这一矿道，见到了这一班人，包括老李在内，无一生还。老李的妻子，在几度悲伤过后才看见了那个安全帽，帽上写满了字。

老李平日里乐善好施，帽上写的都是他瞒着老婆借给工友的钱：大刘欠5000元，庆春欠2100元……突然，老李老婆的心猛地"咯噔"了一下，最后几个醒目的大字写的竟是——"我欠建国50000元"！老李的老婆一下懵了，但她随即伸出了沾满了泪水的手，偷偷抹去了两个字："我欠"，紧接着，这帽子就被矿上的领导拿走了。

帽子上写的债务，矿领导很快做了调查并一一落实，凡是在帽子上有名的人都承认确实借过老李的钱，并且都及时把钱还给了老李的老婆，但唯一无法证实的就是建国了！老李的老婆说："我们家老李活着时，钱的事我从来不管，建国这几年给孩子看病，用钱用得厉害，不管这钱借过还是没借，我们都不要了！"

但是，抚恤金发下来的第二天，建国的老婆就把这50000块钱送来了。老李的老婆死活不肯要，建国的老婆"扑"地跪在地上，哭着说："嫂子，这钱虽说是我们家建国用命换回来的，可是不欠你们家的，老李哥说啥也不会写的！别说还了你们的还剩十多万，就是一分没有了，我也甘心，我不能让建国死不瞑目啊！"说完，她就一个劲地磕头。老李的老婆万般无奈，只好把这钱收了。

从那以后，老李的老婆就没睡过一个安稳觉，特别是听说小光只换了一只眼角膜之后,她更是寝食不安,每次看到小光,她总觉得这孩子已经失明的那只眼睛正狠狠地瞪着她……

老李有一个女儿,叫杏儿。杏儿打小就喜欢和小光在一块玩,两家住得近,杏儿一有空就往小光家跑。老李的老婆一听到两个孩子欢快的笑声,顿时觉得浑身颤栗,就禁不住大叫:"杏儿,回家!"

时间过得真快,一转眼杏儿就二十了,这姑娘出落得像花一样漂亮。虽说是大人了,她还是和小时候一样,一转眼就往小光家跑,两人还是和儿时一样有说有笑的。有时候,看到娘坐在那里叹气,杏儿就说:"娘,放心吧,我把小光当做自己的亲哥哥,哪有亲妹妹嫁给自己哥的?"

杏儿虽然话说得明白,老李的老婆还是不放心,她长长地叹了口气,嘟囔着:"不是娘狠心,就小光那情况,能嫁给他吗?"说着,老李的老婆愁眉不展,一副心事重重的样子。

不久,老李的老婆病了,饭不吃,话也不说,到医院检查也查不出什么病来,愁得杏儿每天只是掉眼泪。建国的老婆似乎清楚她在想什么:杏儿也是大姑娘了,老李嫂子一定是怕女儿会嫁给自己那只有一只眼的儿子,于是,建国的老婆就对杏儿说:"孩子,你娘这一辈子也确实不容易,光儿就一只眼……别让你妈生气呀!"杏儿很委屈,就去找小光,小光见了她,只是低着头,一句话也没有,杏儿就哭着跑了出去……

没几天,杏儿就领了一个又高大又帅气的男孩子回了家,她给娘作介绍:"娘,这是我男朋友,开公司的……"老李的老婆只看了一眼就转过脸去,有气无力地说:"你是大人啦,爱嫁谁嫁谁,我管不了!"弄得杏儿一头雾水,不知娘心里到底在想啥。

午夜,杏儿忽然觉得脸上湿湿凉凉的,睁开眼一看,见娘正站在床前,看着自己流泪。"杏儿,娘求你一件事……"接着,老李的老婆哽咽着,把压在心中这么多年的话一股脑儿地说了：这十多年来，她一直想不明白，平时小里小气的老李怎么会向建国借钱，而且一借就是50000元，这钱又花在什么地方，可更让她良心不安的是：老李写在帽上的50000元欠债可是自己抹去的呀，这一抹，建国成了欠钱的，小光也只能换一只眼角膜，这都是因为自己哪！

这十多年来，她怕见到小光家的任何一个人，她觉得自己罪孽深重：谁家的姑娘会愿意嫁给仅有一只眼睛的男人？唯有自己的杏儿，可……那是自己的女儿啊，她一个做娘的，怎么能为了自己赎罪而搭上女儿一辈子的幸福呢？当看到女儿领回了开公司的男友，她更觉得自己给小光和女儿造成的伤害是无法弥补了……

杏儿听着娘的话，心底的喜悦就像花儿一样绽放了，但她现在还不能够告诉娘那男朋友是自己领回来哄娘高兴的，其实，她和小光早就是一对至死不渝的恋人了，而小光的眼睛根本不是因为钱，而是当年确实只有一只眼角膜……这一切都要等到她和心爱的小光哥结了婚，她才会告诉娘的，所以，杏儿只是含着泪点了点头，说："娘，放心吧，我会让小光哥幸福的！"

老李的老婆一下抱住了自己的女儿，"哇"地哭出了声……

其实，活着的人怎么也不会想到这一切全是因为那个善良的苹果：建国想让老李活下来，而老李觉得再无生还的希望时，他就撒了一个善意的谎，写下了"我欠建国50000元"……一切的一切，都应该是逝者对活着的人最美好的祈福与祝愿吧？

(王相军)
(题图：刘斌昆)

小明在等待

  小东和小明是两个患了尿毒症的孩子，他们同住在长平医院的一间病房里。他俩都生活在单亲家庭，小东的父母离婚了，小明的父亲去世了，他们两个都由妈妈陪着。两个孩子的肾脏都已经没有了功能，他们的生命，只能靠几天一次的血液透析维持。大夫说，要挽救两个孩子的生命，最有效的办法就是进行肾移植。

  但是，肾移植手术的费用太高了，除了十几万元的手术费，手术后还需要长期的药物治疗。小东和小明的家庭又都是工薪阶层，哪来钱做手术呢？正在这当口，一件小事，让事情发生了大的变化。

  "六一"儿童节前夕，市里一所小学的老师组织他们班的同学来医院慰问小患者，孩子们给小东和小明送来了图书和水果，老师还给孩子们布置了一个作业，就是每人慰问一个小患者，回去后写一篇作文。

其中一个孩子学着大人的样子采访了小东的妈妈，写了一篇关于小东的作文。正巧这孩子的母亲是报社的一位记者，看了小东的情况后很受感动，就把孩子的作文改成一篇报道，发表在报纸上。这一下轰动了全市，许多人得知小东母亲为救孩子倾家荡产的事后掉下了眼泪。于是，在报社的号召下，一场捐助小东的爱心活动在全市开展起来。

最近几天，小东他们这间病房里来的人络绎不绝，有老的，有小的，有代表单位的，有全家来的，都是来给小东捐款的，少的几元十几元，多的成百上千元，来人进门的第一句话都是问："哪位是小东呀？"每当这个时候，同在一个屋的小明母子就指指小东的床，说："在那边！"由于人多，医院还专门抽出两个人负责接待这些来捐款的人。

看着社会上有这么多人关心小东，小东的妈妈高兴，小明的妈妈也高兴，因为她感到小东这下有救了，可一想到自己孩子的治疗还没有一点着落，她的心里又像针扎一样难受。做一次透析的费用，差不多是小明妈妈一个月的工资，小明妈妈心里明白，要照这样发展下去，家里很快就没钱了，小明的生命还能维持多久，妈妈不敢往下想。

尿毒症病人的症状都差不多，当他们体内的毒素达到一定量而排不出去的时候，就会非常难受，而一旦经过血液透析，看上去就和健康人没多少区别了。小明这天刚刚透析完，头不晕了，也不恶心了，他拉着妈妈的手来到了医院的后花园里。红红的太阳晒在身上暖洋洋的，妈妈虽然心里难受，可在孩子面前还得装出高兴的样子。这时，小明问妈妈："妈妈，为什么有那么多人给小东送钱呢？"妈妈就怕小明问这个，她只好硬着头皮回答说："这是社会上的叔叔阿姨们为治小东的病献的爱心呀，为的是早一点治好他的病，好让他去学校上学呀！"小明眨巴着一双大眼睛想了半天，又问："那为什么没有人来给我献爱心呢？我和小东不一样吗？"

妈妈把头扭向了一边，她用手挡住了自己的眼睛，过了一会儿偷偷地看了看小明，见他没有注意自己，才说："一样的，小东和小明都是得了病的好孩子，大家都会帮助你们的，只不过……只不过事情总得有个顺序吧，你没有看到吗？小东床头挂的那个小圆牌上写的是一，他是一床，你的牌子上写的是二，你是二床，等到把一床的小东治好了，就轮到二床的小明了，到那个时候，大家就都会来为你捐款的。"小明想了想，点点头笑了。

回到病房，小东去化验室验血了，房间里没有人。小明一眼就看到自己的床上放着一个信封袋子，他拿起来打开一看，里边是一叠零钱，有一毛的，两毛的，还有五毛的，信封上歪歪扭扭地写着几个字，是小东的名字。小明没有事做，就数起钱来，数来数去，一共是五块钱，他想着这五块钱的作用，能买一盒24色的图画笔，还能买两个带红边的大本子，还能……

妈妈看到这一切，假装没有看见，把头转向了窗外。小明把数好的钱叠得整整齐齐的，又装回了信封里，然后下了床过去放到小东的床上，嘴里自言自语地说："这是小朋友给一床小东的，等他的病治好了，下一个就轮到我小明了。"

妈妈一个人又在悄悄地擦眼睛了。

过了几天，给小东的捐款够他的手术费了，他要转到省里的大医院去准备手术了。临走的时候，两个孩子还交换了礼物，小明给了小东一支铅笔，小东给了小明一个人家送给他的大洋娃娃。

小东走了以后,病房里一下就静了下来。第二天一床又住进了一个从乡下来的小女孩儿,也是和小明他们同样的病。

新来的那个小女孩儿不怎么说话,她的爸爸妈妈也是一脸的愁云,总是偷偷地落泪。

这一天,小明又难受得厉害,又要去做透析了。等进了透析室,机器转开以后,小明对床边的妈妈说:"妈,一床新来的那个女孩儿的妈妈不讲卫生,你看到她的床下放着一个大袋子了没有?"妈妈摇摇头说:"袋子?什么袋子?"小明说:"一个大的白布袋子呀,里面装的全是长了绿毛的大馒头,她妈妈吃饭的时候,就从里面拿上一个,用布把上面的毛擦掉,就吃开了,吃的时候还怕人看到,昨天我把一个新鲜馒头偷偷地给她放进去了。"妈妈问:"你知道她妈妈为什么吃长了毛的馒头吗?"小明说:"她家穷,没有钱。"

小明的妈妈觉得孩子长大了,小小的年龄心思这么细腻,她说:"那你将来长大了一定要好好学习,多学点本领,好为穷孩子们多办点事情。"小明说:"我现在就已经做了帮助她的事情了!"

妈妈不解地问:"现在?你能做什么?"

小明看看周围,压低声音说:"我把我的床号牌和她的床号牌换了。"妈妈问:"那有什么用呢?"小明说:"你不是说下一个接受捐款的孩子就是二床了吗?我看她家比我们家更需要钱,还是先给她家捐款吧,等她的病治好了,我再去治也来得及的。"

小明的妈妈又流下了眼泪。

(徐 洋)
(题图:安玉民)

跑第二的孩子

轻轻松松跑了第二

赛场跑步，只想跑慢不想跑快，只想第二不想第一，有这样的人吗？有，他叫小伟，是一所乡村小学四年级的学生，小伟个子不高，黑瘦黑瘦的，因为家住得离学校远，家里又穷，买不起自行车，所以每天不论阴晴雨雪，都是跑着来上学。这情景给新来的体育老师阿昌看到了，阿昌在大学里学的是体育教育学，一看这孩子跑步的姿态就知道是个好苗子，正巧附近八所小学要联合举办冬季小学生长跑比赛，于是阿昌就把小伟带到了比赛场上。

比赛开始后,果然跟阿昌预料的一样,小伟一马当先,跑得飞快,比赛进行到一半的时候,小伟把第二名足足拉下一千多米,而且他跑得还很轻松。阿昌心里乐开了花,看来今年这个第一名非小伟莫属了!

让阿昌始料未及的是,下半程比赛风云突变,小伟越跑越慢,眼见着第二名离他越来越近,阿昌骑着自行车观战,不断吆喝道:"小伟,加油,赶紧跑,拿第一啊!"

可任凭阿昌怎么喊,小伟的步伐始终快不起来,就这样,第二名穿红衣服的孩子很快追了上来,"红衣服"跑了一阵,渐渐地跑不动了,越跑越慢,只见他大口大口地喘着气,有气无力的,可怪事又来了,小伟紧随其后,就是不超过他。刚开始阿昌还着急,到后来看出来了:小伟是故意放慢脚步,让那个孩子超过自己的,他是想放弃眼看就要到手的第一名!

阿昌又急又气,可腿长在小伟身上,自己也没有办法。就这样,他眼睁睁看着那个"红衣服"第一个跑过终点,几乎半步之差,小伟也跑过了终点。小伟见自己跑了第二名,高兴得合不拢嘴,得意地对走过来的阿昌说:"老师,我跑了第二名!"

阿昌冷冰冰地说:"跑第二还好意思说?"一句话把孩子呛得差点掉泪,小伟立刻低着头,像犯了错一样,一句话也不说,阿昌马上意识到自己话说得有点重了,赶紧安慰小伟说:"其实第二名也挺好的。"

回去的路上,阿昌骑自行车带着小伟,小伟抱着奖杯和奖品,一声不吭,阿昌好几次想问小伟为什么下半程的时候就不想跑了,可话到嘴边又咽了回去,看刚才那个样子,一定有什么特殊的原因让他放弃了第一。回到学校,小伟跳下自行车,低着头怯生生地说了一句:"老师,对不起!"说完,他头也不回地走进了自己的教室。

直到几天后,阿昌才从另外一位老师那里知道小伟为啥跑了个第二,这孩子是为了第二名的奖品:一套羊毛的围巾、手套和帽子。小伟的奶奶八十多岁了,由于家里穷,人手少,老人每天要涮锅做饭,浆浆洗洗,大冬天的,老人的手裂出一个个血口子。小伟心疼奶奶,故意放弃了第一,跑了个第二,赢得了这套保暖用品,送给了自己的奶奶。

知道了事情的缘由,阿昌感动极了,心想:小伟这个家伙真是人小鬼大,这么有心计,长大后一定会是个有出息的人!

老师,对不起

转眼一个月过去了,这次,镇教办要组织全镇26所小学的冬季万米长跑比赛,通知下来后,阿昌再一次起用了小伟,他问小伟:"这次你准备拿第几?"小伟信心十足地说:"老师,你放心,我保证拿第一!"阿昌半开玩笑地说:"这次你要是看中了第二名的奖品,可得提前跟老师说,老师买了送你,你一定要跑个第一回来,要是再故意跑第二,看我怎么收拾你小子!"小伟咧着嘴不好意思地笑了。

周六比赛这天,小伟的爸爸也特地来到镇子上,为自己的儿子加油。不知是不是因为阿昌在场的原因,小伟对爸爸一直不冷不热。小伟的爸爸见了阿昌很拘谨,不住地点头:"老师好,俺们家小伟让您费心了。"

比赛分两天举行,周六的预赛和周日的决赛。周六的预赛小伟跑了个第一,阿昌很高兴,掏钱请小伟父子吃了炖羊肉。吃完饭后,小伟的爸爸乐呵呵地带着小伟回家了。

次日一早,30名进入决赛的孩子再次站到了起跑线前。比赛开始前,阿昌特意跑到组委会那里问了一下,才知道前三名都奖励现金,阿昌这才放下心来,心想:这下这小子可没什么后顾之忧了。

在组委会的办公室里,阿昌又看见了小伟的爸爸,小伟的爸爸听说第一名、第二名能拿到奖金,高兴得不得了,他自言自语道:"如果又能拿第一、又能拿第二就好了。"阿昌一听,心里很难受:看来他家经济条件确实很差,一个人怎么可能又拿第一、又拿第二呢?

比赛很快开始了,小伟一路领先,紧跟其后的有两个孩子,跑第二的是个瘦一点的,一个胖一些的跑第三。跑了二十多分钟后,小伟莫名其妙地又放慢了脚步,后面那两人很快就追了上来,等那两人追上来之后,小伟故意压着那个瘦点的孩子跑,忽慢忽快,瘦孩子超过了小伟,小伟就紧跑两步,又压在了瘦孩子的前面。阿昌知道,长跑比赛跑步的节奏最重要,小伟用这样的方式干扰对方,其实就是牺牲自己的节奏,以此来打乱瘦孩子的节奏。

鹬蚌相争,跑在第三的胖孩子就"渔翁得利"了,很快,比赛的格局发生了变化:胖孩子跑了第一,小伟第二,瘦孩子第三。眼见胖孩子超过了自己,小伟跑步的方式却没有任何变化,依然同那个瘦小子"耗"着。阿昌看着这情形,心里一凉,立刻意识到小伟这孩子又在耍花枪,看来他又在故伎重演,放弃那个即将到手的第一,看样子,他想成全那个胖孩子拿第一!想到这里,阿昌急了,一边骑车一边喊:"小伟,你答应了老师跑第一的,别忘了啊!"

小伟听到这句话,一双眼睛忧虑地看了看阿昌,一瞬间,脚下的步伐加快了,眼看要超过胖孩子时,小伟头一低,居然又慢了下来。

比赛很快结束了:胖孩子跑了第一,小伟第二,瘦孩子跑了第三。

比赛刚结束,那瘦孩子走到小伟面前,对着他狠狠吐了一口唾沫,骂了一句:"你坏得都要淌黑水了!"小伟一脸愧疚,低着头领完奖,走到不远处的墙壁边上，脖子一缩一伸，哭了起来。就在这时，阿昌看见了令人惊异的一幕：小伟的爸爸居然高兴地把那个获得第一的胖小子抱了起来，原地转了两个圈，天哪，难道这个胖小子是小伟的兄弟？为什么比赛前没听他说呢？阿昌再一寻思，哦，对了，怪不得小伟的爸爸比赛前说要是把第一、第二全拿了就好了，小伟看来是听了爸爸的话，压着那个瘦小子，以此确保胖小子和他能分别获得第一、第二。

小伟蹲在墙边，见阿昌走了过来，一边哭一边说："老师，对不起！"正说着，小伟的爸爸走了过来，他兴冲冲地拿走了小伟的300块钱奖金，拉着那个胖小子走了。回到学校后，小伟整日里闷着头，一句话也不说，阿昌看在眼里，急在心头，看来这次小伟受伤不小，毕竟上一次跑第二是他主动放弃的，而这次他却是被迫放弃第一的，小小年纪哪能像大人一样想得通呢？没几天，这个黑瘦的孩子就更黑更瘦了。

阿昌迫不及待地想弄清楚小伟父子和那个胖小子之间的关系，几天后，他从和小伟同村的一个学生那里得知：小伟的妈妈好几年前就死了，他现在跟着年迈的奶奶一起生活。小伟的爸爸这几年和十里外的一个寡妇混在一起，平时很少回家，夏秋两季收完庄稼，给一老一小留点口粮，其余的全卖了，那点钱，全养着寡妇和寡妇的儿子了。

阿昌生平第一次强烈地感受到一个伟人说的那句话有多么深刻：贫穷和畸形的家庭是如此的可怕，它对一个孩子的影响是如此的大，哪怕是在一次不起眼的长跑比赛上。

又站到了起跑线前

放寒假前，阿昌接到了一个通知，让他带着小伟到县里参加一个万米长跑比赛。得知这个消息,阿昌喜出望外,一来这是一个让小伟摆脱消沉的机会,另外这份由县教委下达的通知还特别提及了一个情况:如果能在此次比赛中拿到冠军,很可能入选地区少年田径队,接受专业训练,成为一名专业的小运动员。

阿昌十分欣喜,急着把这个消息告诉了小伟,可没想到小伟说不想去,阿昌问为什么,小伟低着头,抠着手指甲,说:"我不想再跑个第二回来。"这一句话又触痛了阿昌的心,他突然意识到小伟受的伤真的很重,不过这也更让他下定决心,一定要带着小伟站在县长跑比赛的起跑线前。

为了让小伟愿意去参加比赛,阿昌想去做一次家访,他给小伟的奶奶买了豆奶粉和麦片,想到小伟和奶奶相依为命,一年到头伙食不是很好,他又买了几斤猪肉。

阿昌骑了半个多小时的自行车,才到了小伟家,一进院门,阿昌被眼前的一切惊呆了:土墙和麦秸结成的屋顶,一眼看去就知道有一二十年了,院子中间拉着一根绳子,挂着一排腌好的萝卜干;屋内除了两张床和一个矮小的粮食囤子,就什么也没有了,小伟的奶奶佝偻着腰,按着乡下人对老师的习惯称呼,一口一个"先生"。老人家忙着去给阿昌做饭,阿昌本来想走,后来一想,如果自己走了,小伟唯一的一点自尊可能也没了,索性就硬着头皮在这样的家里吃上一顿饭吧。

阿昌匆匆忙忙吃了饭,坐了几分钟,就要走,他的眼窝湿漉漉的,心头酸溜溜的,他再也不忍目睹眼前的一切了。小伟跟在阿昌后面出了院门,没等阿昌开口,他就愧疚地对阿昌说:"老师,我……我去参加比赛,可以吗?"

阿昌默默地点了点头,就这样,他再次把小伟带到了起跑线前。

比赛分为预赛和决赛,放在两个周末进行。预赛前,小伟憋足了劲,果然,预赛时他一马当先跑过了终点,紧跟其后的两个孩子分获二、三名,其他的那些小选手远远被抛在了后面。

从县城回到学校,小伟露出了久违的笑容,大冬天里,这小子把棉袄袖子卷得高高的,得意地说:"下周我还得跑第一!"

转眼到了下周五,有了前两次的教训,阿昌心里很不踏实,他旁敲侧击地问小伟:明天有没有问题?小家伙得意地说:"老师,你就放心吧。"

周五下午,校长特意把阿昌叫到办公室,微笑着对他说:"阿昌老师,明天的比赛你要尽量控制一下小伟,争取拿个名次回来,但别让他去争那个头彩了。"

阿昌惊讶地盯着校长:"为什么呀?"校长沉默了好久,脸色木然地说:"阿昌,实话对你说吧,这个长跑比赛每年冬天都会组织一次,县里很重视,如果拿第一的话,小学升初中可以加30分。这次县教委一个领导的孩子也参加了比赛,预赛的时候跑了第三,这孩子偏偏要参加小学升初中的考试,昨天镇教办特意打来电话,反复交代了这件事。你想想,我作为一校之长,也很为难啊,这个领导分管师资,是我们的顶头上司啊!"

阿昌愣住了,他本来还在为小伟担心,生怕小伟再闹出点什么事情来,现在倒好,居然自己要出面阻止小伟跑第一了!阿昌用请求的语气说:"校长,咱们能不能装作不知道?"校长冷冰冰地说:"当然不能!阿昌你要记住,作为一个老师,既要对得起学生,也要对得起学校!"

阿昌垂头丧气地走出校长办公室,抬头看天,天灰蒙蒙的,他第一次感觉到今年冬天特别的冷……

小伟,你要快点跑

第二天一大早,阿昌带着小伟坐上了开往县城的公共汽车,一路上,看着小伟兴高采烈的,阿昌心口隐隐作痛。

到了比赛地点,阿昌心事重重地带着小伟到检录台检录,领回了跑步用的号码,又认真地用别针把号码别在小伟的衣服上,就在这时,阿昌看见校长来了,校长笑眯眯地递过一个塑料袋子,对小伟说:"来,赶紧换上,这是学校给你买的新运动鞋,你这个小家伙可要好好跑啊!"小伟感动极了,半天才伸手接过袋子,眼里噙着泪水,连声说:"谢谢校长,谢谢校长!"说着,小伟拿着袋子,走到旁边的水泥台前坐下来,换上新鞋。

趁这个工夫,校长叹了口气对阿昌说:"阿昌,一夜没睡好吧?其实我也挺难过的,谁不想让自己的学生好呢?可没办法啊,这件事我比你难过,今天一早我就来了,给小伟买了双运动鞋。阿昌啊,其实我们能做的就是让孩子更快乐,你说是不是啊?"阿昌一声不吭,像个木偶一样站在那里。

校长看了看旁边的小伟,难过地说:"阿昌,我知道你对我有意见,甚至认为我对上级溜须拍马,但你想过没有,如果小伟真跑了第一,如愿以偿地去了地区少年田径队,对他来说,是个多大的折磨,他是不可能快乐的,你知道吗?"

阿昌疑惑地问:"为什么啊?"

校长说:"你应该知道,现在学体育、搞艺术的孩子一般家境都要很好,牛奶牛肉等营养品必须跟上,因为小孩子体力消耗太大,营养跟不上,那是不行的。你要是让小伟和那些家境好的孩子在一起练田径,吃咸菜喝稀饭，这很容易让他有挫败感的。你知道他的成绩吗？数学基本上每次都是100，语文从没低于90，这样的孩子你让他去练体育，你忍心吗？再说，对于穷人的孩子来说，赢得了一场比赛就能赢得一辈子的幸福吗？这未必啊，阿昌老师！"

阿昌彻底没话说了，是啊，小伟家里穷，成绩又这么出色，适合去学体育吗？就在这时，集合的哨子声尖锐地响了起来，小伟穿着那双新运动鞋，高兴地跑了过来。

这时，校长走到一边，把最后的时间留给了阿昌和小伟，小伟望了望校长的背影，得意地对阿昌说："校长对我可好了，每年过节都给我和奶奶送肉，还对奶奶说，这是对成绩好的孩子的奖励。"

小伟不说这句话还好，一说这话，阿昌彻底放弃了心底那最后的防线，眼见比赛就要开始了，他鼓足勇气对小伟说："小伟，老师有件事对你说……"小伟乐呵呵地说："老师，不用你说了，我知道，我要好好跑，第一个跑过终点，不跑第二名。"

小伟这一番话像一柄利剑一样扎在阿昌的心上，阿昌一瞬间感到自己险些就侮辱了"老师"这个神圣的称号，他连忙改变了主意，说："小伟，你要快跑啊，老师在终点等着你！"

发令枪响了，几十个孩子争先恐后地越过起跑线，沿着既定路线往前跑去。这时，校长走过来，又递给了阿昌一个袋子："阿昌老师，这里是一双名牌运动鞋，等小伟跑完后，你拿给他吧。"

阿昌疑惑地问："干吗给他买两双？"校长叹了口气，说："跑完你就知道了，到时候，你要骂就狠狠地骂我吧。"停了片刻，校长又略带悲伤地说："阿昌，假如有一天，你当上了校长，我想你也许会同意我今天这样的做法。老师好当，校长难当啊，办公经费、建校款、老师奖金、晋升指标,哪一项都得操心啊……"

阿昌望着年过半百的校长,觉得他突然老了好几岁,自己一肚子的话再也说不出口了。

再说出发后的小伟脚步轻盈,很快就跑在领先的队列里,半程跑完后,小伟摆脱了后面的大军,跑在最前面。

阿昌骑着一辆组委会给带队老师准备的自行车,眼前晃动着校长无奈的神情,心事重重地跟在小伟身后……

一只伟大的兔子

离终点越来越近了,小伟依然在第一的位置领跑,后面本来有两个孩子紧紧追赶着他,可不知怎么的,很快就只有一个孩子在跟着小伟跑,就在这时,阿昌注意到小伟跑步的姿势有点变了,有点失态,脸上露出了痛苦的表情,阿昌赶紧大声喊道:"怎么了,小伟?"

小伟皱着眉头、苦着脸,说:"老师,这鞋太硬了,我脚疼死了。"

一句话让阿昌恍然大悟,怪不得校长要给小伟送两双鞋子,原来小伟现在穿的这一双,不适合长跑,想到这里,阿昌的心口隐隐作痛,他不管那么多了,冲着小伟大声喊了起来:"小伟,你要加油呀,想着跑第一,脚就不疼了!"

一句话说得小伟立刻来了精神,脚步加快了许多,可因为脚疼,小伟的脚步毕竟慢了许多,后面紧跟的孩子很快就赶了上来。比赛进入了最紧张的阶段,两个孩子在离终点不到一千米的时候,展开了激烈的角逐,就在这时,一件意想不到的事情发生了:一只狗突然从街道边蹿过来,冲着两个孩子追了过去……

原来比赛是在县城的街道上进行的，有很多人过来看热闹，其中一个人牵着一条大狗，也来看热闹。这狗平日见不得有东西在自己面前跑，见有孩子在路上跑，顿时来了劲，一使劲挣脱了脖子上的链子，奔了过去。

所有看热闹的人都惊呆了，小伟在农村长大，他见有条狗追了过来，立刻意识到这狗有可能会咬着他们当中的一个，他立刻放慢脚步，大声嚷道："死狗！"眼看狗到了跟前，小伟灵巧地一躲，狗扑空了，但同时狗放弃了另外一个孩子，把小伟当作自己攻击的目标了，它凶狠地扑了过来，这次小伟没有再侥幸逃脱，小腿被狗狠狠地咬了一口，与此同时，另一个孩子愣住了，他站在原地等了几秒，想了想，一低头，又接着往前跑去。

这时，狗的主人跑过来了，一脚把狗踹开了，鲜血"哗哗"地从小伟的腿上往下流，围观的人七嘴八舌地吆喝道："不能让这孩子再跑了，赶紧送医院。"更多的人开始狠狠骂狗的主人，就在这时，小伟坚强地站了起来："让开，我得继续跑。"说着，他踉踉跄跄地继续向前跑去。

阿昌往前看了看，发现小伟伤得这样重，他悲伤地喊道："算了吧，小伟！"

小伟不理阿昌，拖着那条伤腿，咬着牙，痛苦地继续往前跑，泪，无声地流了下来，他身后的水泥路上落下了斑斑点点的血迹，两边围观的人被这个瘦小的男孩感染了，开始给小伟鼓掌，所到之处，掌声四起，阿昌的眼眶里涌动着泪水，他在心里呐喊着：小伟，你太感人了，你太伟大了！

最终，小伟以第二的成绩跑过了终点……

一到终点，校长就一路小跑着过来，他扒开围观的人，小声地对阿昌说："你赶紧带孩子去医院，医药费学校来出，另外再告诉你一个好消息，小伟到初中毕业的所有费用都有人资助了，小伟虽然没跑第一，但他为自己赢得了不错的未来。"

小伟蹲在地上，"哗哗"掉泪，却不出声，围上来看热闹的人越来越多，阿昌急了，猛地吼了一句："看什么看啊？孩子伤成这样还看！"说着，他赶紧把准备用来擦汗的毛巾帮小伟把伤口扎好，背起小伟，走出人群，向县医院跑去。这时，狗的主人跟在两人后面一起走出人群，他讨好似的对阿昌说："老师，实在对不起，我回去就把那畜生杀了，我先去县医院，叫医生准备好。"说着，他赶紧一溜小跑向医院方向跑去。

阿昌狠狠地瞪了那人一眼，接着就背了小伟向医院跑，跑了几十米，阿昌不经意地看到了出人意料的情景：不远处，校长站在跑第一的那个孩子旁，说着什么，然后同孩子身边的一个中年男子握着手……

阿昌顾不上多想什么，走了一段路，小伟趴在阿昌的背上，小声地说："老师，我疼……"

阿昌心头一阵酸："腿上的伤口疼吗？"

小伟说："老师，狗咬的不疼了，是我的脚疼。"

阿昌一听，赶紧把小伟小心地放到路边的椅子上，又轻轻地把那双硬底的运动鞋脱掉，只见小伟的脚上满是紫红的血泡，阿昌没忍住，泪珠一滴一滴地落了下来。

小伟一看老师哭了，小心翼翼地问道："老师，是不是我没跑第一，您伤心了？"

阿昌摇了摇头，动情地说："小伟，老师一点都不伤心，你记住了，老师明年还带你来，到时你一定能拿回个第一！"说着，阿昌从身上的包里取出校长给小伟买的另外一双鞋，那是一双质地柔软的名牌运动鞋，值不少钱,他把那双鞋递给了小伟,"拿着,等脚好了穿这双。"接着,阿昌走到不远处,把那双鞋壳里沾满血水的运动鞋扔到了垃圾桶里,走回来背起小伟,向医院跑去。

阿昌一边跑,一边回头问:"小伟,听说过乌龟和兔子赛跑的故事吗?"

"听说过。"

阿昌说:"乌龟和兔子赛跑,跑第二的总是兔子,知道为什么吗?"

"不知道。"

"因为兔子永远都有机会赢第一名,而乌龟一生可能只有一次机会赢第一,所以伟大的兔子就在心里对自己说,要记住,你是一只聪明又敏捷的兔子,就给可怜的乌龟兄弟一次机会吧!"

听到这里,阿昌背上的黑小子终于露出了笑容,拿在他手上的那双名牌运动鞋,随着他"咯咯"的笑声,在阿昌胸前左右摇晃……

(王兴棻)
(题图:杨宏富)

那些人生中的小细节，一不小心就变成了人生中的大转折。

人生·启示篇
rensheng qishipian

洗手间里的晚宴

母亲的苦心

女佣住在主人家附近,她是个单亲母亲,独自带一个四岁的男孩。每天她帮主人收拾完毕就匆匆赶回自己的家,主人也曾留她住下,却总是被她拒绝,因为她要回家照顾儿子。

这天,主人要请很多客人来赴宴,主人和女佣商量,今天她能不能辛苦一点儿,晚一些回家。女佣说当然可以,不过儿子见不到她会害怕的。主人说,那就把他也带过来吧。这时已是黄昏,客人们马上就要到了,女佣急匆匆回家,拉了儿子就往主人家赶。儿子问:"我们要去哪里?"

女佣想了想,回答说:"妈妈带你参加一个晚宴。"

四岁的儿子并不知道,自己的母亲是一个佣人。

女佣把儿子关进主人家的书房,她对儿子说:"你先呆在这里,现在晚宴还没有开始。"然后女佣进了厨房,做菜、切水果、煮咖啡,忙个不停。不断有客人按响门铃,主人或女佣跑过去开门。有时女佣抽空进书房看看,她的儿子正安静地坐在那里。

儿子问妈妈:"晚宴什么时间开始?"女佣说:"宝贝不急,你悄悄在这里呆着,别出声。"

可是,不断有客人光临主人的书房,他们并不知道男孩是谁,有的亲切地拍拍男孩的头,然后翻看主人书架上的图书,或对墙上的挂画赞不绝口。男孩始终记着妈妈的话,安静地坐在一旁,他急切地等待着晚宴的开始。

女佣有些不安:到处都是客人,她的儿子无处可藏。她不想让儿子破坏这次高雅聚会的气氛,更不想让年幼的儿子过早知道主人和佣人、富有和贫穷的区别。后来她把儿子叫出书房,将他关进了主人的洗手间。

主人的豪宅里有好几个洗手间,女佣把儿子带到主人专用的那个洗手间里,轻轻关上门,然后她打起精神,转身微笑着对儿子说:"宝贝,这就是单独给你准备的房间,多漂亮啊!"接着,她指指马桶,说:"看,这是你的凳子。"再指指大理石的洗漱台,说:"那是你的桌子。"然后,她从怀里掏出两根香肠,放进一个盘子里,对儿子说:"这是属于你的,宝贝,现在晚宴开始了!"

盘子是从主人的厨房里拿来的,香肠是女佣在回家的路上买的,她已经很久没有给儿子买过香肠了。女佣说这些话时,努力抑制着泪水。没办法,这个洗手间是房子里唯一安静的地方。

男孩在贫困中长大,他从没见过这么豪华的洗手间。他不认识抽水马桶,不认识漂亮的大理石洗漱台,他闻着洗涤液和香皂的淡淡香气,觉得心满意足。他坐在地上,将盘子放在马桶盖上,盯着盘子里的香肠和面包,为自己唱起了快乐的歌。

心灵的盛宴

这时候,真正的晚宴也已经开始了,主人突然想起女佣的儿子,他问女佣,女佣说她也不知道,也许是跑出去玩了吧。主人注意到女佣躲闪的目光,就在房子里静静地寻找。终于,他顺着歌声来到了洗手间,看到男孩正将一块香肠放进嘴里。

主人愣住了,他问男孩:"孩子,你躲在这里干什么?"男孩嘴里嚼着香肠,含糊地说:"我是来这里参加晚宴的,现在我正在吃晚餐。"

主人抑制着内心的惊讶,问:"你知道这是什么地方吗?"男孩说:"我当然知道,这是晚宴的主人单独为我准备的房间。"

主人问:"是你妈妈这样告诉你的吗?"男孩高兴地说:"是呀,其实不用妈妈说,我也知道,晚宴的主人一定会为我准备最好的房间!"

男孩又指了指盘子里的香肠,撅起小嘴,说:"只是,我希望能有个人陪我吃这些东西,好东西要大家一起吃才有意思。"

主人的鼻子有些发酸,用不着再问,他已经明白了眼前的一切。他默默走回餐桌前,对所有的客人说:"对不起,恐怕今天我不能陪你们共进晚餐了,我得去陪一位特殊的客人。"

主人从餐桌上端走两个盘子,来到洗手间的门口,轻轻地敲敲门,得到男孩的允许后,他推开门,先把两个盘子放到马桶盖上,然后彬彬有礼地对男孩欠了欠身,说:"这么好的房间,当然不能让你一个人独享,请允许我与你共进晚餐。"

接下来,主人和男孩聊了很多。他使男孩坚信,洗手间是整栋房子里最好的房间。他们在洗手间里吃了很多东西,唱了很多歌。不断有客人敲门进来,他们向主人和男孩问好,递给男孩美味的苹果汁和烤得金黄的鸡翅。他们露出夸张和羡慕的表情,后来他们干脆一起挤到小小的洗手间里,给男孩唱起了歌。每个人都很认真,没有一个人认为这是一场闹剧。

多年后男孩长大了,他有了自己的公司,有了带几个洗手间的房子,他步入了上流社会,成为了富人。每年他都会拿出很大一笔钱捐助给穷人,可是他从不举行捐赠仪式,更不让那些穷人知道他的名字。

有朋友问及理由,他说,我永远记得多年前的那一天,有一位富人和他的朋友们,是那么小心、轻柔地维系了一个四岁男孩的自尊。

(作者:周海亮;推荐者:马玉良)
(题图:安玉民)

柔软的拳头

有力的拳头

贝里是一个黑人,从小和母亲在贫民区生活,为了养家糊口,他想去拉斯维加斯租个店面卖炸薯条,因为他有一门手艺——炸薯条拌巧克力。在家乡,凡是吃过他做的炸薯条拌巧克力的,没有不夸那是天下美味的。母亲支持他,拿出家中仅有的一万美元积蓄,交给了他,但到了拉斯维加斯后,贝里才发现,他带来的一万美元,连最不起眼的店铺租金也付不起。于是他决定进赌场试试运气,遗憾的是,最后他输得一个子儿都不剩,只能流落街头。

贝里非常后悔,他在街上挥舞着拳头,拼命砸在垃圾桶上,直将垃圾桶砸得稀巴烂。在他发泄的时候,一位白人从车窗里饶有兴味地看着他,直等他发泄完了,白人才冲他直勾指头:"小子,你的拳头很厉害嘛,连垃圾桶都砸得烂,以前是练拳击的吧?我那儿每周都有一场业余拳击比赛呢,赢了可以得到一万美元的奖金,有没有兴趣?"

贝里激动地说:"一万美元?"

白人递过来一张名片:"如果有兴趣,明天来找我。"车子便开走了。

给贝里名片的白人叫丹尼尔,是一家大赌场的老板。丹尼尔的赌场每周会举行一次非职业拳击赛,供赌客们下注。在他那里打拳击的都是几个固定的拳击手,赌客们厌倦了不说,大家对拳手们的实力都了如指掌,押中胜负的概率自然就大了。所以,丹尼尔迫切需要一张新面孔,来激发赌客们的兴趣,同时,也让比赛结果更加扑朔迷离起来。

贝里第二天就来找丹尼尔了,那一万美元,诱惑得他什么都不管不顾。他已经打定主意了:赢了,那一万美元的奖金可以用来租房子,接母亲来这里安顿;输了,他就死在拳台上,反正他也没脸见母亲了。

贝里的那场拳击赛在星期六的晚上进行,比赛那天,与贝里对阵的,是一个叫威克斯的拳击手,威克斯也是一个黑人,在此之前,已经在这家赌场连赢过两场拳击,是个"双冠王"。威克斯个头比贝里高,站在拳击台上,镇定自若,霸气十足,而贝里则畏畏缩缩,不用打,明眼人就看得出来,这场比赛谁赢谁输。所以,比赛还没开始,全场赌客几乎一边倒,全押威克斯赢。

比赛一开始,贝里就露出外行人的架势,第一、第二局,他没打中威克斯一拳,却被威克斯击倒三次,不过,每一次他都很快摇摇晃晃爬起来。到了第三局,贝里的眉骨被威克斯打断了,血顺着眼角,流了半边脸,他颤抖着站起身,威克斯轻蔑地对贝里说:"喂,你认输吧,你不是我的对手!"贝里咬着牙说:"我宁愿死在台上也要赢了你,拿到那一万美元。"

威克斯的话让贝里一下子清醒了,自己是奔着那一万美元的奖金来的,这样打下去,用不了多久,那奖金就归对方了。不行!跟对方用蛮力对抗,必输无疑,自己要找准时机靠技巧获胜。

到了第四局,贝里放慢了速度,没有主动攻击,而是躲过了威克斯一次又一次的攻击,他在找威克斯的弱点。就在威克斯再一次出击的时候,贝里瞧准了这个空当,用尽全身的力气,一拳击打过去,正中威克斯的下巴,威克斯"轰"的一声倒地,再也没爬起来。

观众纷纷将手中的赌票撕碎了,大喊大叫:"这是放水,这是打假拳!"

贝里露出既吃惊又喜悦的表情,他也没料到,自己这一拳会如此厉害,他凭自己的实力打败了"双冠王",还赢了那一万美元奖金。

有伤的拳头

贝里租了房子,接母亲过来居住。这时,丹尼尔又来找他了,说希望他能再打一场,如果这一场赢了,就给他三万美金。奖金提到了三万美金,贝里一下子便动了心。他想:上一场比赛自己赢了"双冠王",已经说明了自己的实力,这一场比赛,很有把握能赢,只要我拿到这三万美金,就可以开一家薯条店,保证母亲的生活,这不就是我的梦想吗?

贝里毫不犹豫,一口就应承下来。

让贝里没有想到的是,他第二场比赛的对手仍然是威克斯,贝里不禁心中暗喜,这一场比赛必定是自己赢了。

一开场，威克斯就像复仇似的频频出拳，可是都被贝里躲过了。第二局，威克斯又用了拼命三郎的打法，而贝里和上次一样，在寻找威克斯的弱点，他发现威克斯这次没有用过左拳，按理说，威克斯不用左拳击打，也要用左拳防护，但都没有，威克斯的左臂一直那么垂着，从来没动过。莫非威克斯的左臂真的受了伤，抬不起来？

想到这一点，贝里改变了打法，当威克斯挥起右拳再次击打他的小腹时，他不躲不避，而是同时挥起拳头，打在威克斯的左胳膊上。这一拳下去，就听威克斯"哎哟"一声，一连往后倒退了好几步，脸上的肌肉痛苦地扭曲着。

果然，威克斯的左臂受了伤！贝里大喜过望，他不给威克斯任何喘息的机会，冲了上去，使尽平生的力气，再次对准威克斯的左臂狠狠地打出了一拳。

这一拳又砸在威克斯的左臂上，威克斯痛得大叫了一声，但是，威克斯没有退却，而是忍着痛，同时挥起了他的右拳，一个上钩拳正正地打在贝里的下巴上，贝里只感觉到自己的身体腾空飞了起来，接着，"咚"的一声，重重地摔落在地面上，落地的刹那，他的眼前一片黑暗……

有爱的拳头

贝里醒来的时候，发现自己躺在医院里，威克斯守在他的病房里，见他醒来，威克斯简单说了一下他的伤势，并无大碍，然后盯着他，好奇地问："有一件事我一直不明白，你从来没受过拳击训练，怎么也敢去打拳击？而且是一次接一次地去？"

贝里说了实情，威克斯听了，好半天沉默不语，最后叹了一口气："到赌场去打拳击的，有几个不是为了钱呢？但是，你就从来没想过，你一个门外汉去打拳击，毫无胜利的希望呀！"

贝里没反驳，他沉吟了一会儿，说："可是，第一场我还是赢了你，拿到奖金了不是吗？"

威克斯摇了摇头："你怎么赢得了我？我现在断了一只胳膊都能一拳将你打晕过去，你想想，你怎么可能赢得了我？"贝里怔住了，威克斯这才讲了实情：

威克斯有个哥哥，兄弟俩都爱好拳击，并受过严格的训练，不同的是，他哥哥以打拳击为生，他却有正式的工作，在一家赌场当保安。半年前，他哥哥在拳击赛中受了伤，眉骨被人打断了。比赛时都是这样，你哪里伤最重，对方就朝哪里下手。他哥哥的眉骨断了之后，对手便拳拳打在他哥哥那受伤的眼睛上，结果，将他哥哥的那只眼睛打瞎了，因为治疗得不及时，另一只眼睛受了感染，视力也急剧下降，现在的视力十分微弱，形同盲人。哥哥受不了打击，几次要自杀，都被威克斯阻止了。他清楚，要想挽救哥哥的性命，就只能治好哥哥的眼睛，但是重新植入眼球这样的手术既尖端又昂贵，以哥哥的一点积蓄和他当保安的微薄收入根本办不到，没有办法，他只得利用空余时间出来打拳击。

威克斯说："到赌场打拳击的，都是为生活所迫走投无路的人，但像你这样，根本不懂拳击却豁出命来打拳的人，我还是第一次见到。我知道，那笔奖金对你有多么重要，而且你说，你宁愿死在台上也要拿到那一万美元，我的心就软了。我清楚，除非我打死你，否则你一定会爬起来，再加上看到你的眉骨已经断了，我就不由得想到我的哥哥，我的拳头就软得像面团，下不了手。我对自己说，就成全这个可怜的人吧，但我不敢明着放水，所以在对你攻击的时候，故意被你打中一拳，然后佯装被重击，倒在了台上。其实你那一拳就像替我挠痒痒，不知有多么轻飘。"说到这里，威克斯用右手托住自己的左臂，向上抬了抬，苦笑了一声："遗憾的是，那些赌客还是看出我在放水，所以散场之后，有几个输钱输得比较多的家伙跟上了我，他们用棍子打断了我的胳膊，说这是我作弊应该付出的代价。"

贝里懵了："你这胳膊是因为我？天啊，是我害了你。"

威克斯再次苦涩地笑了笑："我的胳膊断了，我想，我这一辈子再也打不了拳击啦，但丹尼尔却来找我，他告诉我，只要我去掉夹板，上场再打一场比赛，不管输赢，他都会给我两万美元。我拒绝了他，我不能为了两万美元死在拳台上，但听说我的对手仍然是你时，我改变了主意。我知道丹尼尔的想法，他知道我断了一只胳膊，一定打不赢你，而我去掉了夹板，赌客们不知道我的胳膊断了，他们一定以为你不是我的对手，所以大家只会将赌注押在我的身上，这样又可以让丹尼尔大赚一笔。我最终答应来参赛，我在心里对自己说，我一定要将你打败。但是，你知道我为什么一定要将你打败吗？"

"让丹尼尔的如意算盘不能得逞。"

威克斯点点头又摇摇头："那只是一方面，主要是为了你。"

贝里大惑不解地问："为了我？"

威克斯说："是的，我不上场，别人也会上场。别人上场，只会朝你的痛处下手，而你是宁愿死也不认输的人，结果只会有两种，要么你被打死在台上，要么，你会像我哥哥一样，被人打瞎了打残了。所以，我要上场，我不打你的要害，只打你的腹部，我要将你打得虚脱了没有力气再打，但又可以不让你死不让你残。但是，我一定要赢了你，只有赢了你，才能让你清醒，你根本不适合打拳击。如果让你赢了，你就会永远有侥幸心理，觉得打拳击赚钱很容易，你就会执迷不悟频频上场，那么你的结局不是死就是残……"

贝里怔在那里，渐渐地，泪水顺着脸颊淌了下来，他做梦也没想到，面前这个黑塔一般的男人，会有这么一颗柔软的心。他们萍水相逢，是拳击场上的对手，人家却这样费尽苦心地保护着他，人家不朝他的痛处下手，怕他变成了残疾，而他呢，害得人家断了胳膊，还朝着人家的胳膊下手，这样一对比，他惭愧得抬不起头来。

贝里就这样与威克斯成了朋友，他发誓，再也不上拳击台拿自己的性命开玩笑，而威克斯自从左臂断了后也再没打过拳击。威克斯听说贝里的梦想就是在拉斯维加斯开一家薯条店，就拿出打拳击赢来的几万美元钱，交给了贝里，威克斯说："这点钱为我哥哥治眼睛是不够的，干脆，我押在你的身上吧，算投资，等什么时候赚够了钱，我再为我哥治病。"贝里高兴得手足无措，不知道说什么好。

在感恩节的前一天，贝里和威克斯共同经营的薯条店开张了。开张后，薯条店的生意一直不错，而且，贝里做出了一种新产品，用炸薯条蘸巧克力，将顶端的巧克力做成拳头的形状，他为这种新产品取了一个名字，叫"柔软的拳头"，用来纪念威克斯对他的关爱和呵护。

"柔软的拳头"一经推出，立即受到了顾客的青睐，大家一边享受着美味，一边听贝里叙说着"柔软的拳头"的来历，无不动容。如今，"柔软的拳头"蜚声海内外，到过拉斯维加斯的人，总要去尝尝它，。品尝它，已经不仅仅是品尝一种美味，更是品尝一种爱。

（么　么）

（题图：佐　夫）

重返前线

二战中的黑夜

比尔是个美国二战老兵,这天,他收到一个国际邮包,里头装着十多个编着号码的信封,寄信人署名"前线"。比尔先打开1号信封,从信封里掉下一张机票、一张车票,还有一封信,信上写道:"尊敬的比尔先生,如果您现在生活愉快,心情舒畅,那么请您不必再往下读;如果您正在为过去苦恼,请执行以下任务:任务一,使用来信所附的机票飞往日本鹿儿岛市,然后使用所附的车票从鹿儿岛市前往川内市,在车站月台上采集一朵樱花,完成后打开第二个信封。"

这是怎么回事?比尔惊讶万分,邮包上确实写着他的姓名和地址,机票和车票也都是真的,是谁寄给他的?比尔反复琢磨着"为过去苦恼"这几个字,看看自己右臂残肢,眼前不禁浮现出一段往事……

1943年，比尔作为美国空军飞行员，参加了太平洋战争，在一次执行任务时飞机被击落，他让日本人俘虏了，被押往北婆罗洲的战俘营。那是南太平洋上一座布满热带雨林的岛屿，由于战争的需要，日军要在这里修筑两条隐蔽的飞机跑道，大批盟军战俘成了免费的血汗劳工。为了防止暴露目标，所有修筑都在夜里进行。

一天夜里，比尔等八名战俘组成小队，如往常一样，在几名日军的押送下，准备穿越一座山林，到岛屿东北角修筑跑道。这一天正值月圆，山林里各种鸟兽的叫声异常诡异。

为了避免发生意外，队长山野龙二决定临时率队从一处河滩绕行，这条河滩没有开过路，山野龙二指挥队伍尽量靠河边崖壁走，然而不幸还是发生了，突然一声惊叫，一名战俘陷入沼泽，而战俘们的脚都是用铁镣锁在一起的，另外几名战俘也被巨大的力量拖向沼泽中央，两名日军见状，试图拉住铁镣，结果也先后被沼泽吞噬。

眼看八名战俘即将葬身沼泽，情急之中，山野龙二掏出一副手铐，战俘队伍中离他最近的是比尔，他将手铐的一端铐住比尔的右手，准备将另一端铐在一棵树上，可就在这个时候，在沼泽巨大的吸力之下，比尔意外地滑了一跤，山野龙二一失手，竟然把自己的左手给铐上了。两个人的手铐在一起，山野龙二只好死死地用右手挽住树干，拼尽全力支撑着……

这时，一个硕大的黑影闪过，紧紧钳住了山野龙二，那黑影似乎身具蛮力，不但山野龙二不再滑行，就连齐腰陷入流沙中的比尔也被一节节拔了出来。在两股力量的拉扯中，比尔脚下先是一紧，再一松，脚镣居然给挣断了。于是山野龙二和比尔都被拉了出来，但那黑影没有松手，而是挟着山野龙二、拖着比尔往河滩方向退去，就在他们快要进入河里的时候，只听"砰"的一声枪响……

比尔挣扎着抬头一看，发现这个黑影竟然是一条大鳄鱼，它满嘴的尖牙，不仅咬穿了山野龙二的皮带，扎入了他的身子，而且正好咬住山野龙二的手枪。不知道是巧合还是天意，手枪居然走火，子弹打入了鳄鱼的嘴中，但鳄鱼没有被打死，它依然紧紧咬住山野龙二，丝毫不肯松口。

千钧一发之际，比尔看到山野龙二背上有把军刀，便伸手用力将刀抽了出来，高高举起，眼睛直直地瞪着脸色惨白的山野龙二……

山野龙二心里清楚，他的左手和比尔的右手铐在一起，比尔为了逃命，肯定要砍断他的手臂，果然，寒光一闪，断掉的那截手臂掉到了河里，一大摊血迹涌出，鳄鱼嗅到了血腥味儿，立刻扔下了山野龙二，去咬刚刚砍下来的那截断臂，趁此机会，山野龙二拼命往岸上爬去，等他回过神来，这才震惊地发现自己双臂完好，被砍断手臂的竟是比尔！比尔砍下了和山野龙二铐在一起的右手，踉跄几步后晕倒在河滩上。

当比尔醒过来时，山野龙二已为他止住了血，包扎好伤口，但山野龙二下半身受了重伤，他用不熟练的英语叫比尔离开，言下之意是比尔自由了，比尔惨笑一声，指指树上的大黄花，摇摇头，结果，失去右手的比尔艰难地把山野龙二背回了战俘营。

打那以后，比尔所在营点的战俘受虐的情况大大减少。随着战争结束，岛上的情况发生了戏剧性变化，日军监视员多被判刑，而且就在战俘营里服刑，盟军战俘反而成了看守员。比尔当了几年看守员后回到美国，干过不少工作，但由于失去了右手，常常被炒鱿鱼，最后比尔只好登记失业救济，还患上了深度抑郁症，成日靠酗酒、吸食大麻麻醉自己……

追寻人生的"前线"

想起这些往事,比尔把那封信揉成一团扔到地上,失声痛哭起来:"我是个废人!这里不需要我,我应该死在战场上,只有前线需要我!"哭着哭着,比尔想起了什么,他把信捡起来又看了一遍,上面的落款竟然是"前线",比尔越想越觉得奇怪,"前线"是个人?还是个地方?他决定按照信上所说,赶赴日本,去解开这个谜团。

比尔在女儿的陪同下,按信上的要求飞抵日本鹿儿岛,开始执行"任务",他坐列车前往川内市,到了那里,果然在月台上看到满树樱花开得烂漫。他摘下一朵樱花,装进密封袋,又打开2号信封,上边写着:"任务二,从川内市到八代市,收集月台上的一朵樱花,完成后打开第三个信封。"同样,里边附有一张车票。就这样,比尔花了两个多月的时间,从南端的鹿儿岛出发,一直走到了北海道北端,他按照信封上的要求,收集每一个站台上的樱花,一共拆了15个信封,最后一个信封指示的目的地不是站台,而是一间靠近大海的寿司店,店名正是"前线",而且还是用英文写的!看到这个词,比尔禁不住热泪盈眶。这时,一位年轻的女老板走出寿司店,热情地接待了比尔父女。

原来,这家寿司店是一个退伍日本军人开的,已有近40年历史。老人去世前,说他曾在南太平洋上与盟军作战,有一回在丛林行进时遭到鳄鱼袭击,绝望之际,一名美军战俘将他救出险境,那战俘为了救他失去了右臂,却强忍疼痛,指着岛上特有的大黄花鼓励他——人的生命就像花儿一样可贵,谁都不应该轻易放弃。敌方士兵的举动使日本军人深受感动,终于支撑着活了下来。战争结束后,日本军人退役回到本土,他远离都市,来到北海道的最北端开了一家寿司店,生意越来越好,但老人不扩大店面，而是委托一些民间组织寻找当年盟军的二战老兵，邀请他们到日本作一次观光旅行。他说，不少老兵饱受战争创伤，战后他们往往很难融入社会，他希望那些老兵能通过旅行重新振作起来，这也是日本军人对战争表示忏悔的最好方式。

比尔从女儿手里接过了那只装着十多朵樱花的密封袋，把袋子递给了女老板，女老板从袋里拿出一朵尚未完全干枯的樱花，动情地说："樱花的花期很短，仅七天左右，但如果追寻着它的花期走，一路上你总能看到正在盛开的樱花，这在日本叫'樱前线'。爷爷说，人生旅程中最重要的就是远离绝望，尽管樱花的花期很短，只要肯追寻，总会有惊喜等着你。"比尔听完女儿的翻译，若有所悟，他走进店堂，一眼就看到了正中挂着的一张大幅照片，照片中那位老兵正是山野龙二，比尔看着照片，突然像小孩子似的蹲下身来，失声痛哭起来："不是这样的，不是这样的呀……"其实，当时比尔想砍的正是山野龙二的手臂，却被树上的大黄花晃了眼，误砍了自己。事后，他又没胆量一个人逃离岛屿，把山野龙二背回去纯粹是为了讨好日军。这时，店里的几名厨师和员工都围了过来，一只只手轻轻搭在比尔的肩上，有人说："兄弟，别哭了，过去是一场梦，重要的是你回到了真正的前线。"比尔止住了眼泪，抬起头来一看，他惊奇地发现这些人竟然都是些老兵，肤色各异，国籍不同，有的缺了胳膊，有的拄着拐杖……

后来，比尔就留在了北海道，据说现在仍然可以在"前线"寿司店里看到这位失去右手的老人。

（梁　锐）
（题图：佐　夫）

一个"品牌"的诞生

麦克的创意工作室开办了半年多,正经的生意没几个,可净来一些莫名其妙的业务,这不,刚一上班,一个衣冠不整、蓬头垢面的乞丐就堵上门来,要求帮他策划策划。

乞丐说:"麦克先生您好,我以前是个老板,但做生意赔了,房子也抵押了,老婆也跑了,干老板多年,除了有点脾气,什么本事也没有,现在只好以乞讨为生,不过现在乞讨这个行业门槛太低,竞争太激烈,我想让您帮我出出主意,提高一下我的乞讨业绩。"

麦克觉得好笑:"你都混成叫花子了,还讲究什么业绩!"

乞丐说:"人即使再落魄,也得精益求精、追求卓越吧?"

麦克被那乞丐的话逗乐了,说:"那好吧,就冲你这精神,我也接你这活了。"

乞丐很高兴,说:"我现在没钱付给您咨询费,等我挣了钱,我再给您,您看我现在应该怎么办?"

麦克思考了一下,说:"你看,你要在乞讨业有所建树,就得先有个品牌……"

麦克为那乞丐想了个名字,叫"上帝的儿子",然后又问他有没有固定的乞讨场所。

乞丐说:"我一般在圣都广场乞讨,那儿人多。"

麦克接着说:"你呢,以后每天就在圣都广场守着,手里拿个碗,碗里先放上点零钱,在你前面立个牌子,上面写上'上帝的儿子',这样你就和其他乞讨人员不一样了,你已经有了自己的品牌。"

麦克喝了口水,又侃侃而谈起来:"有了自己的品牌,这还不够,你必须在乞讨方式上和竞争者区别开来,你必须差异化经营,让别人觉得你有个性,有特色,就是和别人不同,你的不同在于,以后不管什么人给你钱,你只许收人家五美分。你还像过去一样,面对熙熙攘攘的人流,拿个碗,把手伸向他们,嘴里做着广告:'行行好吧,行行好!'我估计大多数人连看你一眼都不看,躲着就过去了。你别泄气,这是正常现象,不要奢望把所有的人都变成你的客户,记住了,我们只为一部分人服务,要找到我们的目标客户群。"

乞丐听了麦克的话,有点不明白:"那样,我岂不是要得更少了?不行不行!"

麦克语重心长地说:"你要想在乞讨业有所突破,必须按我的话去做,刚开始是有点损失,但你和其他乞讨的人不同了。你想想,如果有人给你一美元,当你把钱找给人家的时候,那人是什么感觉?估计那人会站在那儿愣了:怎么回事?要钱还带找钱的?你相信不相信,回家他就会把这事宣扬出去。那个给你两美分的家伙就更惊诧了,估计当时他就得跟你翻脸——'什么?你有没有搞错,你这里还设最低消费?我问问你,你还是叫花子吗?'回去,他也要为你宣传宣传。这些人都免费为你宣传,免费为你做口碑广告。你想想,你的知名度提高了,无形资产就增加了,现在这个年代,是'注意力经济'年代,你只要聚集了人气,就不愁不来钱。"

乞丐听了非常兴奋:"真的?那我就试试。"

过了两个星期,麦克来到圣都广场找那乞丐。一进广场,老远就看到在广场一角围了一群人,挤进去一看,中间果真是那人。在他面前,立着一个牌子,上书:"著名职业乞讨师——上帝的儿子",旁边还放着一个无家可归人员登记证,那乞丐正忙着收钱、找钱。

人群中有位中年妇女说:"嘿,我们家先生回来跟我一说,我还不相信,天底下还有这样的叫花子?只收五美分,多了还不要?到这儿来一看,还真是,你看人家这个乞讨,还真够职业。"

旁边一个小伙子气不过了:"我倒是不相信了,有人会见钱不眼开的。"

说着,小伙子走上前去,拿出一张100美元的大票来,递给那乞丐:"看你挺辛苦的,别找了。"

那乞丐连忙把他拉住,一边数出一堆毛票塞到他的手里,一边说:"谢谢您的好意,您也不容易啊,我就收您五美分,多了不收,欢迎您下次再来。"

围观的人看到这场景,竟然鼓起掌来。

麦克看到这里,觉得很满意,也没和"上帝的儿子"打招呼,便从人群中钻了出来。

两三天后的一个雨天,那乞丐来了,他一进门就对着麦克连声道谢:"麦克先生,多谢您的策划,我现在的乞讨事业蒸蒸日上,要不是下雨,我都抽不出空过来看您。您说也怪了,那几个和我一同在圣都广场乞讨的,长得比我惨,可他们一天却要不来几个钱。"

麦克摆出一副学者姿态:"这你就不懂了,麦当劳的老板曾经说过,不要以为麦当劳是经营快餐的,其实麦当劳是经营房地产的,通过做餐饮,把一个个好地方都给占了。你也一样,不要以为你是经营乞讨业的,其实你是经营娱乐业的,你在乞讨的同时,给大家带来新奇,带来快乐。"

乞丐听了非常兴奋:"真的?没想到我的工作这么崇高,好,我回去继续搞我的眼球经济、娱乐产业。"

过了几天,麦克在当地的一个地方性小报上看到了一篇报道,题目是《一个具有职业道德的叫花子》,麦克看完之后,心想,这个"上帝的儿子"现在已经出名了,我应该找他收点策划费。

第二天,麦克就来到圣都广场找乞丐,一进广场,老远就看到广场一角围了很多人,比上回人更多了。麦克挤进去一看,虽然地上放的牌子还是"上帝的儿子",可人已经换了一个。

麦克走上前去问那人:"上帝的儿子呢?"

那人边找钱边回答:"您问我们老板啊?您去百货大楼门口找他吧。"

麦克问:"他去那儿干吗?"

那人说:"他说要在百货大楼门口开个分店,我是他雇来的,在这儿看着老店。"

(作者:萱 钟;推荐者:曹龙彬)
(题图:佐 夫)

砸 碑

有个叫刘义的贪官,在监狱里关了十几年,今天终于出来了。

按理说,出来好呀,俗话说,宁活世上七日,不活牢狱一年,然而,刘义出来后,却感到还不如呆在"大墙"里面,为什么?因为外面没人理他,不说那些当年所谓的朋友、兄弟们,一个个都躲得远远的,就连老婆孩子也不认他,改嫁的改嫁,断绝关系的断绝关系,刘义成了地地道道的孤家寡人了。

刘义心想:城里是呆不下去了,还是回老家吧,母不嫌儿丑,乡亲们一定不会嫌弃自己的!于是,就收拾收拾行李,回到了老家。

他的老家在鲁北山区,名字叫刘村。刘义下车后,站在村头的水泥路上，不由得百感交集：他上一次回乡，为的就是参加脚下这条柏油大道的建成立碑仪式，身边前呼后拥，那是何等的风光啊！

这条大街是他以扶贫的名义捐钱修的，花的当然是单位的钱，乡亲们却不这样认为，把功劳都记在他的头上，建成后还在路旁立了个石碑，刻着"刘义大街"四个遒劲大字，还特地把他请回来为街碑揭幕。而如今，经过这十多年，已是物是人非，脚下的路面已经变得坑坑洼洼，破败不堪，自己更是落魄成孤魂野鬼，在外面都没有容身之地，不得已才投奔老家。想到此，不由大觉凄凉。

刘义抬眼望去，街旁的石碑还在。他缓步走过去，想看看碑上的字，等走到近前，他全身忽然一震，一颗心渐渐沉了下去，只见四个字已换了两个，变成了：贪官大街。顿时，"贪官"这两个字如同两把冰凉锋利的刀子，狠狠地刺进了他的心脏。刘义站在大街上，全身泛起阵阵寒意：没想到，家乡人也是这么恨自己！他们把"贪官"这两个字刻在碑上，是要让自己遗臭万年呀！刘义想到以后的日子，愁上心头，有些后悔贸然返回家乡。

他正发愣，身边走过一个牵牛的老头，边走边侧着头好奇地打量着他。打量了一会儿，老头突然面露喜色，开口道："咦，你不是刘……刘义吗？你回来了？"刘义认出他是刘德昌，过去是村里的书记，当年就是他到省城跟自己要钱修了这条街道的，论辈分自己得叫他二伯。刘义偷偷瞄了眼石碑上的贪官两字，羞愧地低下头，说："二伯，是我，我回来了。"

"你这是……"德昌老汉看看他身边鼓鼓囊囊的行李，不解地问。

"我想回村里来住。"

德昌老汉一愣，显得很意外，随即展颜道："好啊，你这是叶落归根呀,跟过去做官一样,老了以后要解甲归田、告老还乡。其实,依我看,这就对了,金窝银窝不如咱的土窝,还是咱老家好。"刘义尴尬地笑笑,心中想说我是没办法才回来的,可这话哪能说得出口?

德昌老汉说:"快进家吧,你还站在这里干什么?"他看了看那块碑,明白了,淡淡地说,"都是过去的事,不要想它了。"

刘义的父母在他出事不久就双双去世了,家里的老房子还在,打扫打扫就可以住了。晚上,乡亲们听说他回来了,都跑来看他,说些欢迎的话,告诉他,要是缺什么就去家里拿,甭客气。大家都不提他过去的事儿,倒是刘义自己忍不住了,红着脸说:"我对不起大家,丢了刘村的人了。"

德昌老汉叹口气,说:"这事儿以后不许提了。说实话,当时听说这个事儿后,大家伙都抬不起头来,心里也恨你,要知道,你可是咱们刘村的骄傲,是全村老少爷们的精神支柱呀。那时候,咱出门在外,只要一说刘村的,哪个不羡慕、不尊敬?可是这根支柱塌了,大家伙就成了人家嘲笑的对象了,人家动不动就说:刘村别的不出,就出贪官!还把你修的那条街,叫成是贪官大街。"

刘义不由痛哭流涕,对着几位年长的村人"扑通"就跪下去:"我有罪,是刘村的罪人,愧对你们啊。"德昌老汉把他扶起来,接着说:"后来大伙一商议,干脆就把街名改成了贪官大街,为的是警戒咱刘村的人,以你为鉴,莫做贪官。有了这面'镜子',这些年来,从咱们刘村出去的人,个个都清清白白,对得起先人祖宗。"刘义喃喃地说:"贪官大街,这名字改得好,改得好!"

就这样,刘义在老家住了下来。

刘义当官之前在省医院做过大夫,在老家安下身子后,他就重操旧业,开了个小诊所。以他的医术,为乡亲们解决些头疼脑热的小病,自是药到病除，连有些乡里甚至县里医院都治不好的疑难杂症，他也经常能妙手回春。为了赎罪，洗刷往日自己带给乡亲们的耻辱，他为乡亲们治病仅收一点点工本费，自己能够糊口就行了。两三年下来，经他的手治愈的病人不计其数，他的名声也越来越大，十里八乡的人们都知道昔日的贪官成了救死扶伤的神医。现在，刘义到县里去赶集，大老远就有人迎过来，恭恭敬敬地喊他刘大夫，不再有人对他指指点点，说这就是刘村那个大贪官了。

这一天，刘义正在家里配药，听到村口锣鼓家什响翻天，心想："肯定又有人来送锦旗了。"由于他收费低，许多病人就把送锦旗当成表达感激的方式。如今，家里的锦旗多得都搁不下了。然而锣鼓家什响了半天，却也不见有人过来。过了一会儿，锣鼓声停了，突然传来了激烈的吵闹声。

刘义正在胡乱猜测出了什么事儿，"咚咚咚"，一个毛头小子慌里慌张地跑来，大老远就喊："叔，快到村口去，德昌爷爷叫你。"刘义问："啥事？""外村的人欺负上门来了，要砸咱村的街碑。你快去看看吧。"

刘义一慌，赶忙放下手中的活儿赶到了村口。

村口，德昌老汉正领着人与一帮人对峙着，双方剑拔弩张，对方手里拿着铁锤、镐头，来势汹汹。再看那块街碑，已经被砸去了一只角儿。这帮人看见刘义来了，欢呼一声，纷纷迎上来，招呼道："刘大夫，您来了？"

刘义认出为首的这人是自己不久前治好的一个病人，松了口气，就问："你们干吗要砸碑？"

这人指着石碑上的字，气愤地说："刘大夫，我们实在是看不下去了，你们村的人也太欺负人了，干吗到现在还竖着这么一块碑来臭你？"

刘义一怔，心中升起一股暖意，眼中就觉得热乎乎的，忙说："没有的事儿，没人来臭我，你们误会了。"

这人说:"刘大夫你别管了,我们大伙已经商议好了,说啥也不能再让他们糟蹋你了,这块街碑今天非砸了不可。你看,新碑我们都准备好了。"说着,他一挥手,就有人抬过一块石碑,在旧街碑旁边一放,就把上面盖着的红绸子揭开了,露出四个大字——刘义大街。看到上面的字,刘义忍不住了,眼泪夺眶而出。

德昌老汉见状,眉毛胡子喜得直抖,一拍大腿,道:"哎呀,大水冲了龙王庙,你们是来换碑呀,咋不早说?其实,我们也早想换了。谢谢你们了。来,让我老头子亲自来把旧碑砸碎。"有人就把铁锤递给他,德昌老汉攥着铁锤来到刘义身旁,一竖大拇指,说:"刘义,你是好样的,你看,现在没人记得你是贪官了,你给刘村的老少爷们争脸了!"

刘义心潮激荡,说:"二伯,你能不能把铁锤交给我,让我来砸?""行。"德昌老汉高兴地把铁锤交到他的手里。刘义攥着铁锤,一步步走到近前。这时候,鼓乐喧天,锣鼓家什重新响了起来。掌声中,刘义高高举起了铁锤,手起锤落,石碑顿时碎了。

锣鼓声戛然而止,大伙面面相觑,都愣了。

原来刘义砸的并不是那块旧街碑,而是新做的这块。

德昌老汉着急地喊道:"刘义,你这是干什么?"刘义放下铁锤,哽咽道:"我知道大家能原谅我就知足了。这块街碑不能换,留下这一面镜子时刻提醒我们走正道,这比给我竖起十块功德碑都好。"

于是,这块断了一只角的街碑就一直在刘村的村口立着……

又过了半年,这天,德昌老汉急匆匆地来找刘义,商量说:"这次街碑恐怕不换不行了,因为有人出钱要重新铺这条街道,不过,人家的条件就是要用她起的新街名,你说咱答不答应?"

刘义一听,喜道:"好事呀,赶快答应,这条街早该修了。"

很快，一条崭新、平坦的大街建成了，立碑这一天，刘村的人们跟过年似的，喜洋洋地聚集在村口。震耳欲聋的鞭炮声中，当大红绸子从碑上徐徐落下，刘义呆住了，只见碑上的四个大字清清楚楚——刘义大街!

这时候，人群突然静下来，乡亲们簇拥着一个姑娘来到他面前，德昌老汉大声介绍说："刘义，就是她出钱为我们修的街道。"

那姑娘冲着刘义深深地鞠了一躬，喊道："爸爸。"

刘义突然间就泪流满面。

（黄　胜）
（题图：安玉民）

雪中的故事

凭啥我担待

开车最怕下雪天,路面打滑,一个不小心就得出事故。偏偏沈阳今年的雪还特别大、特别多。这可急坏了吴棉。

这个吴棉,最近开了家服装店,这天是交货款的最后期限,必须去银行一趟。她咬咬牙,发动了自己那辆奥迪出门了。

一路上,吴棉小心翼翼,好不容易才安全到了银行。谁知,她刚下车,这时候竟然出了"车祸"。只听"砰"的一声,一辆电动三轮车撞上了她那奥迪的屁股。

吴棉跑过去一看,车尾凹进去一大块,伤得不轻。她抬起头就要发怒，只见那辆满载着大白菜的三轮车上，跌下来一个中年妇女，神色慌张地道歉："对不起，对不起，我赔，我赔……"

吴棉此刻又心疼又气恼，反问道："你拿什么赔？没有个几万块，修不好的！"

中年妇女一听，傻了，一下子瘫跪在吴棉跟前，求道："我男人车祸摔断了脚，为给他治病家里的钱都用光了。我这才骑了他的三轮出来做点小生意，您行行好，少赔一点行吗？"

吴棉却丝毫不为所动，冷冷地说："等一下交警和保险公司会来处理，该怎么赔就怎么赔！"

围观的人都看不下去了，纷纷劝说："你开奥迪，人家卖白菜，你就多担待一点吧！幸好没伤人，就让人家少赔点吧！"

谁知吴棉听了气更不打一处来，说："凭什么我担待？我开奥迪就有钱乱扔吗？这钱一分也不能少！"说完打起了交警电话。

那中年妇女急得"哇"一声哭了出来。过了一会儿，交警来了，最后评定，结果是三轮车主承担全部责任，需要赔偿八万。不论中年妇女怎么哭诉，吴棉绝不松口："你不容易，我就容易吗？"

是啊，吴棉是不容易。自从半年前离了婚，她就一个人开始打拼生意，却怎么都是亏，这样无依无靠，谁又来体谅她呢？

又该她倒霉

可吴棉的倒霉运气似乎还没结束。事故的判定虽然下来了，对方却无力偿还，转眼过了半个月，她一分钱都还没拿到呢，提货的日子倒是来了，偏偏天又下起了雪。吴棉无奈，只好硬着头皮再次开车出了门。

一路上,她越想越胸闷,这时,手机响了。她伸手要去拿,没抓稳方向盘,车子一下子打滑失了控。

吴棉赶紧刹车,可车却在结了冰的路上漂了一段。等停下来,吴棉回过神一看,哎呀!自己把别人的车给撞了。

惊慌之余,吴棉定睛一看,顿时傻了:那可是一辆劳斯莱斯!自己的奥迪正咬住了它的后轮,把人家后门都给挤变形了。

这时,劳斯莱斯的司机跳下了车,对着她唾沫四溅。吴棉像做梦一样下了车,任凭那司机责骂,她只解释自己是新手,一个劲赔不是。

一会儿,来了一位穿着体面的女士。吴棉抬头一看,那人竟是市里的龙头企业——利利公司的董事长李雨伊。这下完了,这位李董可是以一毛不拔、分毫必争出了名的。果然,只听李雨伊冷冷嘲道:"开车没出师就不要上路嘛!要么请个专职司机嘛!"

吴棉忙说:"对不起,对不起,我赔、我赔……"

司机在一旁"哼"了一声,道:"去准备个百把万吧!"

吴棉一听,傻了,不禁膝下一软,瘫跪在李雨伊跟前:"请您帮帮忙,我刚离婚,生意又都折了,拿不出这么多啊!请您包涵包涵,少赔点吧……"

谁知李雨伊竟抛出句话:"等一下交警和保险公司会来处理,该怎么赔就怎么赔吧!"说完,打车离开了。

吴棉万万没想到,半个月前自己刚抛给别人的话,今天竟然报应到了自己头上来了。

没多久,判定下来了,结果是吴棉负全部责任,除去保险之外,她果然还要再付近百万。吴棉听了,苦苦哀求,但李雨伊却概不松口:"谁信你?开着奥迪,没有钱?"

雪中遇大险

对李雨伊来说，这种时候碰上事故，理赔倒还是其次，关键是这车明天要派大用场。

原来李雨伊有个宝贝儿子，寄宿在省城的贵族小学，你要问李雨伊把啥看得比钱更重要，那就要数她的这个独生子了。

明天就放寒假了，她本打算亲自跟这车去接儿子回家的。现在车坏了，李雨伊只好换了辆车去。谁知回来的时候，刚下高速，天上飘起大雪，路又堵上了，车子走走停停，真是急死人。

忽然，前头的车猛地停下，司机一个急刹车，李雨伊只听儿子的脑袋"咚"一下撞上了车窗，就赶紧把他搂进怀里想要揉揉。

谁知儿子张大了嘴巴，眼珠突出，手捂着喉咙，痛苦地蹬着腿。原来，儿子嘴里含着棒棒糖，这一冲撞，糖给吸进气管，堵住了。

李雨伊吓坏了，赶紧拨了120，可转念一想，路都给堵住了，120的车怎么开得过来啊？她顿时急得六神无主。

这时候，司机指着路边不远处的一户人家，喊道："李董，你看！那家人门口停着辆三轮车，要不咱去求他们帮个忙？"

李雨伊顺着司机指的方向一看，那是一幢破旧的砖瓦房，房子外面的灯亮着，一个中年妇女爬在梯子上，正在拆墙上的东西，房子前面的地坪上停着一辆有棚罩的三轮车。

李雨伊抱着儿子，跌跌撞撞冲到砖瓦房前，急急地向中年妇女说了情况，请她帮忙用三轮车应一下急，还许诺道："要多少钱都行！"

屋里的人正在收拾东西，见状都停了手，围过来。

男主人的左腿显然受过伤，有点不方便的样子；女主人飞快地从梯子上下来,对着男主人说:"鲍春,快开车,救人!"

"这里到医院至少要半个小时,只怕没到医院,小朋友就完了。你们看他的脸都紫了,手脚都不动了。"说话的是这家的女儿。

李雨伊一下子瘫坐在地上:"怎么办?怎么办?"

中年妇女赶紧安慰了她两句,转向女儿道:"喜妹,你读医科大学也两年多了,有什么办法不?""我试试。"喜妹迅速把小朋友仰放在桌上,用筷子扒开舌根,用手电照了照,说:"幸好棒棒糖的把还看得见。"

她迅速到里屋取出一把镊子,小心地伸进去,夹住棒棒糖的把,慢慢用力地往外扯,不多久,棒棒糖果然滑溜出来了!但小朋友还是一动不动,一试鼻息,竟然没气了。李雨伊见状,嚎哭起来。

"大婶,大婶,先别急。"喜妹不慌不忙地把小朋友平放到沙发上,做起了人工呼吸。又过了一小会儿,小家伙便吐出了一大口黏痰,哭出声来。

李雨伊呆了一下,跪在地上低头便要拜:"救命恩人!谢谢!谢谢!恩人!"

中年女主人赶紧拉起李雨伊,弄来一碗姜醋开水,递过来说:"给他喝下,活活血气。"说完,她又赶紧提过来一个旺旺的炉子,让李雨伊母子俩烤鞋袜。

李雨伊连忙掏出一沓钱来表示感谢。

主人一家死活不肯要:"又没费什么东西,不要钱!"

劫后诉真情

小朋友喝了水,脸上渐渐有了血色。大家围着炉火,攀谈起来。

原来这家主人叫鲍春,以贩卖蔬菜瓜果为业。他家有一儿一女,女儿叫鲍喜妹,在省城读医科大学,刚放寒假回家,儿子在市里读寄宿高中,还没回家。

这时,李雨伊才注意到满屋子都是大包的行李,便问他们临过年,又这么大风雪,怎么急着搬家。

没想到这一问,鲍春嫂竟抹起眼泪来。原来,两个月前,鲍春去贩菜,出了车祸,左腿骨折,住了一个多月医院,家里的积蓄都花光了,贩菜的工作就落到了她身上。

半个月前,鲍春嫂开着三轮车去卖菜时,撞坏了别人的小车,要赔八万块钱,车主限期一个月赔付到位。

真是屋漏偏逢连夜雨,男人受伤治疗要用钱,儿女读书要用钱,本已十分艰难,现在又要赔钱,没办法,只好把房子卖了,好歹能把赔款还清。只是过了年,女儿鲍喜妹的大学就别上了,和父母一起卖菜赚点钱,供弟弟读完高中再说。

"那怎么行?这么冷,又快要过年了,你们到哪里去住?"李雨伊急切地说。

鲍春嫂苦笑着回答:"先到城里租两间便宜一点的房子。"

李雨伊一拍桌子,干脆地说:"不行!你女儿学习这么好,不读太可惜!房子不要卖了,钱的事包在我身上,不就八万块嘛!我包里有现成的支票,现在就给你开。"说完,掏出支票和笔,摊到桌上要填。

鲍春一家一再拒绝,李雨伊却态度坚决:"鲍大哥,算是我借给你们的,等你女儿大学毕业后,赚了钱再还我,好不好?"

一时间,鲍春两口子感动得一句话也说不出来。

李雨伊填好金额,签名盖章,然后叮嘱道:"恩人,这是我们公司的支票，银行会专门进行电脑扫描防伪识别，谁拿去都可以直接取款，所以一定要收稳妥。为保险起见，你们干脆直接把支票交给对方去取。"

接着，她和鲍家的人寒暄了几句便带着儿子告辞了。

雪后有晴天

第二天，雪停了，天晴了。李雨伊一大早就来到办公室，却并没像平时一样忙工作。

想到昨天晚上的一幕，她对儿子差点丧命还心有余悸，同时，她也为交了鲍春一家这样的朋友满心欢喜。想想人家欠了一屁股债，还一心坚持无偿救人，相比之下，自己这些年简直是钻进了钱眼里。

想到这儿，李雨伊心里一阵惭愧。

这时，有人轻轻敲门。李雨伊说了声："请进。"

门被推开一条缝，门缝里怯怯地挤进来一个人。李雨伊一看，来人正是前几天撞坏了自己劳斯莱斯的吴棉。几天不见，吴棉脸色苍白，看上去简直瘦了两圈。

只见她走到李雨伊桌前，一边递过来几样东西，一边解释说："李董，这是我四十万的存折，这是八万的支票，剩下的五十多万，麻烦您再担待几天，等我抓紧把店面和车卖了凑齐。您验收一下吧。"

李雨伊看了看存折，又看了一眼支票，竟然触电似的站起来，问："怎么？是鲍春嫂撞了你的车？"

吴棉也是一惊，回答说："是啊，李董认识她？"

李雨伊不多解释，急问："你的店面和车现在找到买主了吗？"见吴棉摇摇头，她微微松了口气，顿了顿说，"是这样，如果你愿意放弃对鲍春家的索赔，我就放弃对你的索赔，先前的四十万也退给你。抓紧时间，还能进年货。还有，你明天来这里，我提供给你一个货单，请你帮我进一批货。"

吴棉听完，简直不敢相信自己的耳朵，半天才喜极而泣，感激了一番，最后匆匆离开。

接着，李雨伊又喊来助理，吩咐道："立刻完成三件事。第一，拨款建立助学金，第一个受助对象，就是医科大学一个叫鲍喜妹的大学生。第二，从今年开始，逢年过节，公司都要给员工准备一份礼物，表示对大家的感谢。第三，公司食堂以后的蔬菜瓜果都由鲍春定点供应，价格给予适当照顾。尽快落实吧。"

助理听后，满脸惊讶，半晌才反应过来，匆匆跑出办公室。李雨伊这才踱到窗前，雪后的阳光透过窗子洒到她身上，她顿时感到一阵暖意。此刻，她的脸上也浮起暖暖的笑意。

(李群芳)

(题图：谢 颖)

站在明处说话

这事谁干的

这天,上任不久的靠山村主任林海生气坏了,不知谁一纸举报,把他一条生财之道活生生卡断。

事情是这样的:他有个城里的亲戚不久前找到他,想租用他们村后的一块荒地,做工业废品分解场。也就是他把废品运到这里,把有用的拣出来,没用的就一把火烧了。摆在桌面上的,他每月给村里一千元租地费;桌面下的,那就只有天知地知了。谁知第一车废品刚刚运到,县环保局的人就到了,说是接到村民举报,检查这个废品分解场。一检查自然"坚决不行",这事就泡了汤。

林海生觉得上任第一件事就被人来了个下马威，而这个举报的人又不知道是谁，发火也找不到对象，就到村路上去骂街，见到人就吐着唾沫星子发无名火："哪个狗娘养的，有本事就明着来嘛，躲在背后捅刀子，算什么好汉……"骂的次数多了，村里人都害怕，见到他就远远地避开。

　　又一天中午，林海生见村口有一伙人站着，就又走上去"老调重弹"。可这次，他刚开口，就"呼"地站出一个人来，大声说："你别骂了，我告诉你，是我举报的！"

　　这人叫林大树，六十多岁了，有点文化，早年当过村干部，现在儿子大了，基本上在家闲着。他平时不多说话，只在老人堆里谈谈天南海北、柴米油盐。他的举动让大伙都愣住了，林大树却言犹未尽，又冲着林海生说："天天像只疯狗似的骂街，还像个干部吗？也不想想自己这事做得对不对，要是对的话政府会不给你做呀？这举报有什么错？明着来怎么啦，现在我就整个儿站在你面前！"

　　林老头这一串"连珠炮"义正辞严，咄咄逼人，把林海生轰懵了。他原先料定不会有人敢站出来，他只是想煞煞这个人的威风，再嗅出点蛛丝马迹来，到时候给这个人一点暗苦头吃。可现在有人当面站了出来，还是个比他年长一倍的老人，又说得如此大义凛然，他一下子手足无措，不知道应该怎样说话了。他呆呆地看着林大树，仿佛被人割去了半截舌头，支支吾吾地说了声"你……你……算你狠"，一溜烟似的走了。

　　村里人都为林老头捏一把汗。俗话说，"男不同女斗，民不同官斗"，林海生年轻气盛，刚上任就被林老头活生生地捅了这么一刀子，岂会善罢甘休。这林老头以后有好果子吃了！

　　林老头的儿子林小兵听到这个消息，捶胸顿足，简直要气疯了。

儿子的难处

林小兵办着一家企业，租的是村里的房子，最近正在扩大生产规模，很多事情要同村里商量。这年头的事谁都知道，村里一选村主任，就会沸沸扬扬，新主任一上台，就"一朝天子一朝臣"，原来定的东西都会重新"洗牌"。林海生上台后，林小兵正在考虑怎么同他搞好关系。在这个节骨眼上，父亲这么横插一杠子，这不是要他叫天了吗？

林大树一回到家，林小兵就一迭声地埋怨："爸爸啊爸爸，你……你逞什么能呀？村里不对的事，你举报就举报了嘛，怎么还要站出来承认？"

林大树说："让他天天不着边际地骂街，好听啊？"

林小兵说："让他骂嘛，又不用你力气，反正他在明处，你在暗处，奈何不了你什么，现在好了，你站出来了，这……这不是自己明晃晃地给人家竖一个靶子打吗？"

林大树说："我六十多了，他能打我什么呀？"

林小兵简直要哭出来了："你六十多了，可我是你的儿子啊！你这不是把我害苦了吗？"

"我害苦你什么了？"林大树不懂了。

林小兵说："我的好爸爸，你是真不懂还是假不懂啊？我的企业要扩大，接下去就要用到旁边的一块杂地；用电要增加，也要通过村里的变压器；还有、还有……反正，很多事情都要他这个村主任点头啊！他在任何环节上卡你一卡，你都会透不过气来。就是不卡你，他找个理由今天'研究研究'、明天'商量商量'，拖你十天半月，你就有苦头吃了！"

林大树一下子跳了起来："我就不相信，我站在明处说话，他敢躲在暗处使坏!"

林小兵摇头叹气,心想父亲太不了解现在的社会了。但事已至此,说出的话,泼出的水,再也收不回来了。他是个孝顺儿子,既然父亲这样说了,已经没必要再同父亲多费口舌。

几天后,林小兵写好了要用那块杂地扩大生产的报告,但抖抖索索不敢去找林海生。这两天他曾几次碰到过林海生,也试探着很热情地上前打招呼,但林海生似理非理,只是鼻孔里阴阴地"哼"一下就走过去。想起林海生鼻孔里的这声"哼",林小兵的心就像被悬到了半空中。林大树得知后,一把将那份报告抓在手里,说声"我去",就直奔林海生去了。

林海生正在村委会办公室,好几个村干部也在。林大树一走进去,就把那份报告往他面前一放,说:"这是我儿子的一份报告,因为我举报了你,他就缩手缩脚不敢来找你,怕你记恨我,给他小鞋穿。我说人家是堂堂的村主任,是为大家办事的干部,会只有这么点气量吗?再说我也是为了大家的事,又是站在明处说话,海生会这么没水平吗……"

林大树"哒哒哒"一席话把林海生逼到了墙角,他还能怎么说呢?再说好多人都在场,即使他肚里有疙瘩,也要表现出点干部风度来。他哈哈一笑,说:"这个林小兵啊,真是把我看扁啦!我会那么小鸡肚肠吗?我那几天骂几句,也不是说这举报不对,只是觉得有事不该背后说嘛。你拍着胸脯站出来了,这就好嘛!要是记恨你,我还配坐在这间办公室里吗?"说着,他泡了一杯热茶,很热情地递到林大树手里,又说,"让小兵放心,一切公事公办。同等条件下,还要优先。为什么?就冲着你关心村里的事,又光明正大,站在明处说话!"

果然,仅仅过了一天,林小兵那份报告就批了下来。

这事在靠山村引起极大的震动。有人将信将疑,去问林海生,林海生的话掷地有声:"一点不假。站在明处说话的人,我佩服!"

这以后,好多人开始跃跃欲试了,有点什么事,等着林海生走过来当面对他说,说完了,再添一句:"对不对,你去考虑,我站在明处说话。"

每当此时,林海生总是显得很大度:"你站在明处说话,我就向你保证:有则改之,无则加勉。"

没人领的奖金

事情就是怪,渐渐地,"站在明处说话"竟成了靠山村人的一种习惯。特别是林海生,开始是被林大树逼上梁山,后来是上马容易下马难,只得顺水推舟,再后来尝到了甜头,越来越适应这种习惯了。村民站在明处说话,他站在明处办事,同大家感情融洽,事情办得亮亮堂堂,村民们越来越拥戴他,他也越来越觉得这个干部当得爽气。特别是一年后,离他们不远的一个村发生了一场灾难,他的感受更深刻了。

原来,林海生那个亲戚在他这里受阻后,又悄悄找到现在出事的那个村的村主任,把废品分解场设到了那个村。最近不知进了批什么废品,剩料焚烧时产生的毒气一下子熏倒了村里一百多个人,连省里的领导都惊动了,林海生那个亲戚和村主任不仅要赔偿几十万元医药费,人也被拘留,看来免不了一场牢狱。

这件事一出,林海生吓出一身冷汗。要不是当时有林大树举报,这场灾难就会落在自己头上。这时候他真心诚意地感激林大树,自己当即拿出一千元钱,设了个"村民直言奖",派人敲锣打鼓送到林大树家里。

可林大树怎么也不肯领这个奖,拒绝的原因让大家都出乎意料。他说那件事根本不是他举报的,他也不知道是谁举报的,他当时只觉得这举报有道理,林海生这样骂街太不成样子了,与其让他这样疑神疑鬼地骂东骂西,还不如自己站出来承认算了,反正自己六十多了,也不怕他什么。老人说,他不能无功受禄,这一千元奖金,应该奖给那个真正的举报人。

林海生大为惊异,于是在村口贴出启事,情真意切地恳请举报人来领取这笔奖金。

几天过去了,还是无人来领取这笔奖金,林海生却收到一封匿名信。信上说,他就是那位举报人,但他不能来领这个奖。他说他虽然举报了这件事,但林大树挺身而出,站在明处说话,起的作用太大了。要是没有他这一着,林海生就不可能有今天这个样子,大家也不会那么拥护他。所以这个奖应该给林大树……

现在,在靠山村,只要谁在背后窃窃私语,就会有人说:"别背后多嘴了,站在明处说话吧!"

(赵和松)

(题图:谢 颖)

保龄英雄

挑战厂长

吴龙是鹤明家具厂的厂长,由于老婆是一家保龄球馆的教练,他没事就去玩,最后成了一个铁杆保龄球迷,可最近他却偏偏被保龄球难住了。

鹤明家具厂是一家私营企业,老厂长是吴龙的父亲,因年过花甲,体弱多病,三年前就退居二线了。吴龙接替父亲当上厂长后,本想大干一场,可是偏偏事与愿违,产品积压,效益连年下滑。吴龙认为,是父亲留下的那套经营体制,已经适应不了飞速发展的时代,因此他要大刀阔斧地改革,与外商合资办厂。

不久前,吴龙联系上了一个外商,此人名叫约翰,是个实力雄厚的商人,赶巧的是,吴龙听说老约翰也是一个保龄球迷,心想:如果能陪老约翰打打球,玩高兴了,这合作的事就有戏了!他知道外国人打保龄球水平都很高，决定下苦功夫练习。所以，最近他抛开一切杂务，一门心思，苦练保龄球。

这天，他在老婆的球馆里正练得来劲儿，一群工人突然闯了进来。打头的两个工人，一个白白胖胖，人称胖子，一只眼睛戴着黑眼罩；另一个姓刘名刚，是个面容较瘦，双目有神的小伙子，只是腿有点毛病，走路时一瘸一拐的。其他的人也都多少有点残缺毛病。

吴龙一看，心里就明白了八九分。原来他为了减轻工厂负担，最近下令解雇了一批老弱病残的工人。他知道国家对残疾人的保护政策，估计被解雇的工人不会善罢甘休……

"你活得可真潇洒！"刘刚上前一步，指着吴龙说，"就不顾我们工人死活了？我们工作干得好好的，凭什么解雇我们？今天你必须给我们解释清楚。"

吴龙冷笑道："这还用得着解释吗？通告上已经写得明明白白，厂里效益不好，负担太重，像你们这些老弱病残，在国企早该下岗了，何况我还给你们发了生活费呢！"

刘刚又上前一步说："不错，我们现在是老弱病残，可我们是怎么病怎么残的？我的腿是上班搬木料砸的，胖子的眼睛是刨花崩的，你说，我们这些人，哪个不是为工厂拼命干才落下残疾的？你再看看你，一天到晚，热衷于打保龄球！效益不好，就解雇工人，你对得起你爸吗？"

"对！"工人们齐声说，"你是得好好向你爸学习，他当厂长，哪天不是和我们工人一起干呀？你打保龄球，能把生产搞上去吗？"

吴龙被说得又气又恼，吼道："都给我闭嘴！我打保龄球怎么了？不都是为了谈生意拉合作伙伴嘛！现在做买卖不陪客户吃好了玩好了，谁跟你合作呀？你们当中谁要是有本事，能陪客户把保龄球打明白了，不要我亲自上阵,我谢天谢地!"

"厂长,你这话什么意思?"刘刚紧追不放,"是不是只要能陪客户打好保龄球,不用干活也给开钱呢?"

吴龙一撇嘴说:"是这个意思,"接着他以嘲弄的语气说,"你能打保龄球?我看让保龄球打你还差不多!""你说什么?"刘刚被激怒了,"我承认现在对保龄球一窍不通,可是我敢说,我要是像你这样天天泡在球馆里,我保证打得比你强百倍!"

"什么?"吴龙又较上了劲,盯住刘刚说,"你敢跟我在保龄球上叫板?好,我就跟你打这个赌!从现在开始我就让你天天泡在球馆里,什么时候你要是能打赢我,我不但让你复工,而且还补发你打球期间的工资,报销你所有打球的费用!"

这时吴龙的老婆陈兰插话道,"这太荒唐了吧?这可不是儿戏呀!"

"我可没把这当儿戏!"吴龙说,他指指刘刚,"他好像也对这种方式挺感兴趣呀?"

刘刚脸憋得通红地说:"我要是赢了你,其他被解雇的工人也一起复工?""行行行!"吴龙不假思索地说,"输了,谁也别再来找我!"

刘刚顿时血往上涌,将瘸腿一跺,说:"好!你可要说话算数!"

血溅球馆

刘刚一气之下答应了吴龙的挑战,可过后一寻思,心里实在没底,因为他还从来没打过保龄球呢。胖子说:"对付这个球迷厂长,这也许是最好的办法了,你放心,我多少还打过几回保龄球,可以给你当教练。"工人们也鼓励他,纷纷凑钱给他练球用,刘刚感动地说:"大家放心吧,这些费用我一定会让吴龙来付的!"

保龄球一般分早中晚三场,早场价钱最低,刘刚和胖子赶早来到了一家保龄球馆。

刘刚进球馆还是第一次,觉得什么都新鲜:七色的彩球,油亮的球道,闪烁的电脑记分屏,都让他眼花缭乱。胖子轻车熟路地挨个给他介绍各种保龄球设备,教他穿球袜,换球鞋,怎么握球,怎么投掷,怎么计分……

刘刚原以为保龄球就那么使劲儿一扔就完事了,没想到里面还有这么多道道,他像所有初学者一样,投了几个掉沟球和歪球之后,渐渐摸到了点门道,偶尔也能打出个全中球,结果第一局就得了132分。

胖子惊讶地说:"我打过这么多回保龄球了,最高才128分,你第一次打球就超过我了,真是个天才呀,看来我是教不了你了!"

刘刚说:"我也不知怎么回事,瞎蒙的。"其实刘刚小时候就是玩弹子的高手,加上做木匠活儿吊线的功夫,瞄起准儿来得心应手,而且他的瘸腿一起一浮,正好和打保龄球的滑步合拍,所以别人要花很大工夫练的动作他不用练就会了。初见成效,他练得更欢了,一连几天,练得臂酸手疼,也不肯休息。

这天,两人正兴致勃勃地练着,有个球童过来说球道满了,叫他俩把球道让给一个外国老头,两人不同意,老外却不依不饶,非要跟刘刚比一局,说刘刚输了就把球道让给他,赢了,老外出钱包他们打一天。刘刚知道自己的水平,不同意。老外急了,说:"我让你6格球,你投12格球,我只投6格球,怎么样?"

"什么?"胖子看着刘刚,"也太瞧不起人了!他6格全中最多才150分,你都能得132分了,再加把劲儿不就赢他了?"

刘刚也很不服气，咬牙对老外说："来吧，别以为中国人好欺负！"

老外笑了，坐下来打开手提包，从里面一件件掏出球鞋、护腕，最后掏出一只锃亮的白色保龄球！刘刚和胖子有点发愣：这老外该不会是职业球手吧？

他们哪里知道，这个老外就是让吴龙头疼的那个老约翰！

老约翰怎么到这里打球呢？原来他除了要跟吴龙合资办家具厂外，还要在中国开一家保龄球馆，今天是特意到这里来熟悉情况的。

老约翰果真球技不凡，出手就是全倒！奇怪的是他打出的球不走直线，而是划着弧线绕着弯儿把10只球瓶统统击倒，一连六投都是全倒，整整150分，刘刚和胖子傻眼了！老约翰笑眯眯地看着刘刚："小伙子，该你了！"刘刚有些心虚，底气不足地拿起了球。

"等一等！"正当刘刚不知怎么投球时，一个老人的声音突然叫住了他，"不要着急，我来指导你！"刘刚回头看去，是一位坐在轮椅上的老人，他认出了：是老厂长吴汉良！老厂长不久前做了截肢手术，一直在医院休养。刘刚忙放下球，问老厂长今天怎么会来这儿，吴老说："先别问那么多，把这局球打完再说！"说罢，转着轮椅上前，手把手教刘刚说："瞄准点不能正对中间的箭头，那样容易打出分瓶！正确的瞄准点应该在中间箭头偏右一点的地方，让球从1号瓶和3号瓶之间穿过。另外，投球不能用蛮力，用力的关键在后摆，后摆越高，球自由下落的速度就越快，力量也就越大，出手的时候就不用什么力了，明白吗？"刘刚比划着不住点头。

"那好，投吧！"吴老说着，俯身跟在刘刚身后指导道，"对，尽量后摆，后摆！"

随着吴老的喊声，刘刚的手臂向后高高摆起，他要尽最大的努力投好,可是不知是手指出汗太滑,还是用力过猛,那高高摆起的保龄球突然"嗖"地一下从他手中甩了出去,直奔吴老的脑袋飞来,只听"哗啦,扑通"一声闷响,保龄球和吴老一起倒在了地板上。

在场所有的人都惊呆了!鲜血从吴老的额头流出来,染红了保龄球,染红了球道,刘刚冲过去,一边用手捂住吴老的伤口,带着哭腔喊道:"伯伯,伯伯!"老约翰也被吓坏了,着急地说:"我的车在外面,快用我的车,送他上医院!"

一群人七手八脚把吴老送进医院,经检查,吴老不是被球砸伤,而是因匆忙避让球,轮椅倒地时,额头碰伤出血,没什么危险,只需静养几天就好。刘刚望着头缠绷带的吴老愧疚地说:"伯伯,真对不起,我……"

吴老疼爱地说:"小刚,你把手给我看!"说着,拽过刘刚的右手,见那手指的皮磨去了一大块,渗出了血,他叹口气说,"我就猜你手指有问题了。你休息两天,我会帮你的。"

刘刚和老厂长怎么如此亲呀?原来,刘刚是个孤儿,是老厂长收留了他,并手把手教他学木工活。他俩不是父子胜过父子!这时,刘刚说:"我打保龄球是为了对付吴龙呀,你……"

吴老说:"这我都知道,可我希望你赢,因为我压根儿就不赞成他解雇残疾工人,这都是他趁我住院时,擅自做的决定,真是儿大不由爹呀!我找过吴龙,可怎么劝他都不听,说你们自愿跟他打赌,所以我才到这儿来找你们。事到如今,我看这个赌打下去也好,叫他见识一下咱们残疾人的能耐和志气!我已经跟我那浑小子说了,就由我做你们打赌的公证人。只有你们赢了他,工人们才能安心复工,也给那浑小子一个教训!"

"可你看我能赢吗?"

"你这么瞎练肯定不行,必须有专业人员指点、系统训练。"吴老说着拿出纸笔,"我写张条子推荐你到大众保龄球俱乐部去找陈教练,让她先从基本功教你,等我伤好了再好好教你。"

忍辱负重

第二天,刘刚和胖子就到大众俱乐部去找陈教练了,可是一进去却遇见吴龙正在跟陈教练练球!刘刚和胖子这才想起来:人家可是两口子呀。吴龙瞥了他俩一眼,跟陈兰耳语了几句,就又去练球了。陈兰看完吴老写的条子,上下打量着刘刚说:"就你也想学保龄球?你知道我们俱乐部收人的条件吗?你的平均分必须达到180分!"她见刘刚瞪大了双眼,撇撇嘴又说,"不过,既然你是老人家介绍来的,条件可以放宽,160分,达不到,莫怪我不卖面子!"

"160分?"这对刘刚来说也太高了,他愣在那,一时不知如何是好。这时,吴龙走过来,说:"160分,那可是优惠分,我虽是她的老公,可她从不徇私情,硬是要达到180分,她才肯收。"他见刘刚和胖子一脸怀疑,又说,"你们不信?不信,就让你们看看吧!"说着潇洒自如地投了一局球,竟然得了190分!

刘刚和胖子傻眼了,吴龙得意地说:"想赢我?再练10年吧!"

刘刚和胖子互相看了看,事到如今,只有硬着头皮上了!刘刚全神贯注地投了一局又一局,直累得满身是汗,手指都磨出了血,可5局球下来最高才得了141分。

陈兰一摊手说:"对不起!"说罢转过身去。

刘刚和胖子蔫头耷脑,垂头丧气,就在此时,陈兰的手机突然响了。

只听陈兰一个劲儿说:"基础太差,腿脚也不行,没有培养前途……"

刘刚猜想这电话是吴老打来的,一会就见陈兰把手机交给吴龙,刘刚从一问一答中,大体明白了吴老的意见:既然要吴老做打赌的公证人,他就要保证打赌的公平性,竞争者必须在同一个球馆练球,由同一个教练指导,用同样的条件和设备……

吴龙通完话,转身对刘刚和胖子说:"看在老爷子的份儿上,明天早晨8点,你们准时来练球吧!"

其实吴龙成天在这里练球,主要不是为了打赌,因为他对刘刚的球技,根本就不屑一顾,他练球的目的,是为了跟老约翰合作办厂。

谈判的空闲,吴龙就投其所好地请老约翰打保龄球,可是打了几次,他却远远不是老约翰的对手。老约翰杀伤力极大的弧线球让他毫无办法。他听熟悉老约翰的人放出风说,老约翰有一个怪癖,就是只有保龄球能赢他的人,他才肯跟他合作做生意。眼看跟老约翰合资办厂的事要泡汤,吴龙能不着急吗?

因此,他没日没夜地跟老婆练球,而且专门练弧线球,陈兰也把主要精力放在了老公身上,对刘刚每天只是教他一两个基本动作。几天下来,进步不大,胖子忍不住对刘刚说:"我看这样下去不行,咱俩得去看看陈兰是怎么教吴龙的!"

刘刚先是犹豫了一下,可一想到身后有那么多工人盼着他胜利的消息,就一狠心去了!

陈兰给老公吃小灶的地方在二楼一个豪华包间里。刘刚和胖子悄悄溜了上去,轻轻从包间的门缝往里偷看。只见陈兰正向吴龙比画着,只能断断续续地听到"翻腕"、"旋转"、"弧线"和"杀伤力"等词,刘刚正琢磨着,包间的门突然开了,陈兰和吴龙走了出来!吴龙不满地说:"你们敢偷看我练球?"

"不是,不是,"刘刚急中生智地说,"我是来告诉陈教练,她今天教我的动作已经练完了,问她还有没有别的安排?"

陈兰说:"你学得很快呀,看来得给你加码了!"说完看着吴龙,吴龙皱着眉说:"今天的球打得很不顺手,我看球道应该上油了,你抓紧找人上上,我下午还得练呢!"陈兰朝刘刚和胖子一挥手:"听见了吧?就你们俩!下午2点之前把油上好,我回来检查!"说完就和吴龙走了。

刘刚和胖子鼻子差点儿都气歪了!

下午吴龙来到球馆,见刘刚和胖子在投球,他顿时沉下脸,闷声不响地走到球道前,蹲下身用手指使劲儿刮了两下,然后把刮下的油举到眼前仔细地看,看了一阵,就举着手指一步步走到刘刚和胖子面前,突然怒吼起来:"这就是你们上的油吗?怎么能上这么厚?而且还没抛光就上来投球!你们知道不知道,世界上有多少300分就是因为球道油太厚而不被承认?你们这是存心给我添乱啊!打不好球,签不上约,大家都得喝西北风去,你们还复什么工?"

刘刚说:"我们上到一半的时候上油机坏了,能怪我们吗?"

吴龙继续咆哮着:"上油机坏了给我用抹布擦,直到油脂均匀不黏手为止!"

这一喊,刘刚的火"噌"地也上来了,他猛地把手里的保龄球往地板上一摔:"你凭什么对我吆五喝六?我现在已经不能算是你的工人了,而且我也不想当你的工人了,更不想跟你比什么倒霉的保龄球了!凭我一双手,我就不信会饿死!"说罢一甩头昂首阔步向外走去,可是刚走到门口,他突然站住了,只见那十几个被解雇的工人,正从楼梯口向这边走来。

刘刚看着看着,眼里涌出了泪花。他使劲咽了口唾沫,又转身一步步走了回来,然后"扑通"一下跪在球道上,抓起抹布用力擦起来!胖子也扯过一块抹布,跪在球道上跟刘刚一起擦。吴龙见了,撇撇嘴,得意地一笑,然后和陈兰走了。

刚刚赶到的工人们见此情景莫名其妙,等他们知道后,一个个二话没说,也扑到球道上擦起来,给刘刚打气:"千万不能灰心!就是不为尽早复工,也要为咱残疾人争这口气呀!"刘刚看着大家,激动地说:"我做梦都想打败吴龙!可是没有名人指点,我再怎么练也提高不了啊!"

就在大家愁眉不展时,吴老突然转着轮椅出现了,他额头上还包着纱布,但气色特好,动情地对刘刚说:"小刚,不要泄气,陈兰不好好教你,我来教你!"

高人支招

这些天,吴老人虽在医院里,却一直叫人在暗中观察刘刚,他听说刘刚训练非常刻苦,而且有非同一般的保龄球天分,完全有成为保龄高手的潜力,这才决定亲自出马。

吴老带刘刚和胖子来到一间球室,微笑着说:"你们一定会问我,这老头子怎么也会打保龄球?告诉你们,我不但会打,而且在'江湖'上还有保龄球一怪之说!"

原来,吴老年轻时当过海员,出海远洋时,经常跟外国水手进行保龄球比赛,因此练就了一手保龄球绝技。退休回国后,他做起了木材生意，由于他对木工技艺特别喜爱，就办起了家具厂。起初国内没处打保龄球，他也就歇手了，等保龄球在国内发展起来，他的腿脚却不好使了！但是他非常支持儿子吴龙打保龄球。吴龙和陈兰就是打保龄球认识的。但后来他发现，吴龙缺乏打球的天赋，打到一定程度就停滞不前了。

吴老在做海员的时候，经常败在弧线球手里，因此，他暗自琢磨战胜弧线球的打法，一直在物色能实现他愿望的球手，只可惜儿子不是这块料，而现在他终于发现了刘刚……

吴老单刀直入地对刘刚说，"你很有悟性和天分，不需要多教，我就只教你三个要点！第一，就是要学会确定站位！这是打保龄球最基本的功夫。"说着，拿起保龄球，就在轮椅上斜着身子挥臂投了三个球，结果三个球全中！他见刘刚很惊奇，接着说："你不要奇怪，我也没什么魔法，秘密都在球道上，你看！"吴老低头指着球道说，"保龄球道是用39块枫木板拼成的，右手投球的全中位是在右数第17块木板的位置，因为投球时左脚和右手之间还有第6、7块木板的间隔，所以投球时正确的站位是左脚站在右数第23、24块板的地方，只要每次都站在这个位置投球，就会增加全中次数！"

"哇！"刘刚恍然大悟，他按吴老所言，低头数着木板找好位置试投了几个球，然而一个也没有全中，他疑惑地看着吴老，吴老没说什么，只是叫他在脚上沾些防滑粉再试一次。然后叫他回头看自己的脚印，刘刚这才发现，他留在地板上的脚印是斜的！

"这回明白了吧？"吴老说，"先不要拿球，脚上多沾些防滑粉空手反复练习！直到助走不偏为止！"

按照吴老的吩咐，刘刚一步一个脚窝地练着，渐渐地，他脚下的足迹从一条宽带变成了一条笔直的直线！

"第一步过关!现在我教你第二招!"吴老说,"就是练对抗外国弧线球打法的——飞碟球!"

"飞碟球?"刘刚喃喃自语道。

"对,飞碟球!这种打法最早是由台湾人发明的,专门用来对抗弧线球。弧线球流行于欧美,杀伤力极强,但它较适合身材高大的欧美选手。对身材相对瘦小的中国人是不太适用的。我那个不争气的儿媳就是因为不听我的劝告,非要练弧线球,结果造成手腕拉伤,现在只能退居二线当教练,可她还不死心,又教我那浑小子练弧线球,真是走火入魔了……其实飞碟球才是亚洲保龄球手的第一选择,我一直相信它会战胜弧线球!"

吴老说着拿起一只保龄球:"投飞碟球的关键在于球出手前的翻腕,就是说在球出手的瞬间手背要翻到上面去,这样才能产生旋转。"说着老人将球投出,手背向上翻起,只见那保龄球飞速旋转着滚向球瓶,将十只球瓶全部击倒!

刘刚看得出了神,吴老说:"看明白了吧!别羡慕什么弧线球,就照我刚才做的练吧,先不要助走,站在原地重点练翻腕动作!"

吴老走后,刘刚就一五一十地练开了……

转眼又是数日过去,刘刚的胳膊都练粗了,终于能投出吴老那样的飞碟球了。"很好!想不到你学得这么快!"吴老在一旁兴奋地说,"现在就剩下最后一件事了!就是把助走和投球结合起来的步伐!"吴老顿了一下接着说,"目前最常见的有三步投球法、四步投球法和五步投球法,但是这些都不适合你,因为你腿脚不便!我仔细观察了你投球的脚步,发现了一种能让你的瘸腿变成优势的步伐,那就是四步半投球法!就是在球出手之前滑半步调整身体平衡。"

刘刚一听恍然大悟,立刻照吴老说的走四步半投球,结果居然个个全中!刘刚转身兴奋地望着吴老:"伯伯,我成功了!"

吴老说:"还不能轻言成功,保龄球的奥妙是无穷的!不过,你的确是个天才,一个月的时间完成了常人半年甚至数年的训练任务!"说着从挂在轮椅旁的背包里,拿出了一只火红色的保龄球,"这是我当年用过的专门打飞碟球的保龄球,叫'红色警戒',我一直希望用它战胜一个外国弧线球手,现在我把它送给你,希望你能用它完成我的心愿!"

刘刚真是做梦也没想过能有属于自己的保龄球啊,他眼含热泪,对吴老说:"伯伯,我一定不辜负您的希望!只是,我一个普通工人,怎么有机会跟外国选手比赛呢?"

吴老说:"据我所知,有一个想跟我们合资办厂的外商,下个月要跟我们厂进行一场保龄球对抗赛。我争取让你上去锻炼锻炼……"

力挽狂澜

吴老所说的对抗赛,其实就是老约翰和吴龙的对抗赛。

原来,吴龙屡次向老约翰挑战都不是对手,老约翰不耐烦了,提出双方各出五个人进行一场对抗赛,一次定胜负。吴龙如果获胜,老约翰就签约合作,如果失败,一切免谈。而且老约翰还特意强调,这五个参赛的人除了他俩外,另外四个人必须是各自企业的员工。

吴老听到这个消息,便向吴龙建议让刘刚参赛,不料,吴龙一听就炸庙了:"怎么?我们厂没人了,让一个瘸子上场?丢人现眼事小,它关系到能不能跟老约翰签约呀!老爸,实话告诉你吧,参赛队员我早选好了!"

原来,吴龙为了获胜,叫陈兰搞了四个高水平的会员代替他的工人出战。吴老一听来气了:"你们夫妻俩竟在干冒名顶替的事,荒唐!"吴龙笑道:"事在人为,我现已聘用他们为我厂的正式职工了,有什么荒唐的?"

吴老一听,气得半天说不出话。最后强压怒火说:"说解雇就解雇,说聘用就聘用,你眼里还有没有我这个爹?"吴龙也急了,说:"我这不都是为了咱们厂的前途吗?谁让老约翰一定要比赛呀!"

吴老说:"既然是关系咱们厂的前途,你必须答应我,一让刘刚作为替补参加,二让咱们厂的工人前去助阵。"吴龙无奈之下勉强答应了。

一个月后,鹤明家具厂和老约翰的保龄球对抗赛开始了!

比赛在一家中立的保龄球馆进行,双方各出五名球员,每场3局2胜。吴龙和老约翰是种子选手,安排在最后出场。吴龙见许多工人也来观战,不觉皱起了眉头,心想:这帮家伙可别给我添乱呀!

比赛开始,只见保龄球"咕噜咕噜"在球道上穿梭,球瓶被撞得"砰砰"四散横飞。

这场比赛可以说是"飞碟球"和"弧线球"的较量,因为家具厂的前四位选手都是"飞碟球"手,而老约翰的队员则都是"弧线球"手。弧线球尽管杀伤力大,但消耗体力也大,老约翰的队员年龄都比较大了,而家具厂却都是年轻人,又都是半专业的,所以双方可谓是旗鼓相当,结果前四局战成了2:2平!

老约翰非常吃惊:"没想到中国人的'飞碟球'还挺有抵抗力呢!"吴龙却喜上眉梢,因为他终于可以跟老约翰进行决胜局的比赛了。他上前一步说:"中国人的弧线球也同样厉害!我今天就用弧线球跟你打决胜局。只是,你说过的话还算数吗?"

老约翰笑了:"放心吧,只要你能打赢我,我立刻跟你签约合作!"

吴龙信心十足地说:"那好,就开始比赛吧!"

吴龙的弧线球可以说已练得出神入化了,投出的球个个划出优美的弧线,接连打出几个全倒!而老约翰更是宝刀不老,他这次准备了两个球,一黑一白,黑球用来第一投,白球专门用来打补中球,黑白球交替使用,效果奇佳,尽管吴龙尽了最大努力还是输了第一局!吴龙很懊恼,刘刚和工人们也很焦急,他们好像忘了和吴龙的恩怨,一心只为工厂着想了。第二局,吴龙也换了一只重磅球,更加卖力地投起来,每投出一个全中,工人们都为他鼓掌加油。吴龙的得分紧追着老约翰,到最后一格的时候,他只要投出全中球就能获胜。老约翰冷眼看着,吴龙抹了一把汗,心想:这局再输他就完了,他决心拼了!只见他一把扯下了护腕,用尽平生力气将这最关键的一球投了出去!

陈兰和工人们都屏住了呼吸,看着保龄球"咕咕噜噜"向球瓶滚去,可是,谁也没想到,刚投出球的吴龙突然抱着右臂,躺在地上打起滚来!大家跑过去围着龇牙咧嘴的吴龙不知所措,刘刚分开人群说:"我懂点按摩,让我看看!"他蹲下一看,说:"是脱臼了,我给他上上!"说着,却回身一指球大声说:"刚才那个球全没全中啊?"大家不约而同回过头去,见10只球瓶已一扫而光,不禁鼓掌欢呼起来,刘刚趁机一使劲儿,吴龙"啊"惨叫一声,但脱臼上上了!

现在的形势是:老约翰和吴龙前两局战成了1∶1,还要进行决胜局的比赛,可是吴龙的手腕严重拉伤,无法继续比赛了!陈兰叹了口气,心疼地对吴龙说:"我早就说过要注意保护手腕,可你就是不听,不能比赛就等于输了,你看怎么办吧!"吴龙傻眼了,这时老约翰却大度地说:"这么赢你,我也不光彩,你可以再找一个工人替你比赛,这个人赢了我,我同样跟你签约!"

吴龙说:"不,我要亲自赢你!"老约翰笑了:"那好吧,等你养好伤再来和我较量吧,不过那时说不定我已经找到别的合作伙伴了。"

"这……"吴龙蔫了。吴老转着轮椅上前说:"叫刘刚替你比吧。"工人们也齐声高呼:"对,叫刘刚上,叫刘刚上!"

在老约翰一再催促下,吴龙无奈地说:"好吧,死马当活马医吧。"

众人一阵欢呼,刘刚手拿"红色警戒",脚穿工人们给他买的新球鞋,昂首上场,他真没想到他这个替补队员真派上了用场。

老约翰一看上来的是刘刚,不禁用手摸了一下额头,打趣说:"你可别把我这里当目标啊!"刘刚对老约翰一笑说:"那你就多加小心吧!"

比赛开始,吴龙起初背过身去不愿看,可是工人们一阵阵的欢呼声勾得他心里直痒痒,终于忍不住回头看了一眼,这一看不要紧,正赶上刘刚一瘸一拐地打出一个全倒!吴龙高兴得忘了臂上的伤挥拳欢呼,疼得直咧嘴。紧接着,刘刚又打出几个全倒,吴龙完全被吸引了,跟着工人们一起鼓掌为刘刚加油。

一局12格下来,刘刚和老约翰又战成了平局——200:200!老约翰惊讶地看着刘刚说:"想不到这么短时间你进步这么快,真是保龄天才呀,我为那天的失礼向你道歉!"

刘刚笑而不语,因为比赛还没结束呢。按照规则,决胜局出现平分的情况要进行附加赛,这个附加赛只赛一球,以一球的得分多少定胜负!

两人稍事休息,又开始了新一轮的较量。双方你来我往一连投了7个全倒仍未分胜负,比赛呈现白热化,每一个投球都要绷紧神经,到了投最后一球时,刘刚满脸是汗,感到腿有点发抖,他突然放下球说:"对不起,我想上厕所。"老约翰没反对,他也臂酸手麻,想借机休息一会儿。刘刚到厕所用凉水使劲洗了洗脸,等情绪稳定下来才回到比赛场。他深吸一口气,沉稳地瞄准、运步、投球,可是他没注意到刚才上厕所的时候脚下沾了水,运步到最后突然脚下一滑,手腕一偏,只打倒了8个瓶!剩下的又是个最难同时补中的7、10分球。吴龙见此懊恼地一捶大腿,暗叫:天亡我也!

刘刚倒没显得特别懊丧,只见他捧着球,两眼死死地盯着分球,运气挥臂,抛出的球沿着球道的边儿,"咕噜咕噜"飞速滚去,球擦在7号瓶的最左边,"噌",它横着打出去,撞飞了10号瓶!

分瓶补中,全场沸腾,连老约翰也不由竖起了大拇指。

轮到老约翰打最后一球,虽说有了获胜的机会,但他的表情并不轻松,他叫人把球擦着干后,才小心翼翼地拿起了球。

吴龙又转过头去不敢看,捂上脸,祈求起来。

场上好长时间鸦雀无声,吴龙有些纳闷,刚想看看,突然全场又爆发出一阵欢呼声!他急忙回过头去,只见老约翰垂头丧气地站着,再看球瓶区,还有3只立在那里,老约翰只打倒了七个瓶,即使全补中,也无济于事了。刘刚以一分的优势赢了!

吴龙大喊一声:"真是天助我也!"冲过去,一把抱起刘刚满地转圈,刘刚一边挣脱一边说:"我现在还不能算你们厂的工人呢,你跟着凑什么热闹?"吴龙一挥手说:"嗨,从现在起你们全都复工,不但补发工资,报销打球费用,还要发奖金!"

工人们高兴地抬着刘刚抛起老欢呼,老约翰走过来对吴龙说:"有这么好的工人,你的企业一定会有希望的,我同意跟你们签约!"

吴龙看着周围欢呼的工人,眼里涌出了泪花,他为自己以前那么对待他们而愧疚。他拉住刘刚的手说:"你是工厂获得新生的功臣,我决定提拔你当厂长助理。"刘刚正不知怎么回答,吴老上前对吴龙说:"他恐怕不能答应你啊,因为我已经跟他说好了,要推荐他到上海职业保龄球俱乐部去专门打保龄球!"吴龙疑惑地看着刘刚,刘刚说:"老人家说得不错,我发现自己越来越喜欢保龄球了,已经离不开它。这还要感谢你呢,没有你的打赌,我恐怕现在还不会打保龄球呢。"

吴龙说:"可如今你却成了挽救咱们厂的保龄英雄了……我祝你好运!"刘刚说:"也祝你的新企业好运!"这时老约翰突然过来拉住吴老的手说:"密斯特吴,我的老对手,你的愿望终于实现了!"刘刚和吴龙都很惊讶:"怎么你们认识?"

吴老说:"早在几十年前,我做海员的时候,我们就是跨国界的球友。"

老约翰说:"那天他在球场摔破头,我就看他面熟,后来一打听还真是老球友,真是有缘呢!"老约翰说着诡秘地看了一眼吴龙说:"告诉你一个秘密吧,就是你保龄球赢不了我,我也会跟你签约的,我之所以非要跟你比保龄球,不过是为了你父亲的一个请求。"

"什么?"吴龙愣了半天,恍然大悟地说,"原来你们是串通起来算计我!"

老约翰说:"不过刘刚赢我可是货真价实的呀。"吴老对吴龙说:"我之所以这么做没有别的意思,只是想让你明白,无论做多大企业的领导也不能轻视自己的员工,因为他们才是决定企业命运的真正力量!"

"这,我已经领教过了!"吴龙说着,低下了头……

(老 九)
(题图:杨宏富)